Ook deur Irma Joubert

Tussen stasies-trilogie
Tussen stasies
Tolbos

Verbode drif
Veilige hawe

Verskyn by NB Uitgewers
Anderkant Pontenilo
Pérsomi
Kronkelpad

VER WINK
DIE SUIDERKRUIS

IRMA JOUBERT

LAPA Uitgewers
Pretoria
www.lapa.co.za

© Teks: Irma Joubert
© Publikasie: LAPA Uitgewers (Edms.) Bpk.
Bosmanstraat 380, Pretoria
Tel: 012 401 0700
E-pos: lapa@lapa.co.za

Geset in 10.6 op 13.9 pt Leawood
deur LAPA Uitgewers
Omslagontwerp: Flame Design
Gedruk en gebind deur Interpak Books,
Pietermaritzburg, KwaZulu-Natal

Eerste uitgawe 2006
Tweede uitgawe 2008
Tweede uitgawe, tweede druk 2009
Tweede uitgawe, derde druk 2010
Derde uitgawe, eerste druk 2013

ISBN 978-0-7993-6404-0 (gedrukte boek)
ISBN 978-0-7993-6474-3 (ePub)
ISBN 978-0-7993-6468-2 (mobi)

© Alle regte voorbehou. Geen gedeelte van hierdie boek mag op enige manier gereproduseer word sonder die skriftelike toestemming van die kopiereghouers nie.

Die papier wat LAPA Uitgewers en Interpak Books gebruik, is gesertifiseer deur die Forest Stewardship Council™. Dit kom van woude af wat bestuur word volgens die FSC™ se reëls en regulasies.

Een

Sondagmiddag aan tafel sê Kate: "Daddy, Mamma, ek is klaar met die teoretiese deel van my tesis – in elk geval so ver soos wat ek in hierdie stadium kan skryf. Ek moet nou met die praktiese navorsing begin."

Sy het haar goed voorberei op hierdie oomblik. Sy sê dit met soveel gesag moontlik. Nou wag sy op haar familie se reaksie.

Susan Woodroffe is 'n mooi vrou van vyftig – meer as net mooi, pragtig. Sy is fyn gebou, met baie min silwer tussen die goudblonde krulle. Nou rek haar blou oë nog groter terwyl sy na haar dogter kyk. Dan draai haar blik na haar man aan die kop van die lang stinkhouttafel.

Oorkant haar sit Peter en Diana met hul oudste dogtertjie – die nanny is in die kamer besig met die baba. Peter is sy ma se ewebeeld. In sy blou oë lees Kate vertwyfeling. Sy weet wat hy van haar planne dink, sy weet ook dat hy haar nou-nou, ná ete, voor stok gaan kry. Maar sy weet ook dat hy waarskynlik nie die beste daarvan sal afkom nie – sy weet net hoe om met haar ouboet te werk.

Diana lyk nie of sy gehoor het nie, sy is besig om Britney se groente in kleiner stukkies te sny en haar te voer.

Langs Kate sit Duncan. Sy kyk nie na hom nie. Dit gaan die moeilikste wees om hom in die oë te kyk.

John Woodroffe is die laaste wat opkyk. Hy kou eers klaar, vee sy mondhoek versigtig met die gestyfde servet af en kyk dan reguit na Kate. Sy dik, grys hare blink in die sonlig wat deur die oop venster val. Sy donker oë is onleesbaar agter die brilglase. "So?" vra hy.

Kate het al geleer: nou is stilbly die beste wapen. Sy het mos nou gesê wat sy wil sê.

Peter is die eerste een wat praat. "Dis nie nou 'n baie goeie tyd nie, Kate," sê hy geduldig. "Ons het regtig baie probleme."

"By die myne?" vra Susan bekommerd. Nou kyk selfs Diana op.

"Nie ernstig nie," maak John dit af, "maar die gewone looneise deur die werkers."

"Maar besef hulle nie dis 1932 nie, dat ons in 'n wêreldwye depressie is nie?" vra Susan.

"Dit beskou hulle as ons probleem," sê Peter. "Dis veral die wit mynwerkers wat probleme veroorsaak. En met Hertzog se sinnelose beleid van beskaafde arbeid is daar sekere werk wat net hulle mag doen."

"Hulle verdien reeds byna dubbel wat die ander werkers kry," sê Duncan langs haar. "As Hertzog net van die goudstandaard wil afklim ..."

Kate kyk deur die venster na haar ma se lowergroen tuin. Die water in die swembad skitter, die tennisbaan lê skoongevee in die koelte van die groot bome. Hierdie gesprek loop nou weer politiek in, dink sy, en haar aankondiging waai saam met die luggie by die oop venster uit.

"Die werkers eis hoër lone omdat hulle honger is," sê sy.

Die drie mans kyk bietjie verbaas na haar.

"Hulle is honger omdat hulle die geld wat hulle verdien, uitmors," sê Duncan kalm. "Gaan kyk hoe leef hulle: dronknes elke Vrydagaand, dobbel die hele Saterdag, van Maandag af is daar nie kos in die huis nie."

"Dis júis waarna ek wil gaan kyk!" probeer Kate na die begin van die gesprek terugkeer.

"Jy hoef net die Carnegie-kommissie se verslag te lees, Kate," sê Peter. Hy praat steeds met haar asof sy die sussie is wat hy moet oppas. "Hulle het die situasie deeglik ondersoek."

"Hulle het na die oorsake gekyk waarom die mense armblankes geword het, en na moontlike oplossings," troef sy. "Hulle het wonderlike werk gedoen, maar dis nie waarna ek soek nie."

"Waarna soek jy, Kate?" vra Duncan. Hy het 'n rustige stem, 'n mooi, diep stem. Nou moet sy na hom draai, na hom kyk.

Alles aan Duncan is netjies. Sy donker hare is netjies na agter gekam, sy snorretjie is netjies geknip. En daarby praat hy 'n netjiese Oxfordengels. Deur sy ronde skilpadraambril kyk sy donker oë rustig na haar. Maar sy sien ook die hartseer raak, sy het geweet haar aankondiging gaan hom seermaak.

"My tesis gaan oor hoekom arm mense nie uit die kultuur van armoede kan kom nie," verduidelik sy vir die soveelste keer. "En ek kan dit net doen as ek met die mense self gesels, op grondvlak."

"Jy weet nie waarvoor jy jou inlaat nie," sê Peter. "Dis nie ons mense nie, Kate."

"Dit ís ons mense, Peter, my mense en jou mense," sê Kate afgemete. "Of jy dit wil erken of nie: jy is net soveel Afrikaner as wat jy Engelsman is." Sy het aspris oorgeslaan na Afrikaans.

"Jy weet dis nie wat ek bedoel nie," sê Peter.

"Ek dink ons moet hierdie gesprek later voortsit," sê hul ma op haar sagte, ferm manier. "Dit gaan lei tot slegte spysvertering." Sy kyk reguit na Kate en praat ook Afrikaans – wat beteken dat sy die opmerking as vertroulik beskou. Duncan verstaan beslis nie, maar Kate vermoed lankal haar pa verstaan ná al die jare baie meer as wat hy laat blyk.

Susan glimlag vir die gesigte om die tafel en klingel die kristalklokkie. "You can serve the dessert, thank you, Elias," sê sy vir die swart man in die kraakwit uniform.

Kate eet haar nagereg in stilte, om haar gaan die gesprekke normaal voort. Dan sê John Woodroffe: "Dit was heerlik, thank you, my dearest. Sal julle dames ons verskoon as ons 'n sigaartjie gaan rook?" En hy buig sy kop galant in die rigting van sy pragtige vrou.

My pa is ongelooflik sjarmant, en aantreklik, dink Kate – al is hy reeds in sy sestigerjare. Geen wonder my ma het meer as dertig jaar gelede haar hart op dié Engelsman verloor nie.

Buite bak die son lekker warm – die eerste warm dag hierdie seisoen. Maar Kate weet, die koue sal weer terugkom, daarom wil sy die sonskyn geniet.

Sy draai na Britney: "Gaan jy saam met my kom swem?" vra sy.

Die dogtertjie spring op. "Yes, yes!" roep sy bly uit en hardloop met die trap op dat Nanny haar swembroekie kan aantrek.

Peter en Diana sluit gou by hulle aan, Duncan bespreek waarskynlik nog iets met haar pa. Al skyn die Augustusson helder, is die water nog bitter koud. Kate klim uit die swembad en vryf haar arms en bene vinnig droog. Selfs al het die somer nog nie eens begin nie, is haar vel goudbruin – iets wat sy van haar pa geërf het. Dan gooi sy haar handdoek op die gras in die son oop. Sy gaan lê op haar maag, haar dik, donker hare kleef agter aan haar nek vas. Sy voel hoe die son behaaglik op haar lang bene bak, sy voel die Sondagmiddaglomerigheid oor haar sak. Nou-nou gaan die kruisverhoor seker begin, dink sy voor die skemerte haar insluk.

Later word sy vaagweg bewus van Duncan wat langs haar kom sit. "Slaap jy?" vra hy.

Sy lig haar kop. "Ek het nogal," glimlag sy vir hom.

"Jammer. Ek gaan nou ry, Kate, maar ek kom haal jou vanaand. So teen seweuur?"

Sy knik. "Dis goed. Waarheen gaan ons?"

"Enige plek. Ek wil net gesels," sê hy en staan op.

Sy kyk hom agterna terwyl hy oor die groen grasperk wegstap. Sy skouers is reguit na agter getrek, sy snyerspak pas presies oor sy skouers. Wat makeer my? wonder sy. Elke ander meisie in Johannesburg sal haar kiestande gee om Duncan Stafford se aandag te probeer trek: Cambridge-gegradueerde finansiële bestuurder by een van die grootste mynhuise in die stad, galante metgesel na enige geleentheid. En daarby haar broer se beste vriend, reeds van hul skooltyd op Michaelhouse, deur hul universiteitsjare, hoewel hulle nie dieselfde kursus gevolg het nie. En haar pa se vertroueling. Dis geen geheim dat Duncan en Peter besig is om John Woodroffe se besigheid, Rand Consolidated, oor te neem en haar pa besig is om uit te tree nie.

Net sy is soos 'n stok in die wiel. En sy weet regtig nie waarom nie.

Peter sak langs haar op die gras neer. Sy weet dis nie toevallig nie – hy wil ook "net praat".

"En toe? Het Duncan jou wakker gemaak?"

"H'm. Maak nie saak nie, ek was net bietjie lui."

Hy begin sy arms afdroog. "En jy sê jy wil die praktiese navorsing vir jou tesis doen?" sê hy, asof terloops.

"Ja. Veldwerk noem ons dit."

Hy vryf met die handdoek oor sy blonde hare. "Hoekom, Kate?"

Sy kyk verbaas na hom. "Anders kry ek nie my meestersgraad nie. Buitendien, ek stel werklik belang."

"Jy gaan tog nie jou meesters gebruik nie, sus. Jy sal jou lewe deur nooit hoef te werk nie. En as jy liefdadigheid onder die armes wil doen, het jy nie 'n meesters nodig nie."

"Hoe weet jy ek wíl nie dalk werk nie, Peter?" Sy is self verbaas dat sy dit sê. In die kringe waarin hulle beweeg, werk geen vrou nie.

"Hemel, Kate, jy het nie 'n idee hoe dit daar buite is nie. Jy is jou lewe deur nog toegedraai in watte en soos 'n porseleinpoppie opgepas, hoe ..."

"Dis mos nie ek wat dit so gekies het nie?" Sy is besig om kwaad te word, en dit gebeur nie maklik nie.

"Ek het ook nie gesê dis jou skuld nie. Ek konstateer net feite, relevante feite waaroor jy moet nadink."

"Ek het al daaroor gedink. Ek weet wat ek moet doen."

Hy sug en skud 'n Cavalla-sigaret uit die pakkie. Hy klik die aansteker, die vlammetjie spring uit. Hy suig eers diep aan sy sigaret, leun agteroor, blaas rookkringetjies die lug in.

Kate wag. Sy weet Peter dink – hy beplan 'n ander taktiek.

"Kate, jy het mos al op 'n studiereis gegaan en armoede ondersoek?"

"Ja," sê sy. Sy weet waarheen dit lei. "Agttien maande

gelede, saam met professor Williams en nog drie studente. Na Amerika."

"Hoekom kan jy dít nie gebruik nie?"

"Om baie redes. Eerstens, dis nie Suid-Afrika nie. Tweedens, dit was nie 'n indiepte-ondersoek nie, meer net 'n besigtigingstoer. En derdens, en dis die belangrikste – ons het gekonsentreer op oorsake en moontlike oplossings, ons het glad nie aandag gegee aan die redes hoekom arm mense nie uit die kultuur van armoede kan kom nie. Dis waaroor my hele tesis gaan."

"Jy kan jou onderwerp verander," sê haar broer. "Ontleed byvoorbeeld die Carnegie-kommissie se ..."

"Ek wil my eie ondersoek doen," val sy hom in die rede, "ek wil nie net analiseer en ontleed nie. Ek het klaar besluit, Peter. Dit help nie jy probeer my anders oortuig nie. Help my eerder om dit prakties uitvoerbaar te maak. Asseblief?"

"Ai, sus." Hy kyk voor hom na waar sy jong vrou en dogtertjie in die ysige water baljaar. "Gesels met Nellie, sy kom uit 'n armblankehuis. Sy behoort jou vrae te kan beantwoord."

"Nellie werk al by ons vandat ek kan onthou, sy is gewoond aan die luukses van ons huis."

"Sy gaan darem van tyd tot tyd huis toe?"

"Peter, jy weet dis nie 'n oplossing nie. Gaan jy my help om by Daddy verby te kom, of gaan jy nie?"

Hy kon haar nog nooit iets weier nie. Hy haal sy skouers op. "Dis net nou so 'n slegte tyd vir Daddy. En ek weet nie wat Ma gaan sê nie. Om nie eens van Duncan te praat nie."

"Ek weet," sê sy. "Ons gaan vanaand praat."

"Jy moet een van jou kollegas kry om jóú kop te lees," sê hy toe hy opstaan.

"Ek weet," sê sy.

Die aand staan sy lank voor die vollengtespieël in haar kamer. Sy lyk geensins na haar ma nie, baie meer na haar pa. Sy het sy donker hare en oë gekry, sy soel vel. Sy hoef selde enige grimering te dra, haar natuurlike rooi wange en donker wimpers en wenkbroue maak dit onnodig. En sy het haar pa se lengte gekry. Op skool was sy altyd een van die langste meisies in die klas. Maar haar ma het haar vroeg al geleer: wees trots daarop, loop regop. Dis mooi om lank te wees.

Sy bekyk haar hare krities, dit vou blink en vroulik om haar gesig. Mooi genoeg net so, besluit sy. Dan trek sy haar egte sykouse aan en kyk versigtig oor haar rug in die spieël of die nate gelyk loop. Sy trek die eenvoudige, swart rokkie oor haar kop, dit pas styf om haar middeltjie, vou om haar heupe en gly in 'n vloeiende lyn af tot net bo haar enkels. Sy knip die string pêrels om haar slanke nek vas. Nou net die skoene – die hakke nie te hoog nie, anders is sy langer as Duncan. Eendag gaan sy nog iemand ontmoet wat …

Sy slaan haar gedagtes met mening hok. Eendag gaan sy met Duncan trou, dis wat sy wil doen, dis wat almal van haar verwag.

Net nie nou al nie.

Nellie loer om die hoek. "Is jy reg, Kate? Mister Duncan wag in die sitkamer."

Kate trek haar handskoene aan, neem haar aandsakkie en stola en stap met die breë trap af, haar linkerhand liggies op die gedraaide houtreling. Aan die onderpunt van die trap draai sy regs na die sitkamer, die hakke van haar skoene klik-klak oor die blink marmervloer. Die sitkamer se swaar houtdubbeldeure staan oop. Die staanlampe gooi 'n sagte lig oor die houtpanele teen die mure, oor die leermeubels, oor die swaar brokaatgordyne wat Elias vroeër al diggetrek het. Bokant die kaggel skyn 'n spesiale liggie op die nuwe Pierneef.

Binne sit haar ouers en Duncan, die mans elk met 'n glasie whiskey, Susan Woodroffe met 'n droë martini. Haar pa en Duncan staan dadelik op toe sy binnekom. "Droë sjerrie vir jou, Kate?" vra John Woodroffe.

"Nie nou nie, dankie, Dad," antwoord Kate. "Ek gaan net 'n glas water drink." Vir my droë mond, dink sy – want vanaand gaan nie maklik wees nie.

"Ek het gedink ons gaan na die Rand Club vir 'n drankie?" stel Duncan voor terwyl hy die Riley se deur oophou dat sy kan inklim. "Of sal ons êrens gaan eet? Koffie drink?"

"Ons het vanmiddag groot geëet," sê sy toe hy ook ingeklim het. "Kom ons gaan klub toe, ons kan daar 'n stil hoekie soek. Ons wil eintlik mos net gesels?"

"Ja, Kate." Hy sê dit op sy stil manier, maar sy ken hom goed genoeg om die effense ongeduld in sy stem te hoor. Of dalk is dit moedeloosheid.

By die klub neem hy haar elmboog liggies en stuur haar na 'n privaat sithoekie in die nis van 'n venster. Hy bestel, die kelner bring hul drankies en ook 'n bord southappies.

"Waaroor gaan die loongeskil hierdie keer, Duncan?" vra sy.

"Meer geld."

"Ja, man," lag sy, "dis logies. Verduidelik asof ek 'n man is."

"Dan moet jy ophou om so deksels vroulik te lyk," glimlag hy. "Jy lyk ... koninklik vanaand."

"Dankie. Jy wou sê van die loongeskil?"

"Dis die blanke myners wat ondergronds werk. Hulle eis beter lone, korter werkure, voordele. Die vakbond maak dit moeilik." Hy kyk na die glas whiskey in sy hand, klingel die ysblokkies ingedagte teen die rand van die kristalglas.

"So dis eintlik Peter se probleem?"

"Dis ons almal se probleem."

"Ek bedoel dit val in Peter se afdeling?"

"Jy kan seker so sê, ja."

"Kan julle meer betaal?"

Hy draai skuins na haar. "Ek het jou nie hierheen gebring om die stand van Rand Consolidated se finansies te bespreek nie, weet jy?" sê hy met 'n glimlag.

"Ek weet."

"Kate, voor ons begin praat: jy weet ek is lief vir jou. Baie lief."

"Ja, ek weet. En ek is ... lief vir jou ook, Duncan. Regtig."

"En jy weet ek wil jou graag gelukkig sien?"

"Ja, Duncan."

Hy sug en kyk by die venster uit. "En ek is bekommerd oor jou."

"Hoekom? Ek gaan niks wilds of onverantwoordeliks aanvang nie."

Nou kyk hy weer reguit na haar. "Jy wil in die agterbuurte ingaan. Die mense woon in krotte, daar is helder oordag misdaad en geweld en ... Kate," pleit hy byna, "jy kán dit nie doen nie!"

"Ek moet dit doen, Duncan."

"Maar hoekom? Watter obsessie het jy met die armes? Kan jy nie net liefdadigheidswerk ..."

"Duncan," sê sy rustig, "ek het presies hierdie gesprek met Peter ook al gehad. Ek wil nie gaan kos en klere uitdeel nie, ek wil nie eens help werk skep en kinders in die skole kry en ma's oplei om gesonde kos te kook nie. Dis baie belangrik, ja. Maar ek wil vasstel waarom armes arm bly, van geslag tot geslag. Dis nie net hier waar dit gebeur nie, dis wêreldwyd. Kyk maar in Amerika, of Duitsland, of selfs Engeland, waar mense ..."

"Jy kan nie die wêreld verander nie," sê hy.

"Dis ook nie wat ek wil doen nie," sê sy moedeloos. Hy verstaan nie waaroor dit gaan nie, dink sy, net so min soos haar pa of haar ma of haar broer verstaan. En sy kan verduidelik tot sy blou is in haar gesig, hulle sal nooit verstaan nie.

"Jy kan nie alleen in daardie buurte ingaan nie," sê hy beslis.

Die hoop vlam in haar op. Hy erken dus die moontlikheid dat sy dit tog kan doen. "Seker nie," gee sy toe.

"Ek wens ek kon saamgaan, maar met die arbeidsonrus wat dreig, is dit onmoontlik."

"Ek het nooit verwag dat jy moet saamgaan nie. Maar dankie in elk geval." Hy is die laaste een wat sy kan saamneem. Sy het darem in Amerika 'n idee gekry hoe die agterbuurte lyk: sy sien al vir Duncan versigtig oor die vuil water tree sodat sy Italiaanse skoene nie nat word nie.

"Miskien kan jy jou ondersoek 'n rukkie uitstel?"

"Nee, Duncan, ek is nou gereed om te begin, ek is gretig om te begin. Ek moet net vir Daddy oortuig."

Hy knik. "En jy wil hê ek moet jou daarmee help?"

"Jy en Peter."

Hy kyk na haar met 'n skewe glimlaggie. "Jy kry ook altyd jou sin, weet jy? As ek jou help – en ek sê ás – dan is dit teen my beterwete."

"Dankie, Duncan! Baie, baie dankie!" Sy vat sy hand en druk dit teen haar wang.

Hy streel oor haar wang. "H'm, die ding kan dalk net

die moeite werd raak," glimlag hy. "Waarmee kan ek jou nog help?"

Toe Duncan later die voordeur agter hom toetrek, staan sy 'n oomblik stil in die ruim voorportaal. Sy haal diep asem. Sy ís lief vir Duncan, sy weet sy is. Dis net ... sy wil hierdie stuk werk wat sy begin het, voltooi. Daarna sal sy inval by die lewe wat sy weet op haar wag: 'n veilige, vol lewe, 'n lewe as Duncan se vrou, wat onthaal en haar man ondersteun in sy werk en betrokke raak by liefdadigheid.

Na regs uit die portaal is John se studeerkamer. Kate sien 'n strokie lig onder deur die toe deur sypel. Haar pa sit óf nog en werk óf hy het in sy leunstoel aan die slaap geraak, soos meermale gebeur. Sy klop saggies en stoot die deur oop.

Die studeerkamer is veel meer as net 'n kantoor, dis John Woodroffe se heiligdom. Dit dien ook as smoking room, dis waar die manne poker speel, of soms biljart. Dis waar John en soms Susan saans in die diep leerstoele sit en lees, of na hul gunstelingmusiek luister. Dis waar sy kleintyd op die Persiese mat gespeel het, baie saggies, want Daddy het gewerk. Of waar hy vir haar fairy tales of nursery rhymes gelees het uit een van die vele boeke agter die loodglasdeurtjies teen die muur.

Haar pa sit agter sy groot lessenaar, maar staan dadelik op toe sy inkom. "Daddy werk," sê sy, "ek wou nie pla nie."

Hy glimlag. "Ek het eintlik vir jou gewag," erken hy skuldig. "Ek wou net nie 'n romantiese oomblik verbreek nie."

Sy lag. "Daddy moes maar gaan slaap het. Ek verstaan daar wag 'n moeilike week?"

"Nee wat, dis nie so erg nie." Selfs al steek die werkers die hele Johannesburg aan die brand, sal John dit steeds wil weghou van sy vrou en sy dogter, dink Kate.

"Het jy en Duncan 'n lekker aand gehad?"

"Ons het oor my toekomsplanne gepraat, Dad," sê sy reguit.

"En?"

"En ek wil so gou moontlik met my ondersoek begin."

Hy draai na sy lessenaar en maak die houtkissie met die Kubaanse sigare oop. "Wil jy nie sit nie?" vra hy met sy rug na haar.

Sy gaan sit op die leerbank en vou haar stola stywer om haar skouers – dit was miskien 'n warm dag, maar saans is dit nog maar koel.

John haal die sigaarknipper uit die boonste laai van sy lessenaar en knip die puntjie van die sigaar versigtig af. Hy stamp ingedagte die agterkant van die sigaar teen die nael van sy linkerduim. Dan stap hy om en gaan sit skuins teen die lessenaar, sy lang bene voor hom uitgestrek, sy een voet oor die ander, reg voor Kate.

Hulle kyk stil na mekaar. Hy wag. Maar dis 'n tegniek wat sy by hom geleer het – sy wag ook.

Sy kop sak af na sy hande. Hy knars die vuurhoutjie en hy steek sy sigaar aan. Die ryk aroma vul die hele vertrek. Soos al die jare.

"Jy is my dogtertjie, Kate."

"Ek is twee en twintig, Daddy."

"Jy lyk sestien."

"'n Baie langbeensestien!"

"'n Baie mooi sestien. En jy bly my dogtertjie."

"En Daddy bly my dad. Maar ek wil steeds my navorsing gaan doen. Ek wéét dis nou 'n slegte tyd, met die dreigende stakings en onluste, en Hertzog wat nie van die gouddinges of waar hy ook al sit, wil afklim nie, maar ..."

Haar pa begin lag. "Goudstandaard," sê hy.

"Wat ook al. Maar sake lyk nie of dit gaan verbeter nie. En hoe gouer ek begin hoe gouer is ek klaar en kan ek met 'n nuwe lewe begin."

Haar pa trek sy wenkbroue geamuseerd op. "'n Nuwe lewe?"

"Ja, wel, ons moet maar sien wat hou die toekoms in," glimlag Kate.

"Duncan is 'n eersteklasmens, Kate," sê hy ernstig.

Sy knik. "Ek weet." Haar pa is al een wat sy nog nooit kon flous nie.

Hy staan weer op. "Kom in die week na my kantoor toe, bel net vir Miss Gray om te hoor of ek jou kan ontvang. Dis beter as ons daar die saak formeel bespreek."

Sy glimlag breed. "Dankie, Dads," sê sy.

"Daar is in hierdie stadium nog niks om voor dankie te sê nie," maan hy ernstig. "Daar is net 'n voorstel op die tafel wat ons moet bespreek."

Woensdagoggend is Kate reeds vroeg wakker. By ontbyt gee haar pa geen blyk daarvan dat hy weet van hul afspraak later die dag nie. Hy lees uit die *Rand Daily Mail* interessante brokkies aan haar ma voor en vra uit oor wat sy die dag gaan doen. Susan vertel opgewonde van die vroue van die leeskring wat vandag by hulle aan huis vergader. "Selfs Missus Cornwell kom – die nuwe Britse handelsattaché se vrou, onthou jy?"

"Dis vir jou 'n groot dag," sê hy.

"Ja," sê sy, "jy moet aan my dink."

Hy streel oor haar hare. "Ek sal," belowe hy.

Maar net voordat hy uitstap, sê hy eenkant vir Kate: "Ek sien jou teen elfuur?"

"Ja, Dad."

"Jackson kan sommer onder in die gebou parkeer. Ek sal reël."

Sy het eintlik beplan om self te ry, in haar eie karretjie. "Dankie, Dad."

Sy staan lank voor haar klerekas. Sy wil nie vanoggend soos Daddy se dogtertjie lyk nie. Sy wil formeel lyk, gesofistikeerd, soos 'n vrou wat haar kan handhaaf. Sy kies haar tweestuk versigtig, druk haar hare onder haar hoedjie in. Die hoedjie sit presies in die middel van haar kop – nie windmakerig skeef soos soms as sy uitdagend wil wees nie. Sy trek haar skoene met die hoogste hakke aan. Sy vermoed Peter en Duncan sal ook by die samesprekings wees – nou sal sy hulle ten minste in die oë kyk. Nie haar pa nie, hy is baie lank.

Net toe sy in die portaal kom, lui die telefoon in die studeerkamer. Sy stoot die deur oop en trek soos altyd haar asem stadig en diep in: sy ruik haar pa in hierdie kamer. "Woodroffe residence, Kate speaking," antwoord sy.

"Miss Woodroffe?" Dis Miss Gray. "Jou pa is van tienuur af al in 'n vergadering met die mense van die vakbond, ek twyfel of hulle teen elfuur al sal klaar wees. Wil jy 'n ander afspraak maak?"

Kate voel hoe die teleurstelling in haar opstoot. "Nee, nee," keer sy. "Ek wil vandag kom. Ek sal sit en wag, ek gee nie om nie."

"Jy gaan dalk lank wag."

"Ek kom nogtans. Ek sal my boek saambring om te lees."

Rand Consolidated het begin as 'n eenmansaak met een, uitgewerkte myn. Deur harde werk en 'n aangebore sakevernuf het John Woodroffe dit opgebou tot een van die stabielste mynhuise op die beurs. Selfs met die groot val van Wallstraat in 1929 en die wêreldwye ekonomiese katastrofe wat steeds besig is om uit te kring, het Woodroffe staande gebly. Met Peter Woodroffe as myningenieur in beheer van die tegniese sy, en Duncan Stafford wat die finansiële leisels stewig in die hand het, kan John Woodroffe uitsien na die begin van 'n rustige aftrede. Altans, hy kón, voor 1929. Nou het sake heelwat verander.

"Jy kan inry, Jackson, my pa het gereël," sê Kate toe hulle voor die imposante gebou stilhou.

"Good morning, Miss Woodroffe. Tenth floor?" vra ou Mister Pears formeel. Sy rooi uniform pas onberispelik oor sy ronde magie, die goue knope skitter. Hy bestuur die hysbak soos 'n meester.

"Good morning, Miss Woodroffe. Miss Gray is expecting you," sê Miss Hoover by ontvangs op die tiende verdieping. Haar grys bolla het nie 'n haar uit plek nie.

"Goeiemôre, Miss Woodroffe. Kan ek jou 'n koppie tee aanbied?" vra Miss Gray en begelei haar na die privaat sitkamertjie teenaan John Woodroffe se kantoor. Die tee wag reeds, sy bedien dit in fyn Royal Albert-koppies.

Ek is in die hartklop van die Goudstad, dink Kate. Fordsburg en Vrededorp lê 'n klipgooi van hier, tog is dit aan die ander kant van die wêreld. My pa en sy mense regeer uit toringgeboue, diep onder hulle grawe mense soos molle in myngange.

Sy drink haar tee. Sy lees haar boek. Sy sê nee dankie vir nog 'n koppie tee. Sy kyk van bo af hoe die motors en trems in die straat ver onder haar beweeg. Sy sien die dak van die Rand Club 'n blok verder straataf. Sy wonder of sy vir Miss Gray moet vra om vir Jackson 'n beker tee te stuur. Sy besluit liewer nie en lees weer.

Eindelik gaan die deur oop. Duncan kom uit, dan drie mans in werkklere. "Kate?" sê hy verbaas. Sy wys alles is reg, hy kan eers die mans hysbak toe vergesel.

Dan verskyn 'n vierde man in die deur. Dis 'n jong man, seker vroeg in sy twintigerjare. Hy staan 'n oomblik stil en kyk reguit na haar, knik baie liggies met sy kop. Sy groet werktuiglik terug, onseker of hy haar werklik gegroet het. Hy buig sy kop effens toe hy deur die deur loop en volg die ander drie sonder om weer in haar rigting te kyk.

Sy staar hom onbeskaamd agterna. Hy is lank, een van die langste mans wat sy nog gesien het, en atleties gebou. Sy skouers is breed, sy rug is regop, hy loop met veerkrag in sy lang treë.

'n Oomblik het dit gevoel asof 'n groot krag uit hom straal.

Kate, is jy gek? betig sy haarself. Simson is lankal dood, onder hope puin begrawe. Hy het buitendien lang lokke gehad – hierdie man se ligte hare is kortgeknip.

"Wag jy al die tyd, Kate?" vra John besorg. "Het Miss Gray jou nie gebel en die afspraak geskuif nie?"

"Sy het gebel om te sê Dad gaan laat wees, maar ek het verkies om te wag. Maar as dit nie nou geleë is nie, kan ons dit môre of so maak?"

"Nee, kom binne," sê haar pa. "Ek wil buitendien die res van my dag se afsprake kanselleer. Ek en Peter en Duncan moet eers vandag die vakbond se voorlegging bespreek." Hy gebruik nie die woord "eise" nie, hoor Kate.

"Is hulle al vier van die vakbond?"

"Ja," antwoord Duncan, wat intussen weer by hulle

aangesluit het, "en hulle het hul huiswerk deeglik gedoen."

"Ek kan regtig 'n ander dag terugkom?" stel Kate voor.

"Nee, ons bespreek eers jou opsies," besluit haar pa. "A, hier is Miss Gray juis met tee en toebroodjies. Kate, sal jy vir ons skink?"

"Wat dink jy?" vra Duncan vir Peter. Kate hoor die kommer in sy stem.

"Ek dink ons grootste probleem lê by Neethling," sê haar broer.

"Ja," stem Duncan saam, "hy is glad nie dom nie en baie ... veeleisend. As 'n mens hom op 'n manier kon uitskakel en met die ander drie onderhandel?"

"Ons kan nie," tree John tot die gesprek toe. "Dankie, Kate, net een broodjie. Hy verteenwoordig die Afrikaanssprekende werkers, hulle is meer as driekwart van ons werkersmag."

"En hulle is die militantste groep," voeg Peter by.

"Die stakings van 1913 en 1922 het gewys dat militante wit werkers en wit werkloses 'n gevaarlike kombinasie is," sê Duncan. "Die myne is 'n politieke kruitvat. Ons kan nie buiten hierdie depressie 'n staking ook nog hanteer nie."

"Ek het Neethling darem nie as aggressief ervaar nie," sê John.

"Maar hy gaan veg vir wat hy glo reg is," sê Peter. "Twee suiker, dankie, Kate. En drie broodjies, ek is honger."

"Ek wonder tog of hy nie Engels verstaan nie," sê Duncan. "Die ding dat hy net met Peter kan praat en dat Peter weer alles moet verduidelik – dit kom vir my vreemd voor. Hy werk tog al etlike jare by die myn?"

"Ek dink regtig nie hy verstaan nie," sê Peter, "in elk

geval nie genoeg vir formele onderhandelings nie. Baie van hierdie armblankes verstaan die minimum Engels."

"Maar hulle leer dit gou, veral die tegniese terme. Dankie, Kate," sê Duncan.

"Hy het 'n baie goeie werkrekord," sê haar pa. "Ek het dit nagegaan toe ek hoor hy is deel van die afvaardiging."

"Ja," sê Peter, "ek het nog net positiewe terugvoer oor hom gehad – tot dusver. Dit sal bitter jammer wees as hy nou in die politiek betrokke raak."

Dan draai John na Kate. "Jy het nie gekom om na ons probleme te luister nie. Ons het almal ons droë kele gelaaf, vertel nou volledig vir ons wat jy beplan."

Kate haal haar beplanning uit haar sak. Sy weet presies wat daarop staan, elke woord, maar sy dink dit sal meer professioneel lyk as alles op skrif is. Wel, nie álles nie – sommige inligting bêre sy vir 'n meer geleë tyd.

"Daar is al vir minstens drie dekades navorsing oor die armblankes gedoen," begin sy, "maar bitter min van die ondersoeke het veldwerk onder die armes self ingesluit. Julle weet reeds dat ek die ménse wil leer ken om te bepaal waarom hulle nie die kultuur van armoede kan verbreek nie. Om dit te doen moet ek in hul huise ingaan, moet ek probeer om hul vertroue te wen. Eindelik moet ek in hul koppe ingaan, weet hoe hulle redeneer en dink en die toekoms sien. Dan alleen kan ek miskien begin verstaan."

Sy kyk op. Niemand knik nie, hulle kyk haar net stil aan. Dit gaan moeiliker wees as wat sy gehoop het.

"Ons luister," sê John. Kate weet ook dit beteken net dit: hy luister. Hy het nog geen besluit geneem nie.

"In die praktyk beteken dit dat ek tyd by enkele gesinne sal moet deurbring, sover moontlik 'n vertrouensverhouding met hulle sal moet opbou. Sê minstens drie gesinne, dalk meer, met verskillende omstandighede of probleme."

"Gaan voort."

Dit help nie eens om na hulle te kyk nie – daar is sluiers voor hul oë. Arme vakbondmense. "Is julle so kwaai met die vakbondmense ook?"

Duncan frons effens. "Kate, waarvan praat jy?"

"Julle kyk na my asof ek 'n vreemdeling is."

John glimlag gerusstellend. "Jammer, ons luister regtig."

"Ek het gedink om hier in Johannesburg te begin, by die gesinne van die mynwerkers en fabriekwerkers. En veral onder die werkloses. Daar is op die oomblik honderd en tagtigduisend blankes wat as werkloos geregistreer is, die meeste is Afrikaners."

Peter glimlag stadig. "Jy begin bietjie soos die vakbond klink," sê hy.

"Jy sê jy wil hier in Johannesburg begin?" sê Duncan ernstig. "Wat bedoel jy met 'begin'?"

Nou raak dit moeiliker, sy sal haar woorde versigtiger moet kies. "Ek sal moontlik my ondersoek moet uitbrei, sê maar na 'n plattelandse gebied. Dis nou as ek nie genoeg inligting hier kry nie." Duncan lyk nie tevrede met die antwoord nie.

"As jy sê jy wil tyd saam met die gesinne deurbring, beteken dit sekerlik nie jy wil by hulle inwoon nie?" vra John.

"Nee, Dad. Ek bly by die huis, ek besoek hulle net bedags."

"En as hulle bedags werk?"

Arme vakbondmense! "Dan ... praat ek met dié wat nie werk nie. Of wat skofte werk." Sy glimlag bietjie onseker. "Ek weet nie presies nie, Dad. Ek sal moet kyk hoe ek my sake kan reël. Ek ... was nog nooit eens in een van die gebiede nie."

"Ek weet, Kate. Dis hoekom ek dink jy weet nie waarvoor jy jou inlaat nie."

Sy knik stadig.

"En as jou beplanning nie werk nie?" vra Peter. "As jy nie regkom nie, wat dan?"

"Dan ... moet ek seker maar my onderwerp verander – die Carnegie-kommissie se verslag ontleed en analiseer. Maar ek glo dit sal werk. Ek sal regkom, julle sal sien."

"Ons bedoel dit nie as 'n uitdaging nie," sê John. "Ons wil net hê jy moet ander opsies ook oophou."

"Hoe lank tyd gee jy jouself vir die ondersoek? Of om te sien of dit prakties haalbaar is of nie?" vra Peter.

"Ek weet nie." Sy moet ophou om te sê "ek weet nie", dit klink onseker, dogtertjieagtig. "Seker so drie, vier weke, nie langer nie."

"Jy kan nie alleen in die gebiede ingaan nie," sê Duncan.

"Ek het gedink ... dalk kan Jackson my neem?"

"Jackson is al te oud," sê John. "En jou ma het hom bedags nodig om haar na plekke toe te neem."

Hulle keer haar in 'n hoek vas. "Ek kan vasstel of daar 'n voorgraadse student is wat sal belang stel," sê sy onseker. Sy weet by voorbaat dis nie 'n oplossing nie.

"Jy het iemand nodig wat die gebiede ken, wat veral vertroud is met die gevare in die gebiede," sê Duncan.

"Wat jou kan oppas ook," vul Peter aan.

John knik. "H'm. Iemand soos ... Neethling?"

"Ek het ook aan hom gedink," sê Duncan.

"Laat ons mooi sien," sê John. "Ek wil nie graag vir Neethling uit die onderhandelings haal nie, hy verteenwoordig 'n belangrike deel van die werkmag."

"En hy is slimmer as die ander," sê Peter. "'n Mens

sal mettertyd beter met hom kan saamwerk as met die domastrantes."

"Hy kort net perspektief," sê John. "Hy is nog baie jonk."

"Maar sy mense het vertroue in hom, dis waarom hy daar is," sê Peter.

"Hy sal Kate kan oppas," sê Duncan.

Hallo, ek is ook nog hier! wil Kate sê. Maar sy bly stil. Dit lyk sowaar asof hulle in die rigting van 'n oplossing beweeg.

"Hy kan deel bly van die onderhandelings, selfs al gaan hy vir twee weke saam met Kate," sê Peter.

Vier weke, of langer, dink Kate. Maar sy bly tjoepstil.

"En dan isoleer ons hom ten minste bedags van die oproerige elemente onder die werkers," voeg John by. "Dis veral die Kommuniste wat deesdae aggressief onder die Afrikaanssprekende werkers propageer."

"Kate kan tussendeur informele gesprekke met hom hê – dan verstaan hy ons situasie beter," sê Duncan.

"Ons sal haar ook net bietjie touwys moet maak, of hoe, sus?" sê haar broer.

"Peter, sal jy kyk of dit gereël kan word?" vra John.

"Ja, Dad." Hulle staan al drie gelyk op. Die gesprek is verby.

"Die vakbondmense het nie 'n kans teen julle drie nie," sê Kate net voordat sy uitstap.

Eers op pad huis toe gee Kate haar oor aan die opwinding, die blydskap oor wat vandag gebeur het. Haar studie is werklik vir haar belangrik – baie belangriker as wat enigeen in haar familie besef. En sy was heeltyd bang dat sy nie hierdie finale afronding sou kon doen nie. Of dan nie op haar manier nie.

Toe die statige swart Packard voor die huis in Parktown Ridge stilhou en Jackson uitklim om die swaar gietysterhekke met hul krulle en draaie oop te maak, kyk Kate met waardering na die tuiste waar sy grootgeword het. Die oprit na die huis is van afvalstukkies marmer uit die myn by Marble Hall. Kleintyd kon sy haar verkyk aan al die verskillende patroontjies en kleure in die klip. Die dubbelverdieping-kliphuis lyk vriendelik, met sy balkonne voor die boonste kamers en sy loodglasvensters wat nou verwelkomend wawyd oop staan. Die groen klimop rank plek-plek tot byna teen die leiklipdak, amper soos op die prentjies van Doringrosie se kasteel, dink sy vandag nog.

Dis haar pa wat so vir hulle sorg – haar pa wat met niks in hierdie vreemde land begin het nie en vir hulle hierdie stukkie paradys geskep het.

So 'n man wil ek eendag hê, dink sy, iemand soos my pa.

Dis eers toe sy klaar geswem het en in die son lê en bak dat sy wonder oor die jong myner wat haar moet kom oppas. Neethling, het haar pa gesê. Nie dom nie, het Duncan gesê, net baie – wat was die woord wat hy gebruik het? – veeleisend. Hy kort perspektief. 'n Goeie werker, het Peter bygevoeg – of was dit haar pa? Maak nie juis saak nie.

Maar nou het hy 'n probleem geraak omdat hy by die politiek betrokke geraak het.

Hy is Afrikaans, dink sy terwyl die namiddagson haar vaak bak. Hy kom seker uit 'n armblankehuis.

Hy is ook baie lank. Met baie breë skouers.

Sy gaap en draai op haar maag. Lê met haar kop op haar arms. Die son spoel oor haar rug en bene.

Sy oë is staalblou. En hy moes sy kop afbuig om deur die deur te loop.

Vrydagoggend ry Kate met Sophia, haar Model A Fordjie, universiteit toe. Dis die heel mooiste karretjie op die pad, dink sy. Dis 'n tweekleurkoepee, bruin en roomkleurig, net twee deure, met 'n afslaandak en 'n agterbak of dicky wat oopslaan. Met hierdie karretjie het haar pa vir haar 'n soort vryheid, 'n onafhanklikheid gegee wat nie een van haar vriendinne geniet nie – dit was die heel grootste geskenk wat haar pa vir haar kon gegee het.

Net ná nege stap sy by professor Williams se kantoor in.

"Ja? Jy sê jy het jou pa sowaar van jou wilde plan oortuig?" sê hy goedig. Hy praat ook 'n Oxfordengels, nes Duncan.

"Ek het, Professor," glimlag sy terug. "Ek is self verbaas dat hy toegestem het. En baie dankbaar."

"Ja, ek dink jy kry buitendien altyd wat jy wil hê, of nie?"

"Wel, nie altyd nie." Sy het die afgelope paar jaar baie lief geword vir professor Williams, sy gaan hom baie mis as sy haar studie voltooi het. Miskien moet sy dan probeer om as lektrise by die …

Maar nee, as sy haar meestersgraad voltooi het, gaan sy Duncan se vrou word en in 'n kliphuis woon en oggendtee by John Orr's geniet.

"Nou wat is ons volgende stap?" vra die professor.

"Dis waarvan ek wou kom seker maak, Professor. Ek ontmoet Maandagoggend hierdie ou wat saam met my na die armblankegebiede moet gaan."

"Ja? En wie is dit?"

"Dis 'n … wel, hy is 'n myner wat vir my pa werk en hy ken die gebiede en hy moet my oppas."

"That's a tall order," lag hy gemoedelik, "om so 'n mooi meisie soos jy op te pas!"

Kate lag. "Hy ís 'n reus," sê sy. "Soos Simson."

"As long as he doesn't bring the house down on us."

Kate leun vertroulik vorentoe. "Professor weet net nie, ek is twee hele aande lank geïndoktrineer oor die wese van die ekonomie en die werkinge en probleme van die Kamer van Mynwese en die wisselwerking tussen werkgewer en werknemer. Sien, hy is een van die vakbondleiers en nou moet ek keer dat die mynhuis op ons neerstort."

"Ja? Dis 'n groot verantwoordelikheid," knik professor Williams gemaak ernstig.

"Ek weet selfs nou wat die goudstandaard is, én hoekom ons moet afklim!"

"Ek sou gedink het dat jy dit lankal weet – gegewe die huis waarin jy grootgeword het," sê professor Williams.

"Ek sluit my af as die mansmense oor die ekonomie praat. Ek vind dit 'n hoogs vervelige onderwerp."

"In that case, I am rightfully impressed."

"Maar ek weet steeds nie presies waar ek met my veldwerk gaan begin nie."

Professor Williams knik. "Ja," sê hy en haal sy pyp uit sy sak.

Nou volg die hele ritueel eers, weet Kate. Hy grawe in sy sakke vir sy leertabaksakkie. Hierna neem hy 'n dun, ronde papiertjie versigtig uit die dosie op sy lessenaar en skep presies die regte hoeveelheid tabak in die middel van die sirkel. Nou moet hy die kante baie versigtig in 'n ronde balletjie toevou en dit onderstebo in sy kromsteelpyp inwerk, sonder dat die tabak uitval. Hy soek in sy sakke rond vir sy spesiale ysterpennetjie en maak 'n klein gaatjie bo in die middel van die papiertjie. Hy skud weer sy baadjiesakke om sy vuurhoutjies te kry, knars die vuurhoutjie, sit agteroor en begin behaaglik aan sy pyp suig.

As hy oud is en te veel bewe, sal hy nie meer kan pyp rook nie. Moeilikheid is net, dink Kate, dat hy nie kan dink sonder sy pyp nie.

"Ja," sê professor Williams.

Kate wag.

"Jy moet gaan na waar die mense is."

"Ja, Professor."

"Ja."

Kate wag. Die professor suig aan sy pyp.

"Jy moet gesinne opspoor wat jy as gevallestudies kan gebruik."

"Ja, Professor."

"Ja."

Kate wag. Die professor sit sy pyp neer. As daardie pyp nou doodgaan, begin die ritueel weer van voor af, dink Kate benoud.

"Jy moet verkieslik 'n moeder vind wat jou in haar vertroue sal neem."

"Ja, Professor."

"Ja."

Kate wag.

"Ja. Jy moet miskien begin by die sopkombuis in Fordsburg, daar kyk of jy iemand kan kry," sê die professor en tel weer sy pyp op.

Eureka, ons kom êrens, dink Kate. En die pyp lewe nog. Én dis 'n briljante idee. "Professor, u is briljant!"

"Ja," sê hy, "ek weet. Wen eers die moeder se vertroue, probeer in die huis inkom, leer die gesin ken. Woon in by hulle, indien moontlik."

"Dit sal my pa nooit toelaat nie."

"Ja. Ek sou ook nie as jy my dogter was nie. Maar jy moet elke gesinslid leer ken, ook die grootouers. Jy moet weet waar kom die mense vandaan, wat motiveer hulle, wat demoraliseer hulle. Wíl hulle aan hul omstandighede ontsnap, of het hulle reeds boedel oorgegee? En indien wel, hoekom? You get the picture?"

Kate knik stadig. "Ja, dankie, Professor. Ek sal dit kan doen."

"Ja," sê hy. "En bly met my in kontak. Bespreek sake met my sover jy gaan."

"Ek sal beslis. En dankie vir Professor se hulp. Daarsonder kan ek dit nie doen nie."

"Ja," sê hy, "jy kan beslis nie."

Die hele vertrek ruik na sy pyprook. Dis 'n gesellige reuk, 'n gelukkige reuk, dink Kate toe sy uitstap.

Twee

Maandagoggend aan ontbyttafel vra haar pa: "Sal jy negeuur by my kantoor wees dat ons sake met Neethling kan bespreek?"

"Ek sal daar wees, Dad. Maar kan ek asseblief alleen met hom die saak bespreek?"

Haar pa kyk haar skepties aan. "Hy is 'n moeilike kalant. En hy was allesbehalwe beïndruk met die idee toe Peter dit met hom bespreek het."

"Ek is die een wat in die volgende weke met hom moet saamwerk, Dad. Ek kan netsowel van die begin af leer hoe om hom te hanteer."

Haar pa glimlag effens en knik. "Ek wonder of Neethling weet wat op hom wag. Ek wil nog die man sien wat jy nie om jou pinkie draai nie!"

Kate lag. "Nee wat, dis darem nie heeltemal waar nie. Het Neethling 'n naam?"

"Vermoedelik, ja. Maar moenie te familiêr met hom raak nie. En ek wil hom nie naby die huis hê nie – hy kan jou altyd by die kantoor kry."

"Goed, Dad."

Tien voor nege stap sy op die tiende verdieping uit die hysbak. "Thank you, Mister Pears. Good morning, Miss Hoover," sê sy en stap deur.

"Mister Neethling wag reeds in Mister Peter se kantoor, hy is vanoggend op die myne. Kan ek tee bring?" vra Miss Gray.

"Dit sal lekker wees, dankie," knik Kate en stoot haar broer se kantoordeur oop.

Die jong man staan met sy rug na die deur en kyk by die venster uit. Hy moes haar hoor inkom het, maar hy draai nie om nie.

"Goeiemôre, meneer Neethling. Ek is Kate Woodroffe."

Hy draai stadig om. Sy oë is ysblou en sonder 'n sweempie vriendelikheid. "Goeiemôre," sê hy.

"Kom sit gerus," nooi sy. "Kan ek vir u 'n koppie tee skink?"

"Ek staan, dankie," sê hy.

As sy nou gaan sit, moet sy nog verder opkyk na die man. Hy is reeds byna 'n kop langer as sy – iets waaraan sy glad nie gewoond is nie. Sy gaan sit dus half skuins op die voorkant van die lessenaar soos sy haar pa meermale sien doen het as hy 'n informele situasie wil skep, maar tog nie wil opkyk na sy gespreksgenoot nie. Dit help nie veel nie – hy bly bo haar uittoring.

"Ek is regtig bly dat u ingewillig het om my te begelei," sê sy terwyl sy haar handskoene tydsaam van haar hande afstroop.

Hy antwoord nie, staan net en wag dat sy verder praat.

"My pa het baie positief van u gepraat. Hy glo u sal my kan help." Die gesprek verloop nie soos wat sy dit beplan het nie, dink sy benoud. Miskien moet sy die een wees wat nou weer stilbly en wag.

Stilte.

Dan besluit hy klaarblyklik tog om te praat. "Luister, Miss Woodroffe, laat ons mekaar van die begin af goed verstaan. Ek is nie onder 'n kalkoen uitgebroei nie. Hulle het my uit die werkmag onttrek, hulle isoleer my van die ander werkers omdat ek besig is om die wêreld te warm te maak. En u is waarskynlik geplant om my te kondisioneer, bietjie in te lig oor die ware toedrag van sake. Te breinspoel. So tref ons twee teikens met een skoot, of nie?"

Sy knik stadig. "Jy is baie reg, weet jy?" sê sy met 'n glimlag. Sy weet van die kuiltjies in haar wange. Sy kan sien hoe haar eerlikheid hom momenteel verras, effens van koers af bring. "Wil jy nou hoor wat ons in die volgende weke moet doen? Dis nou buiten die breinspoeling?"

Hy lyk nie in die minste geamuseerd nie. "Dis waarvoor ek hierheen ontbied is, verstaan ek."

"Kom ons sit dan, asseblief, en drink 'n koppie tee?"

"Ek verkies koffie."

Sy haal haar skouers op. "Ongelukkig is hier nou net tee. Ek is besig met my meestersgraad in Sosiologie." Sy wonder 'n oomblik of sy moet verduidelik wat dit is, besluit dan liewer nie. "My tesis gaan oor hoekom arm mense nie uit die kultuur van armoede kan kom nie, wat demoraliseer hulle in so 'n mate dat hulle van geslag tot geslag arm bly."

"Is u deel van die Carnegie-mense?"

Nou is dit haar beurt om verras te wees. "Nee, hulle het na die oorsake gekyk waarom die mense armblankes geword het, en na moontlike oplossings. Ek ..."

"Ja, ek verstaan. U stel belang in die siel van die armblanke – hoekom bly hy so sleg."

"Dis glad nie wat ek gesê het nie, meneer Neethling."

"Maar dis wat u gaan doen, Miss Woodroffe. En op

die koop toe 'n paar sensasionele foto's neem, dit verfraai 'n droë stuk leeswerk darem."

Sy voel hoe sy warm word. "Meneer Neethling, u is besig om my woorde te verdraai, en om my hele tesis as goedkoop sensasie af te maak. Vir my is dit 'n saak van erns. Ek is net soveel Afrikaans as wat ek Brits is. Meer as tagtig persent van die armblankes in hierdie land is Afrikaners. Ek wil weet waarom. Waarom kan of wil hulle nie hulself ophef nie? Jy weet, die rektor van die Universiteit van Kaapstad, Sir Carruthers Beattie, het op 'n openbare vergadering gesê dat daar geneties iets met die Afrikaner verkeerd is. Hy sê die Afrikaner is in die algemeen verstandelik verswak – dis inherente geestesgebreke onder die Afrikaner wat daartoe lei dat hulle altyd ondergeskik sal bly. Dit kan ek nie aanvaar nie. Jy sal ook nie kan nie."

Sy kan sien dat sy êrens die kol getref het.

"En hoe wil jy bewys dat die armblanke nie so sleg is nie?"

Sy kom agter dat die "u" darem al "jy" geword het.

"Dis nie wat ek wil bewys nie. Ek het nog nooit gesê die armblanke is sleg nie. Ek ..."

"Maar jy praat darem van 'die armblanke' as 'n subspesie wat ondersoek en ontleed moet word?"

Vergeet die "arme vakbondmense", dink sy, dis my arme pa wat met hierdie hardekwasse moet onderhandel!

Hardop sê sy: "Die term armblanke is internasionaal 'n erkende term, dis oorspronklik in die 1870's reeds in die Amerikaanse Suide gebruik. Die term verwys maar net na blanke mense wat arm is."

"Bestaan die term 'rykblanke' ook?"

"Nee. Wat wel bestaan, is terme soos leedvermakerig en dwarstrekkerig en halsstarrig en teësinnig."

"En daarby bedoel jy?"

"Dat ons gaan saamwerk, of jy nou wil of nie. Dat jy my gaan begelei na plekke waar my pa nie wil hê ek alleen moet ingaan nie. Dat jy my in 'n situasie gaan stel waar ek mense kan ontmoet wat my in my ondersoek kan help, armblankes kan ontmoet wat nie uit hul armoede kan of wil kom nie."

"Ek sien. En waar sou jy voorstel gaan 'ons' begin, Miss Woodroffe?"

"Ons gaan begin deur soos beskaafde mense by hierdie tafel te sit, op stoele, en die saak van voor af rustig te bespreek."

"En wie sê hierdie armblanke is 'n beskaafde mens?"

"Jy doen darem 'beskaafde arbeid'?"

"Ook maar net op Hertzog se wetboeke, ja," sê hy en gaan sit.

"Ek vermoed jy het toe vir Neethling 'gehanteer'?" sê haar pa die aand aan tafel.

"Ja," sê Kate. "It was a piece of cake."

John lag. "Ons moet jou volgende keer inkry as ons weer met die vakbond onderhandel, lyk dit my."

"Nee, Dad, ek spot eintlik. Dit was moeilik, maar ons sal wel kan saamwerk. Ek kry hom môre negeuur weer by die kantoor, dan gaan ons eers bietjie in Fordsburg rondloop en teen twaalfuur die sopkombuis daar besoek."

"Ek sien."

"Moet Jackson julle neem?" vra haar ma.

"Nee, ons ry met die trem."

"Moenie juwele aansit nie, Kate," maan haar ma.

"Ek sal sober en onopvallend aantrek, Mamma. En gemaklike skoene, ek wil in die strate rondloop."

"Ai, Kate, ek weet darem nie," sug Susan. "Jy kon

môre saam met my na Missus Cornwell se noenmaal gekom het."

"Toemaar, ek gaan lekker sop eet by die sopkombuis," sê Kate.

"Trek net, wel ... e ... heeltemal anders aan," het Neethling gister gesê. "En gemaklike skoene, plat skoene."

Sy het dit probeer doen. Sy voel aaklig. Sy het ook 'n kopdoek by Nellie geleen wat sy om haar kop gaan bind. Maar eers later, as hulle op die trem is. Sy klem Nellie se groot handsak teen haar lyf vas. Haar hande voel kaal sonder handskoene.

Halfnege wag hy reeds by die tremhalte naby die kantoor. "Dad kan my sommer hier aflaai, daar wag Neethling," sê sy.

Hy het onopvallende kakieklere aan, en die stewels wat duisende ander myners ook dra. Tog het sy hom dadelik raakgesien tussen die ander voetgangers op die sypaadjie: hy staan kop en skouers bo hulle uit.

"Môre, meneer Neethling," groet sy.

"Môre, Miss Woodroffe." Hy klink stram.

'n Trem hou stil. "Nee, ons ry met die volgende een," sê hy.

Hulle klim op die regte trem en sy betaal. "Kan ons bo sit?" vra sy. Dis selde dat sy trem ry, bo sit bly 'n lekkerte.

Hulle rammel uit die middestad. Hulle moet met Commissionerstraat af na Main Road in Fordsburg ry, het sy gisteraand op die kaart gesien. Hulle ry deur gebiede wat sy nie ken nie. Die strate word smaller, die geboue meer vervalle. "Ons klim hier af," sê hy bot.

Hulle loop tussen rye vuil skakelhuisies deur, tree oor die afvoerwater in strate. Hulle loop langs hout-en-sinkhuisies verby, waar vuil, amper kaal kinders in die afvoerwater speel. Hulle loop by gehuggies en krotte van sink-en-sak verby. Babas skree oral, mense hoes, vroue met moeë borste staan in die voordeur en rook, staar hulle uitdrukkingloos agterna. Dis 'n deurmekaar mengelmoes van mense en tale en maer honde wat krap. Seuns en jong mans loop hand in die broeksak, skree vuil woorde oor die straat vir mekaar. Voor die Chinese winkeltjies koek hulle saam, rook soet tabakzolle en speel 'n soort dobbelspeletjie.

Hy praat nie. Hulle stap uur na uur.

En oor alles hang 'n reuk wat sy nie ken nie.

"Ons moet begin aanstap na die kerk, dis waar die sopkombuis is," sê hy skielik langs haar. Sy stem klink absoluut neutraal.

Kate voel hoe die mislikheid in haar opstoot. Net nie dit ook nie, dink sy. Sy gaan staan en maak haar oë toe.

"Miss Woodroffe?" Sy maak haar oë oop. Hy het sy kop afgebuig na haar. Sy blou oë het grys vlekkies in. En gevoel, spikkeltjies gevoel.

Sy voel hoe die huil wil opstoot. Sy veg hard om haar selfbeheersing terug te kry. "Ek kan nie nou sopkombuis toe gaan nie. Ek is jammer," sê sy.

"Goed, ek neem jou huis toe."

"En noem my asseblief Kate?"

"Goed, Kate. Ons kan môre sopkombuis toe kom." Hy neem haar elmboog stewig vas en lei haar na die naaste tremhalte.

In die trem kom die trane, onverwags. Sy grawe in Nellie se lelike sak vir haar sakdoek. "Ek is jammer," sê sy, "ek is nie gewoonlik so 'n tjankbalie nie."

"Jy het nie verwag dit gaan so lyk nie?" vra hy.

"Dis nie net hoe dit lyk nie. Dis ... alles. Die geluide,

die mense, die … reuk. Daar is 'n snaakse reuk wat in die lug hang."

"Dis hoe armoede ruik, Kate. Dit proe ook so," sê hy stil.

Sy kyk vinnig na hom. "Waar woon jy?"

Maar toe hy sy kop in haar rigting draai, is sy oë weer yskoud. "Dit kom nie daarop aan waar ek woon of wat ek doen nie. My privaat lewe bly presies dit: privaat. Dis nie deel van my opdrag om een van jou gevallestudies te word nie," sê hy.

"Dis nie hoe ek dit bedoel het nie," sê sy. "Ek respekteer jou privaatheid. Dit was 'n fout, ek is jammer."

Hy knik net. Die gemoedelikheid wat tussen hulle kon ontwikkel het, het verdwyn.

Gelukkig is haar ma nie by die huis toe sy instap nie. "Sal jy dadelik al hierdie klere was, asseblief, Nellie?" vra sy. Sy drink 'n poeier teen die kloppende hoofpyn en probeer in 'n bad warm water ontspan.

"Hoe was jou dag?" vra haar pa toe hulle net voor aandete 'n glasie droë sjerrie in haar ma se mooi tuin drink.

"Verskriklik. Ek wil nie daaroor praat nie," sê sy.

"Jy kan mos jou onderwerp verander, nè?" vra haar ma hoopvol.

"Ek sal waarskynlik moet," sê sy.

Die aand in haar bed lê sy en dink oor die dag wat verby is. Sy het meer afgebyt as wat sy kan kou, dit weet sy nou. Sy weet ook dat sy nie in een van daardie huise kan ingaan nie. Sy twyfel of sy met die mense by die sopkombuis sal kan meng. Haar pa en Peter was reg: sy het deur Amerika getoer, sy het 'n afrondingskool in Switserland bygewoon en geski in die Alpe en Kersfees in Londen deurgebring, sy het nie 'n idee gehad hoe 'n plek binne 'n radius van tien myl van haar tuiste af lyk nie.

Kan dit wees dat Neethling saans na so 'n woonplek teruggaan?

Hy het steeds nie 'n naam nie. Môre gaan sy hom vra wat sy naam is. As hy nie vandag by was nie ...

Sy onthou die ferm greep van sy groot hande, harde, werkershande om haar kaal elmboog. Sy onthou veral die vlekkies in sy oë – nie net die grys spikkels nie.

Sy wonder tog waar hy woon.

"Goeiemôre, Miss Woodroffe." Hy leun gemaklik teen die huisie by die tremhalte.

"Goeiemôre, meneer Neethling, sal jy asseblief vir my sê wat jou naam is?"

Hy lyk effens verbaas. "Bernard."

"En my naam is Kate, onthou jy? Sal ons gaan?"

In die trem draai sy na hom. "Ek is jammer oor gister, Bernard. Dit sal nie weer gebeur nie."

Hy kyk na haar met 'n vreemde uitdrukking in sy oë. "Jy is nogal taaier as wat dit op die oog af lyk," besluit hy. "Ek het nie gedink ek sien jou vanoggend nie."

"Jy raak nie so maklik van my ontslae nie, Bernard Neethling. Jy moet onthou, ek moet nog die breinspoeling ook doen."

'n Glimlag wil-wil aan sy mondhoeke raak. Maar dan word hy weer ernstig. "Gister was nie regtig jou skuld nie," sê hy. "Ek het jou na die swakste dele geneem. Ek het gedink: as jy dít kan hanteer, is jy dalk regtig ernstig met hierdie projek van jou."

"Ek het dit nie eintlik goed hanteer nie, nè?" sê sy. "Maar ek is ernstig, dit verseker ek jou. En Bernard," sy dwing hom om na haar te kyk, "jy is nié vir my 'n geval wat ek wil ondersoek nie en jy sal dit ook nie in die toekoms wees nie."

"Ek sal dit probeer onthou," sê hy. "En ek woon nie in

daardie buurt nie. Ons gaan ook nie weer terug daarheen nie."

Al is dit 'n ander buurt, loop hulle steeds tussen rye vuil skakelhuisies en hout-en-sinkhuisies en gehuggies van sak deur, tree hulle steeds oor die afvoerwater in die strate. Dis steeds 'n deurmekaar mengelmoes van mense en tale en Chinese winkeltjies en jong mans wat tabakzolle rook. En die reuk bly dieselfde.

Maar Bernard praat vandag soms met haar. "Die Chinese handelaars buit die mense uit," sê hy. "Maar niemand anders wil 'n winkel in hierdie gebied bedryf nie."

"Die jong mense kan nie werk kry nie," sê hy later, "omdat hulle die minimum opleiding het en waarskynlik nie kan Engels praat nie."

"Ek woon nie in hierdie buurt nie," sê hy sonder dat sy vra. "Ek kan jou nooit na die buurt neem waar ek woon nie, omdat die mense my daar ken. Dit sal nie goed wees as ek saam met Mister Woodroffe se dogter gesien word nie."

"Niemand sal my herken nie," sê sy.

"Dis wat jy dink."

Hy bly 'n entjie straataf staan toe hulle naby die kerk kom. "Ek wag hier," sê hy.

"Jy gaan dalk lank wag."

Hy haal sy skouers op. "Dis deesdae my werk: babawagter."

Sy kyk hom uitdagend aan. "Ek twyfel of jy veel ouer as ek is," sê sy. "Lyfwag sal 'n beter posbeskrywing wees."

"Ek hou wag," sê hy.

Die tou mense voor die kerk staan reeds tot amper in die straat: verhongerde werkloses, mans en vroue en kinders wat elke dag om twaalfuur in lang toue met bekers, konfytbottels, oopgesnyde blikke, enige hol ding, wag op hul daaglikse brood. Elkeen kry 'n halfpint sop en 'n stuk brood. Daarop oorleef hulle die volgende vier en twintig uur.

Die mense praat nie, die kinders speel nie, almal wag met leë gesigte.

Teen eenuur is almal weg. Sy stap na waar Bernard met sy rug teen 'n boom sit. Hy was besig om iets te skryf en sit dadelik die boek neer toe hy haar sien. Sy gaan sak op die randsteen in die koelte neer, 'n entjie van hom af.

"Hulle praat nie," sê sy, "hulle wil nie met my praat nie."

Sy kyk na die twee spreeus wat in die straat voor haar oor 'n platgetrapte wurm baklei.

"Hulle dink ek is van die Carnegie-kommissie, of van die kerk. Almal weet van die Carnegie-kommissie."

Die spreeus skel en raas.

"As hulle praat, vra hulle of ek vir hulle kan werk reël. Of hulle vra wat die Carnegie-mense gaan doen noudat hulle klaar getoer het."

Die een spreeu het die geveg gewen, hy mag die vonds kry. Maar hy stel nie meer belang nie: die wurm is verdor.

"Of hulle kla oor die kos." Sy draai na hom. "Bernard, dis dun, grys sop. En die brood is in hompe gesny. En droog."

Hy knik.

"Hulle sal nooit met my praat nie," sê sy moedeloos.

Dis eers 'n rukkie stil. Dan sê hy sonder om reguit na haar te kyk: "Dis omdat jy na rykdom ruik."

"Rúik! Hoe ruik rykdom?"

Nou kyk hy na haar. Sy oë is baie blou. "Lekker. Jy ruik lekker, Kate. Soos goeie seep en ... cream of iets, ek weet nie wat gebruik julle vroumense nie."

Sy begin saggies lag. "Jy sê dit gaan die ding doen as ek sleg ruik?"

"Nee, nie sleg nie. Net minder lekker."

"Ek sien."

"En jy sal in die ry saam met hulle moet inval, onopvallend, ook wag vir jou sop, en dan 'n geselsie probeer aanknoop."

"Sal jy saam met my in die ry kom staan?"

Hy staan op. "Onder geen omstandighede nie."

"Ek sal nie kan terugkom hierheen nie. Hulle het my mos nou al gesien."

Hy hou sy hand uit en trek haar ook op. "Ek sal jou na die burgemeester se sopkombuis in Vrededorp neem," sê hy.

Naby die tremhalte gaan hy by 'n donker winkeltjie in. Sy volg hom, bly baie naby aan hom. Hy koop seep. "Bad hiermee," sê hy toe hulle buite kom.

"Bernard, dit ruik ..."

"Ja," sê hy, "dis hoekom."

"Ek gaan môre na die burgemeester se sopkombuis in Vrededorp," sê sy die aand toe hulle ná ete 'n glasie port in die sitkamer drink.

"O?" sê John.

"Kan Mamma nie ook by so 'n sopkombuis betrokke raak nie? Nellie kan mos die sop maak?"

"Ek is betrokke by kreupelsorg en by die blindes, Kate. 'n Mens kan nie oral betrokke wees nie, dan word niks later goed gedoen nie," sê Susan. "Dis buitendien meestal maar die Afrikaanse kerke wat by die sopkombuise betrokke is."

"Hulle maak regtig nie goeie sop nie," sê Kate.
"Het jy dit dan gepróé?"
"Nee, geruik. Môre gaan ek proe."

En met spesiale seep bad, dink sy. Maar sy sê dit nie hardop nie.

Later die aand bel Duncan. Hulle gesels 'n rukkie – oor haar wedervarings, oor die probleme by sy werk. Dan vra hy: "Jy onthou nog die uitnodiging na die burgemeester se bal volgende Saterdagaand, nè?"

"Ja, maar dis nie hierdie naweek nie, nè?"

"Nee, volgende naweek."

"Ek gaan môre na die burgemeester se sopkombuis in Vrededorp."

"Ek weet nie of dit heeltemal in dieselfde klas val nie," sê hy.

"Nee," sê sy, "nie eintlik nie."

Sy het met die seep gewas. Sy het 'n ou bloes by Nellie geleen. Sy het die doek om haar hare gebind. Sy dra haar skoolskoene van vyf jaar gelede. En haar swart skoolkouse.

Sy kyk vol verwagting op na hom. "Hoe ruik ek?"

Die vlekkies is terug in sy oë. Nie die grys vlekkies nie. "Vorstelik," sê hy.

"Ag nee," sê sy teleurgesteld.

"Die meeste meisies sou dit as 'n kompliment aanvaar het."

"Dis al Donderdag, Bernard. Ek moet vandag 'n kontak begin opbou."

Sy staan later in die ry met haar beker. Die mense om haar is moedeloos stil.

Sy staan.

Voor haar sê die jong, swanger vrou skielik vir haar maat: "Gaan julle volgende Woensdag vergadering toe?"

"Ben gaan seker. Ek gaan g'n. Ek is gatvol vir meeting na meeting en bokkerol gebeur."

"Ek gaan saam met Dolf. Ek like nogal die vergaderings."

"Ja, julle is nog jonk."

"Watse vergadering is dit?" vra Kate.

Hulle kyk om. Die ouer vrou het moeë oë en geen tande nie. "Union meeting," sê sy. "Is jy nuut?"

"Ja," sê Kate. "Waar is die vergadering?"

"Het jy al geregistreer?"

"Vir die vergadering, of die vakbond?" vra Kate onseker.

"Nee. Vir die kos."

"Nee. Moet ek registreer?"

"Enigeen kan nie net in die queue kom val nie, Lady," sê die jonger vrou. "Jy moet registreer lat jy nie werk het nie."

"Ek sien," sê Kate. "Waar is die vergadering?"

"Hier, by die civic hall. En jy kan hier ook registreer."

"Dankie, julle help my baie," sê Kate. "Kom julle elke dag hierheen?"

"Ja," sug die ouer vrou, "twee jaar nou al. Maar die kos raak nie beter nie, hoor? Net minder."

"Hertzog voel niks vir die arm mense nie," sê 'n man voor hulle. "Ons moet vir Malan inkry, daar is nou 'n man met hart."

"En wat het geword van al daardie geld wat die Carnegies gegee het?" gooi nog een 'n stuiwer in die armbeurs. "Net gebetaal vir die skrywer en die dominee en almal se reise deur die land en ons vrek steeds van ellende."

"Ek en Dolf het by die Communists aangesluit," sê die jong vrou.

"Waar's Dolf vandag?"

"Hy lê bietjie in. Sy maag keil hom weer op vandag."

Nou is hulle voor in die ry. "Sy het nog nie geregistreer nie," sê die ouer vrou en wys na Kate.

"Gee maar jou beker," besluit die sagte vrou agter die tafel. "Maar as jy klaar geëet het, moet jy gaan registreer."

"Dankie," sê Kate en neem haar kos. Sy loop agter die twee vroue aan. "Luister," sê sy vir die jonger vrou, "wil jy nie die kos vir Dolf saamneem huis toe nie? Ek is regtig nie nou honger nie."

"Ja, ek sal," sê die jong vrou sonder veel emosie en neem die kos.

"Ek sal net graag met julle wil gesels, een of ander tyd, as ons kan?" Hulle kyk haar wantrouig aan. "Is julle môre weer hier?"

"Ja," sê die ouer vrou en begin wegloop.

"Ja, ons kan praat," sê die jonger vrou en draai ook weg.

"Wag 'n oomblik, asseblief?" sê Kate. "Ek is Kate, wat is jou naam?"

"Lena." Die jonger vrou lyk steeds wantrouig. Of miskien net nuuskierig. "Wat soek jy?"

"Ek wil graag gesels," sê Kate. "Ek wil weet waar jy woon, wat jy doen."

"Is jy van die kerk? Of van die goewerment?"

"Nee, ek is net Kate. Sal jy môre met my gesels?"

"Hang af. Jy flous my nie, Missie. Onder jou klere is jy pure grand vrou."

Ek sal iets anders moet probeer, dink Kate. "Ja, jy's reg. Maar moet asseblief nie vir die ander sê nie?"

"Wat's daarin vir my?"

"Ek kan ... vir jou kos bring? Of klere?"

"Kos en klere sal help, ja."

"Sal jy môre tienuur al hier kan wees?"

"Dink jy altemit ek het niks anders te doen nie?" Haar asem ruik effens suur.

"Hoe laat sal jou pas?"

"Elfuur. Of halftwaalf."

"Dan maak ons dit elfuur. Dankie, hoor?"

In die straat by die boom wag Bernard met sy boek. "Dit het gewerk," sê sy opgewonde. "Ek het mense gekry met wie ek kan gesels."

"Net so? Of betaal jy hulle?"

Sy ignoreer die vraag – dit het mos niks met hom te doen nie. "En sop, maar ek het dit weggegee. Ek moet net registreer, anders kry ek nie weer sop nie."

"Miskien moet ek jou môreoggend eers na vader James toe neem. Hy is 'n Roomse priester wat al jare hier werk," stel Bernard voor.

"Ek wil graag môre teen elfuur reeds hier wees. Kan ons nou na hom toe gaan? Of anders môremiddag?"

"Maandag, hy's Vrydagmiddae in Braamfontein."

"En Woensdagaand is daar 'n vergadering hier in die saal. Ek dink ons moet dit kom bywoon, Bernard."

"Nee, onder geen omstandighede nie."

"Hoekom nie?"

"Eerstens omdat ek net dagskof doen, ek is aangesê om jou bedags na plekke te neem waar jy die armblanke kan ontmoet. Tweedens moet ek sorg dat jy in geen gevaarlike situasies beland nie. Die vergaderings raak wild. En derdens is dit totaal onprakties. Daar sal nie laataand vervoer terug wees nie."

"Jackson kan ons bring?"

"En met die swart Packard in die straat wag?"

"Of ons kan …" Sy probeer dink.

"En hoe kom ek weer by my woonplek? Nee, Kate, jy hoort buitendien nie daar nie."

"Bernard, ek …"

"Los dit net, Kate," waarsku hy. Sy stemtoon sê: Dis my finale besluit.

Sy kyk by die tremvenster uit na die geboue wat verbyflits. Sy voel hoe die magtelose kwaad in haar opstaan. Niemand sê vir haar "los dit net, Kate" nie! Sy sál gaan, met of sonder sy hulp. Waarskynlik sónder sy hulp.

'n Plan begin in haar kop vorm aanneem. Maar dan moet sy dadelik by professor Williams uitkom.

"Ek gaan sommer by die universiteit afklim," sê sy.

"Ons klim by jou pa se kantoor af," sê hy.

"Ek moet my professor gaan spreek."

"Ek het opdrag om jou weer by die kantoor te besorg, elke dag, vóór vier."

"Dan verander ek nou jou opdrag."

"Jou broer is my werkgewer, ek volg sy opdragte." Hy sit tussen haar en die paadjie, sy is vasgekeer.

"Jy is net moedswillig, Bernard Neethling," sê sy kwaad. "Jy weet goed ek kan niks oorkom as ek by die universiteit afklim nie."

Hy antwoord nie, kyk net verveeld by die venster uit.

By die tremhalte voor haar pa se kantoor klim hulle af. Sy groet nie, stap oor die straat en wag by die halte vir die volgende trem om haar terug te neem universiteit toe. Hy stap met lang treë straataf, kyk nie om nie.

Professor Williams luister. Eers lyk hy skepties, dan begin 'n plan in sy kop vorm aanneem.

"Ja," sê hy, "ek dink jong Rosenberg sal graag saam met jou gaan, moontlik ook Baxter."

Hy begin na sy pyp soek. Voel-voel na sy papiertjies. "Ja, ek sal ook saamgaan."

"Professor," keer sy geskok, "dit gaan wild raak."

"Ja." Hy meet die tabak af en vou die papiertjie toe.

"U gaan uitstaan tussen daardie mense."

"Ja." Die ronde bolletjie word versigtig in die pyp gedruk.

"U lyk soos 'n professor – dit gaan nooit werk nie."

"Ja. Ek sal my moet vermom." Hy suig behaaglik aan sy pyp, lyk baie tevrede.

"U ruik ook soos 'n professor. U ruik ryk. En slim."

"Ja. Ek sal vir my Magaliesbergtwak gaan koop."

Mansmense is baie hardkoppig, en moedswillig, dink sy toe sy by haar pa se kantoorgebou instap. Dis baie makliker om 'n man te wees as 'n vrou. Maar ten minste kan sy darem volgende Woensdagaand die vergadering gaan bywoon.

"Goeiemôre, Kate." Hy leun weer teen die huisie by die tremhalte, die een voet oor die ander, asof niks gebeur het nie.

"Goeiemôre."

"Ek is bly jy groet darem. Het jou bui gesak?"

Sy voel hoe die verergdheid in haar opstoot. Die man is vermetel. Sy besluit om die opmerking te ignoreer. Sy klim in die trem en kyk by die venster uit. Hy gesels ook nie verder nie. Sy hou Nellie se volgestopte handsak voor haar vas.

Hulle stap tot naby die saal, hy gaan staan voor die hekkie. "Ek wag hier. Jy sal regkom?"

"Ja, dankie."

Daar is nog min mense voor die saal. Niemand wat sy herken nie. Sy stap om die saal. Agter is 'n paar vroue reeds besig om brood te sny. 'n Bediende dra 'n groot pot sop en sit dit op die primusstofie neer. "Jy moet in die ry gaan wag," sê een. "Ons begin eers twaalfuur kos uitdeel."

Sy stap weer vorentoe. Sy wens sy het haar horlosie aangehad. Twee jongens hang aan die kant van die gebou. Hulle kyk na haar, praat met mekaar en begin lag. Sy voel ongemaklik. Sy stap uit straat toe.

"Is ons te vroeg?" vra Bernard skielik langs haar. Sy wip soos sy skrik.

Hy lag saggies. "Jammer," sê hy. "Kom wag eerder in die straat."

Hy het dus ook die twee slungels gesien. Sy stap noodgedwonge saam en gaan sit op die randsteen onder die boom. "Wat lees jy?" vra sy net om iets te sê.

"Sommer maar," sê hy en sit die boek aan sy ander kant neer.

Hulle sit in stilte. 'n Ongemaklike stilte.

"Ek het my gister vir jou vererg omdat ek nie daaraan gewoond is dat iemand vir my sê los dit net, Kate, nie," sê sy.

"H'm."

Stilte.

"Wat bedoel jy met h'm?"

"Ek glo jou."

"O."

Stilte. Sy weet steeds nie wat hy bedoel nie.

"Daar is Lena nou. Ek gaan met haar gesels." Sy staan op en begin wegstap.

"Jy het jou sak omkoopgeskenke vergeet," sê hy.

Sy voel hoe die verleentheid in haar gesig uitslaan. Sy draai om. Sy gesig is ernstig, maar sy oë blink gevaarlik. "Dankie," sê sy so waardig moontlik en stap deur die hekkie agter Lena aan.

Hy sit met sy rug teen die boom toe sy in die straat kom, besig om iets in 'n oefeningboek te skryf. Eintlik te skets, dink sy. Maar hy maak die boek toe voordat sy kan sien wat hy doen.

"Wat doen jy?"

"Ek pas jou op."

"Ek bedoel in die boek."

"Sommer maar."

Sy gaan sit langs hom in die koelte. "Ek weet nie of ek veel bereik het nie," sê sy. "Ek dink sy maak stories op. Sy soek net simpatie."

"H'm."

"Sy sê haar man, Dolf, kan nie meer werk nie, want hy het sy been seergemaak toe hy swaar goed moes laai. Maar hulle wil hom nie kompensasie betaal nie. Nie eens mediese koste nie."

"H'm."

"En hy kan nie ondergronds werk nie, want hy is gewoond aan die ope lug. Dit sal hom benoud maak."

"H'm."

"Nou woon hulle agter iemand se huis in 'n sinkkamertjie. Maar Dolf soek nou ander werk, ligter werk, wat hy met sy seer been kan doen."

"H'm."

"Maar gister het sy weer gesê hy lê bietjie in, want sy maag keil hom op."

"H'm."

"Bernard, hou op h'm sê, dis nie 'n woord nie."

"Goed."

"En die ouer vrou, haar naam is ant Susara, sy sê hulle was groot grondbesitters, maar toe het haar man borg gestaan vir sy buurman en toe het hy alles verloor en toe kom hulle stad toe om hier 'n heenkome te vind."

"Ek sien."

"Maar haar man gaan g'n die jamlorrie ry of rioolslote grou nie – hulle is gewoond aan beter. Maar sy het dit in krasser taal uitgedruk."

"Ek glo jou."

"Bernard, wat is 'n jamlorrie?"

"Sommer maar."

"Dis 'n hopelose verduideliking."

"Ja."

"Bernard, ek dink dis net verskonings wat hulle gebruik om nie te werk nie."

"Kan wees."

"Jy kan maar soms h'm sê as jy wil. Dink jy daar is werk vir iemand wat regtig wil werk?"

"Dis moeilik vir 'n swak geskoolde om werk te kry, Kate."

"Ja, ek weet. Maar hierdie jong mans wat so op straat rondhang, hulle kan tog op die myne werk kry, of op die spoorweë? Of op die paaie? Ek hoor daar is werk op die paaie?"

"Harde werk, ja."

"Dis beter as om in die strate rond te hang. Waarvan leef hulle? Hulle moet tog werk? Bernard, dink jy hulle is net te lui om te werk?"

"Dis nie almal wat in 'n kultuur van moet werk grootgeword het nie," sê hy peinsend.

"Ja, jy's seker reg."

"En die boeremense is gewoond aan vryheid, hulle sukkel om aan te pas by die vaste roetine van die stadswerk."

Sy dink 'n oomblik na. "Dink jy daardie professor Beattie het 'n punt gehad toe hy gesê het dat die Afrikaner 'n inherente geestesgebrek het wat daartoe lei dat hulle altyd ondergeskik sal bly?"

"Nee, beslis nie." Hy staan op. "Kom," sê hy en hou sy hand uit om haar op te trek. Sy greep is stewig, sy hand ongekend hard.

"Dis nog vroeg," sê sy, onwillig om nou al te gaan.

"Ek wil jou na tant Johanna toe neem, sy behoort tuis te wees."

"Wie is tant Johanna? En hoe kom ons by haar?"

"Ons kan met die trem ry. Of stap."

"Kom ons stap eerder, dis vir my interessant."

Hy stap met rustige, lang treë, praat terwyl hulle deur stegies en agterstraatjies kortpad kies na tant Johanna se huis. "Sy is 'n boerevrou wat ná die rebellie van 1914 alles verloor het – hulle het hier in die stad uitgespoel. Haar man het net opgegee. Sy is 'n anker vir baie drenkelinge, of vir dié wat nog water trap, wat nog nie vastigheid onder hul voete gevind het nie."

Sy moet haar treë rek om by te bly. "Wat doen sy?"

"Nie werklik iets nie, gee huisvesting, of kos, deel die min wat sy het met dié wat minder het. Vertroos. Sy is daar vir enige mens wat haar nodig het, mense van enige ras of taal, nie net Afrikaanses nie."

"Waar kry sy geld? En 'n huis? 'n Mens moet geld hê om selfs net min kos te koop?"

"Sy bid. Dan kry sy."

Dis vir haar 'n vreemde begrip.

"Ek wil jou na haar toe neem omdat sy deel is van die Boere-adel. Sy is die Hugenotevrou wat oor die sneeubedekte Pireneë gevlug het, die Voortrekkervrou wat kaalvoet oor die Drakensberge sou loop, die armblanke se Emily Hobhouse tussen die mynhope in hierdie stad van hoop en wanhoop."

Sy gaan staan botstil, kyk hom verwonderd aan. "Sê dit weer?"

"Wat?"

"Wat jy nou net gesê het."

"Hoekom?"

"Dis 'n nuwe perspektief. 'n Ander uitkyk. Dis mooi. Dis ... sy is 'n armblanke?"

Hy knik, begin dan weer aanstap. "Hang af hoe jy armblanke definieer. Ek dink aan haar as 'n ryk mens.

Maar ja, sy is arm, 'n arm, blanke mens wat vrede gevind het in haar omstandighede, wat nie daaraan probeer ontsnap nie, dit eerder gebruik om die Hemelse Koninkryk, waaraan sy met kinderlike oorgawe glo, uit te brei."

"Is sy dan tevrede met haar lot? Met die feit dat sy hier moet woon, dat sy so arm is?"

Hy gaan staan weer en kyk af na haar. Hy is regtig onmoontlik lank, dink sy verwonderd, met onregverdig mooi oë.

"Mense vind hier ook geluk, Kate." Sy stem is diep, ernstig. "Hier dra ons mekaar se belange op die hart, ons deel, ons leef na aan mekaar." Hy begin stap. "'n Mens het nie noodwendig geld nodig om gelukkig te wees nie."

"Maar dit help darem?"

"Nee, ek dink nie so nie. Geld is 'n noodsaaklikheid om te kan oorleef. Dis 'n middel tot 'n doel. Sodra geld die doel word, kan dit nie meer geluk bring nie."

Hulle loop in stilte.

"My ouers het baie geld," sê sy, "en ek kan nie dink dat twee mense gelukkiger kan wees nie."

"En my pa het geen geld gehad nie en ek kan ook nie dink dat enige kind 'n gelukkiger kinderlewe as ek kon gehad het nie."

Sy kyk glimlaggend op na hom. "Dan het ons dit ten minste gemeen," sê sy.

Hy knik. "Hier is ons nou," sê hy en stoot 'n lendelam hekkie oop.

Hulle loop die drie tree tot op die stoepie. Die voordeur staan oop. "Ons noem haar Nanna," sê hy. Dan roep hy na binne: "Is iemand tuis?"

"Kombuis!" kom 'n stem van die onderpunt van die gang.

Hulle loop oor die hol getrapte gangvloer. Die huis ruik na kool en hond.

Voor die Welcome Dover staan 'n figuurtjie – sy kan enigiets tussen sestig en tagtig wees. Sy is kort en rond en grys, dra 'n wye swart rok en praat Afrikaans met die aardse aksent van die platteland. Sy praat met 'n diep, sagte stem. Haar ogies is wakker en baie blou, en sag. Sy is bly om Bernard te sien.

"Dis Kate," sê Bernard. "Sy doen navorsing oor die armblankes."

Sy glimlag breed. "Welkom hier by ons prys die Heer dat jy Bernard weer hierheen gebring het wil julle koffie hê?" vra sy, alles in een sin.

"Dankie, ja, Nanna. Kate drink tee."

"Nee, nee, koffie sal lekker wees," keer Kate vinnig.

"Prys die Heer want hier's nie tee nie kom sit," sê Nanna en trek 'n stoel uit.

Hulle sit by 'n dun geskropte tafel op regop houtstoeltjies met 'n gaatjiespatroon in die rug. Die kombuisie is baie klein. Teen die muur oorkant haar, reg bokant Bernard se kop, sien Kate 'n rak. As hy vinnig opstaan, gaan hy sy kop stamp én al die blikke en koppies afstamp, dink Kate. Die rak is uitgevoer met koerantpapier met 'n geknipte sierrandjie, die koppies hang aan hul ore onderaan die rak, bo-op is 'n swetterjoel blikke van verskillende groottes en in verskillende stadia van oproes.

"As jy opstaan, gaan jy jou kop stamp," sê Kate.

"H'm." Sy weet nie of hy regtig gehoor het nie.

Nanna skarrel.

"En hoe gaan dit met Lady?" vra Bernard.

"Baie goed ek het amper vergeet sy het kleintjies gekry."

"Is dit 'n hond?" vra Kate ingenome.

"Hond, ja, maar meer mens as hond."

"Kan ek asseblief gaan kyk? Ek hou soveel van klein hondjies?" pleit Kate.

"Dan is jy 'n sagte kind prys die Heer," sê Nanna.

Sy kyk op, vas in Bernard se blou oë. Sy gesig is op 'n ernstige plooi getrek, maar sy oë terg: Hoor jy nou? Sagte kind, nogal, nè?

Die hond lê net buite die agterdeur op 'n sak.

Kate sak af op haar hurke. "Sy het vreeslik baie kleintjies!" sê sy verwonderd.

"Ja," sê Nanna, "sy het twaalf gehad maar twee het dadelik gevrek prys die Heer."

Sy kyk met opset nie weer na Bernard nie. Sy tel een van die klein hondjies versigtig op en druk die sagte lyfie teen haar vas. "Toemaar," paai sy die ma, "ek sal nie jou kindertjies vat nie. Hulle is so pragtig, ek wil enetjie net bietjie vashou. Is dit reg so?"

Die ma-hond se oë is bruin en sag. Sy kyk angstig na Kate.

Bernard se groot hand streel oor Lady se kop. "Toemaar, Lady," paai hy, "ek dink ons kan haar vertrou. Ek is in elk geval as skofbaas oor haar aangestel – wat ek sê, moet sy doen."

Kate kyk op. Bernard se gesig is heeltemal ernstig, hy kyk na die hond. "Jy's g'n my baas nie, jy's my lyfwag!" sê sy.

"Die koffie is reg," sê Nanna binne.

Op die tafel staan drie koppies swart koffie en 'n blikkie kondensmelk.

"H'm," sê Bernard, "ek sien ons kry die beste koppies vandag?"

"Ek kan mos sien jy het 'n grand meisie hier aangebring ek is mos nie onnoselik nie Bernard."

"Kate is besig met haar meestersgraad in Sosiologie," sê Bernard toe hy klaar vir haar kondensmelk ingegooi het. Hy drink swart. "Oor hoekom arm mense van geslag tot geslag arm bly."

"Die koninkryk van die Here behoort aan die armes," sê Nanna.

"Maar Nanna," vra Kate, "die koninkryk van die Here kan tog nie behoort aan die leeglêers en bendes misdadigers nie?"

Nanna kyk stip na haar beker koffie. Toe sy begin praat, praat sy vir die eerste keer stadig, asof sy elke woord weeg. "Die stad het hulle oorweldig en gebreek," sê sy. "Of hul ouers. Meestal het onse mense baie kinders, prys die Heer, maar die pa kan nie sorg nie, al werk hy dubbele skofte, hy hou nie. Die ma gooi tou op, verslag. Die kind word gebore binne hierdie verslegting van sy ouers, hy word wild groot. Of die ma werk ook, niemand kyk na die kind nie. Dan word hy skoolbanke toe geforseer, hy ken nie inperking nie, hy kan miskien nie vorder nie. Hy is bang vir wat sterker is, hy word wreed teenoor wat swakker is. Hulle maak groepe om te kan oorleef. Dis hoe die bendes werk. Drink jou koffie, kind, dit word koud."

Die koffie het 'n vreemde smaak, romerig en baie soet, soos kleintyd toe sy en Peter 'n blikkie kondensmelk gedeel het. "Dis lekker koffie," glimlag sy.

"Ek het gedink Nanna sal dalk vir Kate kan help," sê Bernard.

"Ek?" Nanna klink senuagtig.

"Deur my aan die regte mense voor te stel," verduidelik Kate. "Eintlik net een of twee gesinne, of die ma van 'n gesin met wie ek kan gesels. Ek moet weet waar kom die mense vandaan, wat motiveer hulle, wat maak hulle moedeloos. Ek wil vasstel of hulle hulself wíl ophef. En as hulle nie wil nie, hoekom nie. Sal Nanna kan help?"

"Ek dink so maar ek weet nie of die mense sal praat

nie," sê Nanna en sy praat weer alles in een sin. "Maar ek sal probeer dis vir 'n goeie doel prys die Here."

"Dankie, Nanna. Baie dankie."

Net sodra sy by die huis kom, besluit sy, gaan sy met haar ma gesels oor 'n moontlike manier om geld in te samel – spesifiek vir Nanna. Susan Woodroffe is baie goed met hierdie soort ding. En sy ken ook die regte mense – die regte mense aan die ander kant van die spektrum.

"Nanna praat nogal vinnig, nè?" sê sy toe hulle met lang treë straataf stap.

"H'm. Baie."

"En jy loop baie vinnig."

"Jammer." Maar die pas vertraag nie veel nie.

Dis al byna vieruur toe hulle eindelik op die trem klim. "Jou pa gaan my lewend afslag," sê hy.

"Hy sal nie, ek sal verduidelik. Ek kan goed met my pa werk," spog sy koketterig.

"H'm."

"Dankie, Bernard. Ek het vandag – hierdie week – meer geleer as in ses maande op universiteit."

"Ek is bly." Hy sit gemaklik agteroor op die regop trembankie, sy lang bene voor hom uitgestrek.

Die nou reeds bekende geboue beweeg langs hulle verby.

"Sal jy my eendag vertel van jou pa?"

"Miskien."

Die trem hou stil. Hulle klim uit. "Geniet jou naweek!" sê sy by die ingang van die reusekantoorgebou.

"Ja, Kate," sê hy en stap weg.

Drie

Gisteraand het Duncan gebel. "Daar draai 'n nuwe bioskoopprent in die Coliseum," het hy gesê. "'n Klankprent, ek bedoel een met 'n klankbaan. Wil jy gaan kyk?"

"O ja!" het sy opgewonde uitgeroep. "Dit sal heerlik wees, dankie, Duncan! Wie speel daarin? En wat is die prent se naam?"

"Dis Clark Gable en Jean Harlow se jongste prent, *Red Dust*. Ek het gehoor dis baie goed."

"Clark Gable! En jy sê dis 'n film met klank?" het sy seker gemaak.

"Clark Gable. Met klank," het Duncan beaam. "Dan laai ek jou teen seweuur op?"

"Dankie, Duncan. Dit sal heerlik wees."

Nou staan hulle in die voorportaal van die luuksebioskoopteater. Die bestuurder van die teater lyk deftig in sy aandpak. Hy groet elkeen van sy gaste en heet hulle welkom.

"Ah, Mister Stafford and Miss Woodroffe! I haven't seen you for a while, you are most welcome! Clark Gable this evening, Miss Woodroffe?"

"I know," sê Kate. "I am really looking forward to the show."

Die plekaanwyser, styf geuniform en blink geknoop, begelei hulle die swierige trap op na 'n klein, privaat balkon. Daar wag 'n tafeltjie met enkele versnaperinge reeds. Sy haal die bottel vonkelwyn uit die yshouer en vra: "Shall I open it for you, Mister Stafford?"

Kate sak agteroor op die sagte sitplek en vou haar lang bene elegant oor mekaar. Die koue vonkelwyn prik op haar tong, die sagte agtergrondmusiek streel haar gehoor. Hulle staan op vir "God save the King". Dan begin die ligte stadig verdof. Sy voel Duncan se hand oor hare sluit.

"Dankie, Duncan," sê sy opreg. "Ek het hierdie aand werklik nodig gehad."

Sondag aan tafel begin Susan vertel van haar tentatiewe planne vir 'n fondsinsameling vir Nanna. "Ek wil graag iets spesiaals doen, iets anders as 'n oggendtee of 'n bal – die mense raak al moeg daarvoor."

"Ja," stem Peter saam, "niemand het deesdae ekstra geld om te gee nie. 'n Mens sal iets nuuts moet bedink wat die verbeelding sal aangryp."

"Ons moet miskien probeer om die jonger vroue te bereik," sê Diana half onseker. "Hoewel hulle seker nie soveel geld het as die ... ouer vroue nie." Sy kyk verskonend na Susan.

Peter lag. "Jy kan maar sê ouer vroue, my ma word net pragtiger hoe ouer sy word."

"Vleier!" lag Susan saam. Dan draai sy na Diana. "Ek dink dis 'n baie goeie plan. Ons moet dink aan iets wat die jonger vroue en veral die jong mammies sal interesseer. Dalk iets met hul kinders."

"Of met die hele gesin. Dis op die ou end die jong pa's

wat die geld sal moet gee," sê Diana en kyk nou weer verskonend na Peter.

Ek weet nie hoekom Peter vir hom so 'n askies-dat-ek-leef-vrou gekies het nie, dink Kate. Dis tog al die 1930's, 'n vrou mag sê wat sy dink en voel.

John sit die spulletjie met 'n effense glimlag op sy gesig en betrag. Net Duncan bly koud onbetrokke.

Dan draai die gesprek na Kate se wedervaringe. "Jy gaan hierdie hele week steeds besig wees met jou veldwerk?" vra John.

"Ja, Dad. Maar ek het verlede week goeie vordering gemaak. Sommige van die mense het regtig groot probleme."

"Bang is die grootste probleem," sê Duncan. "Bang vir harde werk. Bang vir moet gaan werk elke dag."

"Dis nie almal wat in 'n kultuur van 'moet werk' grootgeword het nie," sê sy. "En die boere was gewoond aan die plaaslewe, waar hulle die roetine bepaal het. Hulle sukkel om aan te pas by die vaste roetine van die stadswerk."

"Sê hulle so?" vra Peter.

"Bernard sê so."

"Bernard?"

"Neethling. My lyfwag."

"Ja," sê Duncan. "Hulle is gewoond daaraan om op die stoep te sit en te kyk hoe die mielies groei. Nou verwag hulle om in die stad net opsieners en toesighouers te wees."

"En Hertzog se beleid van werkreservering help ook nie veel om werk vir almal te skep nie," sê Peter. "Dié wat absoluut geen opleiding het nie, verwag steeds om in toesighoudende poste te wees."

"Regerings behoort nie in te meng nie," sê Duncan vurig. "Op Cambridge het ons 'n dosent gehad, Alfred

Marshall, wat jy deesdae seker die vader van die neoklassieke ekonomie kan noem. Hy het geglo 'n ekonomie het sy eie ewewig wat nie van buite versteur moet word nie. Regerings moenie met die markmeganisme inmeng en glo dit gaan armoede oplos nie, soos deur kunsmatig werk te skep nie."

"Ek stem saam," sê John. "'n Regering behoort net 'n raamwerk te skep wat die ekonomie toelaat om self die nodige aanpassings te maak."

"Ja," sê Peter. "En die raamwerk moet 'n vrye mark wees, lae doeanetariewe, begrotings wat ewewigtig bly. Niks verder nie."

"Ek dink die beste oplossing vir die armblankeprobleem is onderwys vir hul kinders," sê Susan.

"Dis waar," sê Diana.

"Daar is ook van hulle wat met geen opleiding en die minimum hulp wonderlike werk doen," sê Kate. Sy sou graag wou vertel van tant Johanna, maar hulle sal nie verstaan nie.

"Dis die uitsondering," sê Duncan. "Die meeste hang in die strate rond."

"Ja," gee Kate toe, "daar is baie werkloosheid. Maar dis vir my veral interessant om in die strate rond te loop en hier en daar met iemand te gesels. Daar is baie Chinese winkeltjies. Die Chinese handelaars buit die mense uit, maar niemand anders wil 'n winkel in daardie gebied bedryf nie."

"Volgens Neethling?" vra Duncan.

"Ja. Hy sê die jongmense kan nie werk kry nie juis omdat hulle die minimum opleiding het. En nie kan Engels praat nie."

"Lyk vir my jy kan net in die kantoor sit en vir Neethling kry om die situasie aan jou te verduidelik," sê Duncan. Hy klink geïrriteerd.

"Gaan jy volgende week klaarmaak?" probeer Peter die situasie ontlont. "Ek sou graag weer vir Neethling op sy pos wou hê."

"Ek twyfel," sê sy. "Ek begin dink dit gaan nie genoeg wees om net onder die stedelike armblankes veldwerk te doen nie. Ek sal met plattelanders ook moet gaan praat."

"Ag nee, Kate," keer haar ma ontsteld.

"Ek vermoed dit was van die begin af buitendien jou plan," sê Duncan. Hy is nou kwaad.

Kate voel hoe die ergerlikheid in haar opstoot. "Ek wil doen wat nodig is om 'n goeie verhandeling in te dien," sê sy beslis en staan op. "As julle nie daarmee kan vrede maak nie, kan ek dit nie verhelp nie. Ek gaan kyk waar bly Elias met die koffie."

"Sit, Kate," sê John rustig. "Ons ondersteun jou, ons is net bekommerd oor jou veiligheid."

Sy gaan sit stadig. "Jammer, Dad, julle hoef julle nie oor my te bekommer nie. Ek het 'n reus wat my elke middag by die kantoorgebou besorg, wat nie eens wil toelaat dat ek self universiteit toe gaan nie." Sy is nog vies daaroor ook.

John glimlag effens geamuseerd. "Dan is dit goed," sê hy. "Na watter plattelandse gebied beplan jy om te gaan?"

"Dad sien, daar is verskeie groepe wat formeel geïdentifiseer is as armblankes, soos die boswerkers van Knysna, of die bywoners op die plase, veral in die Bosveld. Maar ek dink die maklikste sal wees om onder die delwers in die diamantvelde te gaan navorsing doen. Die Knysnabosse is glo moeilik begaanbaar, en die bywoners in die Bosveld woon baie versprei. Ek dink die delwers is 'n meer gekonsentreerde groep, in ieder geval wat hul lokalisering betref."

"Jy kan tog nie onder die delwers wil gaan werk nie, Kate," sê Susan ontsteld. "Dis ruwe mense."

"Ek sal my lyfwag saamneem," sê Kate. Sy kyk na Peter. "As jy hom vir nog so twee weke kan spaar?"

"Twee weke?" vra Duncan.

"Ek glo nie ek kan die ondersoek in minder as twee weke doen nie."

"This is getting ridiculous," sê Duncan en staan op.

"Sit, please, Duncan," sê John rustig. Dan kyk hy weer na Kate. "Wil jy Kimberley toe gaan?"

"Ek het aan 'n meer plattelandse gebied gedink," sê sy. "Kimberley is reeds te geïndustrialiseerd. Miskien een van die kleiner plekkies in Wes-Transvaal."

"Ag nee, regtig, Kate!" keer Susan ontsteld. "Jy kan dit tog nie toelaat nie, John!"

"Ons luister mos nog net na Kate se planne," stel hy haar gerus.

"Hoe gaan jy daar kom?" vra Diana. "En waar gaan jy bly?" Haar oë rek van bewondering vir haar wilde skoonsus.

"Ek wonder of daar êrens 'n goeie hotel is waarin julle moontlik kan tuisgaan," sê John.

"'n Hotel? Op 'n delwersdorp? En jy wil jou enigste dogter dáárin laat tuisgaan?" Rooi vlamme slaan op Susan se gesig uit.

"My lyfwag sal mos saamgaan, Mamma," probeer Kate haar ma paai.

"Ek ken die mannetjie nie eens nie," sê Susan kwaad.

"Hy's nie 'n mannetjie nie, hy's 'n reus," sê Kate.

"An arrogant mineworker," vul Duncan aan. "Ek stem met u saam, mevrou Woodroffe. Hierdie hele idee dra geensins my goedkeuring weg nie."

"En ek kan hoegenaamd nie sien waarom ek jou goedkeuring nodig het om met my werk voort te gaan nie," sê Kate. Om een of ander rede irriteer Duncan haar vandag grensloos.

"Ons kom nêrens met hierdie gesprek nie," besluit John. "Kate, ons kan die saak later rustig en beskaaf in my studeerkamer bespreek."

"Ek gaan nou kyk waar bly Elias met die koffie," sê Susan. Sy staan op en draai na John. "En jy gaan nié vir my ook sê om te sit nie."

John glimlag effens en skud sy kop, sy oë vol lag. "I won't even try," sê hy.

Maar die gemoedelike Sondagatmosfeer is bederf. Kort ná koffie verskoon Duncan hom, gou daarna ry Peter en Diana ook. John en Susan sit sagte musiek in die studeerkamer aan, die vuurtjie knetter gesellig. Hulle moet maar eers hul gesprek afhandel, dink Kate, dan sal haar pa haar wel inroep. So nie moet sy môremiddag na sy kantoor toe gaan en die saak verder bespreek. Die formeler omgewing is dalk beter, dink sy.

'n Groot eensaamheid vou om Kate. Dis trietsig buite, die bietjie warmte van verlede week het heeltemal verdwyn. Die wind waai droë blare op, die son skyn flou deur die wolke. Dis veronderstel om lente te wees, dink sy terwyl sy by haar kamervenster uitkyk, maar alles lyk nog doods. Sy verlang, diep in haar verlang sy, sy weet net nie na wie of wat nie.

Maandagoggend stap sy ingedagte van haar pa se parkeergarage na die tremhalte. Sy sien hom eers toe sy byna op hom is.

"Bernard!" sê sy ontsteld. "Wat het met jou gesig gebeur?" Sy steek instinktief haar hand uit en raak sy opgehewe wangbeen met haar vingerpunte aan.

Hy draai sy kop weg.

"Wat het gebeur, Bernard?" eis sy.

"Sommer maar."

"Sommer maar is nie 'n antwoord nie. Het jy baklei?"

"Geboks."

"Gebóks?"

"H'm."

"In so 'n vierkantige ... e ... arena, met toue om?" vra sy ongelowig.

"H'm. 'n Mens noem dit 'n kryt. Los dit nou."

"Moenie vir my sê los dit nou nie." Sy neem sy kop tussen haar hande en draai sy gesig na haar. "Sit, dat ek kan sien. Jy is regtig onbetaamlik lank."

Hy gaan sit onwillig op die bankie in die tremhalte.

Sy buk oor om van nader te kyk. "Het jy medisyne opgesit? Ag nee, Bernard, dis stukkend hier bo jou oog!"

"Kate ..."

"Ek gaan dit nie los nie," waarsku sy by voorbaat. "Kom saam na die apteek daar oorkant die straat, dan kry ons by die apteker vir jou die regte goed."

"Ek gaan onder geen omstandighede daar in nie."

"Dan moet jy net hoop niemand steel my terwyl ek weg is nie, anders is jy regtig in tamatiestraat by my pa," troef sy en draai om.

"Hier kom die trem nou," waarsku hy.

"Ons kan die volgende trem haal, dit kom oor vyf minute," antwoord sy oor haar skouer.

Sy kom terug met 'n hele kardoes vol voorraad. "Kom sit weer dat ek jou kan dokter."

"Ek gaan onder geen omstandighede hier sit dat jy goed aan my smeer nie," sê hy.

"En ek gaan lyk my in moeilike omstandighede jou wond ontsmet en hierdie salf aansit. Al moet ek jou vasdruk om dit te doen."

Hy glimlag stadig. "Klink opwindend," sê hy.

"Gaan jy nou kom sit?"

"Gee die salf, ek sal self aansit."

Sy gee onwillig die pakkie vir hom. "Jy moet dit eers ontsmet."

"Ek sal vanaand."

"Dan is die infeksie dalk …"

"Klim in die trem, Kate. Ons het 'n afspraak met vader James."

Sy skuif langs die venster in, hy gaan sit op die bankie langs haar. "Ek sien ons ry nie vanoggend bo nie?" vra hy.

"Nee, ek is nou gewoond aan trem ry."

"H'm."

"Hoekom boks jy, Bernard?"

"Dis my sport."

"Dis nie 'n sport nie. Dis barbaars. Hoekom speel jy nie eerder rugby nie?"

"Dis minder barbaars?"

"Nee, dis net … aanvaarbaarder."

"Boks is my sport."

"Dis 'n simpel sport. Kyk hoe lyk jy."

Die geboue beweeg stadig agtertoe.

"En dié is 'n simpel trem, 'n rukkerige trem. Ek dink daar's fout met sy arms wat aan die drade moet vasklou. Hulle maak vonkies."

"Jy begin 'n deskundige raak op die gebied van trems," merk hy droog op.

"Ja," sê sy. "En jy maak my nukkerig met jou hardkoppigheid. Sit nou salf aan jou seerplek."

"H'm."

Sy sug. "Waar woon vader James?"

Hulle gaan nie na waar vader James woon nie. Hulle gaan na 'n gemeenskapsentrum in Jeppe waar hy vandag werk. Hy werk meestal met die jongmense, verduidelik Bernard. Veral jongmense wat in drankmisbruik en misdaad verval het. Jongmense van enige ras of taal, ook Afrikaanse armblankes.

"Ras of taal maak seker nie saak nie, die omstandighede bly dieselfde," sê Kate.

Vader James is 'n tweede tant Johanna – Nanna – net heeltemal anders. Hy is lank en maer en grys, hy is oud, iewers tussen sestig en tagtig, dink Kate. Hy dra 'n lang, swart kleed met 'n groot silwerkruis om sy nek en praat Engels met 'n swaar Ierse aksent. Sy stem is diep en sag, sy oë wakker en baie blou, en sag. Hy is bly om Bernard te sien. "When are you going to stop boxing?" vra hy.

"This is Kate," sê Bernard. "She is doing research on the poor whites."

"Jy praat Engels?" sê Kate. Sy wonder wat haar pa en Duncan sal sê as hulle dit moet weet.

"H'm."

"Kom deur na my kantoor toe," nooi vader James, "dan hoor ek hoe ek kan help. Bernard, wil jy solank vir ons gaan tee maak?"

Die kantoor is 'n klein, skamel gemeubileerde agterkamertjie met 'n deurmekaar lessenaar, 'n stoel waarop vader James gaan sit en 'n verslete riempiesbank. Teen die een muur is 'n groot houtkruis, teen die ander 'n prent van die opstanding met baie engele en 'n helder lig wat uit die hemel neerskyn. Daar is net een klein venstertjie, hoog op, sonder 'n gordyn.

Kate gaan sit op die riempiesbank. Bernard kom binne met drie blikbekers tee aan sy vingers geryg, in die ander hand dra hy 'n pakkie Mariebeskuitjies. Die tee is baie soet.

Kate verduidelik wat sy doen. Vader James leun agteroor en haal 'n dun sigaartjie uit. Hy soek-soek na sy dosie vuurhoutjies en sit dit langs die sigaartjie op die lessenaar neer. Maar hy steek dit nie aan nie.

"Ek kan vir jou my idees gee," sê hy, "my indrukke oor baie jare wat ek hier werk. Ek het ook 'n brief ontvang van 'n jong non wat onder die armes in Kalkutta werk – die omstandighede is maar wêreldwyd dieselfde."

Hulle gesels byna 'n uur lank. Bernard sit oorwegend stil en luister, voeg soms iets by tot die gesprek. Hy praat gemaklike Engels, dink Kate verwonderd, maar met 'n Afrikaanse aksent.

"Ek probeer verstaan waarom mense nie hulself uit armoede kan ophef nie," begin Kate. "Dit lyk asof dit byna soos 'n oorerflike siekte in 'n familie loop?"

"Ja," sê vader James, "dit voel soms so. Moeilikheid is, as die kinders in armoede gebore en grootword, weet hulle nie van beter nie. 'n Mens bly mos maar in die kultuur wat jy ken. Jy sien, Kate, 'n kultuur van armoede ontstaan wanneer mense alle hoop op die verbetering van hul omstandighede verloor en hulle oorgee aan ekonomiese en sosiale agteruitgang. Die sosiale euwels van drankmisbruik, egskeidings, misdaad en selfmoord neem toe. Dit word eindelik 'n maatskaplike ramp. Armoede vernietig 'n mens se selfrespek en laat jou minderwaardig voel.

"'n Oplossing is om van Parktown se geld hierheen oor te bring. Ons moet die rye vuil skakelhuisies vervang deur plekkies waarop mense weer trots kan wees, ons moet die afvoerwater in die strate kanaliseer na pype, die mense in die afvoerslote weer menswaardigheid gee. Dis 'n lang proses."

"Ek dink Kate wil eintlik die rede vasstel waarom mense nie hulsélf kan ophef nie," tree Bernard tussenbei.

"Gebrek aan selftrots, motivering, gebrek aan eiewaarde. Gebrek aan geld, ongelukkig," sê vader James. "Hierdie mense het skaars iets om te eet en glad nie geld vir onderwys, medisyne of vermaak nie. Die vuilheid, die ongesondheid, die lelike lewe in die agterbuurte kruip in die mense se siele in, hulle word die tipiese internasionale gepeupel.

"As ek met 'n gesonde jong man werk wat nie wil opstaan nie, voel ek ook baie keer: kan jy jou nie regruk nie? Maar deur die jare het ek geleer dis soos om vir 'n dowe te sê: 'Maak oop jou ore,' of vir 'n blinde: 'Kyk waar jy loop'."

"Ek dink hulle het hulle net in 'n gemaksone tuisgemaak," sê Bernard. "Dis makliker om op straat rond te hang en êrens 'n bord kos te kry as om daagliks seweuur vir skofwerk aan te meld."

Vader James glimlag stadig. "Ek weet dis wat jy dink." Dan kyk hy na Kate. "Ek kan reël dat jy sommer nou self met 'n paar van hulle gesels as jy wil, Kate?"

"Dankie," sê sy, "dit sal gaaf wees. Maar ek sou graag 'n tipiese gesin wou leer ken, as dit moontlik is. Ek wil weet wat hulle dink en voel. En hoekom hulle so voel."

Vader James knik, hy verstaan. Eers toe hulle klaar gesels het, steek hy sy maer hand met die lang vingers uit en steek tydsaam die sigaartjie aan.

"When are you going to stop smoking?" vra Bernard.

"When you stop boxing," antwoord vader James en blaas die sigaarrook behaaglik in die lug op.

Op die tiende verdieping stap sy uit die hysbak. "Thank you, Mister Pears. Good afternoon, Miss Hoover, good afternoon, Miss Gray," sê sy.

"Ah, Miss Kate!" sê Miss Gray. "Mister Woodroffe said you would most probably come in this afternoon. Would you like a cup of tea?"

"Hoe het Dad geweet ek gaan vanmiddag hierheen kom?" vra sy toe hy opsy staan dat sy kan instap.

"Ken jou mos al," sê hy. "Goeie dag gehad?"

"Wonderlike dag," sê sy. "Ek sal julle vanaand daarvan vertel. En Dad?"

"Goeie dag, maar ek sal julle eerder nie vertel nie," glimlag hy.

"Het Dad probleme?" vra sy besorg.

"Nee wat," sê hy, "net die gewone goed."

"Soos mynwerkers wat dreig om te staak?"

"Kom ons gesels oor jou planne vir volgende week," verander hy die gesprek. Net 'n ander manier om te sê: "Los dit, Kate," dink sy geamuseerd.

Hulle stap deur na sy privaat sitkamer. Sy gaan sit op die een leunstoel, hy neem oorkant haar plaas. Op gelyke vlak, sien sy verlig. "Dad verstaan hoekom ek moet gaan?" vra sy.

"Ek luister nog."

"Wel, ek moet. Dit sal gaaf wees as ons in 'n goeie hotel kan bly, dis dalk beter as by mense wat ons nie ken nie."

"Moontlik." Hy kon netsowel "h'm" gesê het.

"Ons moet net vir Mamma oortuig dis nie die wilde weste se soort hotelle nie."

"Ja." H'm.

"Ek het gedink ek wil vooraf kontak maak met die predikant daar, of die skoolhoof. Hulle kan my dan gouer by die regte mense uitbring."

"Ja?"

"Dan sal my ondersoek vinniger afgehandel kan word."

"Ja?"

"En ek gouer huis toe kan kom."

"Ja?"

"Dad kan netsowel 'h'm' sê."

"Ekskuus?"

Sy lag. "Sommer maar. Wat dink Dad? Van my plan, bedoel ek?"

"Hoe wil jy daar kom?"

"Seker maar met die trein. Ek het uitgevind – die trein gaan daarheen. 'n Mens moet net op Klerksdorp oorklim, anders gaan jy Kimberley toe. En Kaap toe."

"Ek sien."

"Wat sien Dad?" Sy weet nie of hierdie gesprek heeltemal gunstig verloop nie.

Hy glimlag. "Ek sien jy het klaar besluit."

"Dankie, Dad!"

"Ek het nog niks gesê nie," keer hy.

"Dankie in elk geval!" sê sy. "Dink Dad Miss Gray sal vir ons blyplek soek? Seker vir so twee weke, van volgende Maandag af? En sal Dad met Mamma praat?"

"Ja, Kate," sug hy en staan op. "Ek het dit eintlik reeds gedoen, gisteraand. En ek kry jou arme man eendag baie jammer."

Sy sit haar dogtertjieglimlag op. "Ek hoef maar net iemand soos Dad te kry, dan het ons geen probleem nie, nè?" sê sy.

Toe sy en haar pa laatmiddag tuiskom, gaan soek sy Susan waar sy in die tuin besig is om die nuwe blomplantjies te bekyk.

"Is julle terug?" vra Susan bly. "Sal ek vir ons tee bestel?"

"Daar is nog iemand vir wie ons moet geld insamel," sê Kate.

"Ai, Kate, waarin het ek my begewe?" Maar Susan glimlag darem tegemoetkomend.

"Dis vir vader James. Hy doen wonderlike werk. Maar

hy self is so maer soos 'n kraai. Ek dink hy eet net Mariekoekies. En rook sulke dun sigaartjies."

Selfs as net hulle drie tuis is, eet hulle saans aan die lang stinkhouttafel. Dis steeds gedek met silwereetgerei, met blaardun glase, met gestyfde servette op die wit damastafeldoek. En as die volgende gereg voorgesit moet word, klingel Susan steeds die kristalklokkie.

"Bernard boks," sê Kate die aand aan tafel.

"Boks?" sê John. Hy klink nie verras nie, eerder geïnteresseerd.

"Boks?" vra Susan. Sy klink geskok. "Dis barbaars."

"Dis presies wat ek gedink het," sê Kate. "Mamma moet sien hoe opgeswel was sy wang vanoggend, en sy oog is stukkend, hier bo."

"Ag nee!" sê Susan besorg. "Dis 'n baie, baie gevaarlike sport."

"Ek het self op my dag geboks," glimlag John.

"Geboks!" Susan se blou oë is so groot soos pierings. "Ag nee, John! Jy kon seergekry het!"

"Ek het," glimlag hy nou breër. "Maar geen permanente skade nie, glo ek?" Sy oë speel oor sy vrou se gesig.

"Het Dad in so 'n vierkantige arenading ... e ... kryt, met toue om geboks?" vra Kate ongelowig. "Wanneer het Dad geboks?" Sy kan dit byna nie vereenselwig met die gedistingeerde heer in sy donker pak aan die kop van die tafel nie.

"In 'n kryt, ja, met rooi handskoene, terwyl ek in die Britse leër was tydens my opleiding." Hy glimlag trots. "Ek was nogal 'n kampioen, hoor?"

"Jy is 'n kampioen met enigiets wat jy aanpak," sê Susan ernstig. "Maar gebóks?"

"Ons was verplig om aan twee sportsoorte deel te neem," verduidelik John. Dan sê hy peinsend: "Ek het lank laas 'n boksgeveg bygewoon. Dalk moet ek weer gaan kyk wat doen die jong manne."

"Ag nee, John!" sê Susan. Hy lag net en knyp haar wang.

"Maar hoekom sal Bernard boks?" wonder Kate. "Hoekom nie iets anders nie? Soos rugby?"

"Daar is baie geld in boks," sê John.

"Géld?" vra Susan verbaas.

"Ja, die mense plaas weddenskappe."

"Dink Dad hy boks vir géld?" Sy onthou die seer, opgehewe sny bo sy oog.

John haal sy skouers op. "Wat het ons vir nagereg?" verander hy die onderwerp.

"Boks jy vir geld?" vra sy die volgende dag in die trem. Sy steek haar hand uit en raak liggies aan die sny bo sy oog. Die seerplek lyk darem beter, maar die blou sak af na sy wang.

"Los dit, Kate."

"Wat? Jou sny, of die vraag?"

Sy oë begin vreemde vlekkies maak. "Die vraag."

"H'm." Sy trek haar hand terug. "Wat doen jy dan met die geld? Gee jy dit vir Nanna? En vir vader James?"

"Kate ..." Sy stem waarsku, maar sy oë kry al meer vlekkies by.

"Ek en my ma beplan ook iets. Maar as jy nie vir my vertel van jou boksgeld nie, gaan ek jou nie van ons planne vertel nie."

"Dan los ons dit maar daar," antwoord hy.

"En jy het vlekkies in jou oë."

Hy skud sy kop. "Jy is 'n vreemde vroumens," sê hy.

Hulle ry 'n rukkie in stilte.

"Ons gaan volgende week Wes-Transvaal toe. Ek en jy," sê sy.

"Ons gaan wat?"

"Diamantvelde toe. Na die delwers. Ek moet ook plattelandse arm ... mense besoek."

"Armblankes."

"Ja."

"Maar ... hoe?"

"Met die trein."

Hy skud sy kop. Sy oë het hul vlekkies verloor, maar hulle lyk of hulle wil begin lag. "Kate, begin voor," sê hy.

"Ek, Kate Woodroffe, en jy, Bernard Neethling, gaan volgende week, waarskynlik twee weke lank, na 'n delwersgemeenskap in Wes-Transvaal om navorsing te doen vir my tesis oor die redes waarom ..."

"Ja, ja, laat staan maar daardie deel," sê hy. "Weet jou pa hiervan?"

"My pa se sekretaresse is in hierdie stadium besig om vir ons verblyf te reël in 'n goeie hotel in die wilde weste. My pa se chauffeur is besig om vir ons treinkaartjies te koop, in 'n privaat koepee. My pa se bankier is besig om geld oor te dra na my rekening om die reis te finansier. My pa se huishoudster beplan reeds die padkos vir die reis daarheen. My pa se vrou – dis nou my ma – is besig ..."

"Jy praat baie onsin vanoggend," sê hy. "Kyk nou net, ons het skoon verby ons afklimhalte gery."

"En Nanna hét so gesukkel om vir my die onderhoud te kry," roep sy ontsteld uit.

"Ons sal 'n ander kortpad kies," sê hy. Dan kyk hy na haar met 'n effense glimlag. "En vinniger loop."

Die aand bel Duncan. "Doctor en Missus Ross het ons genooi vir 'n soirée, môreaand, by hulle aan huis," sê hy. "Glo 'n jong violis uit Rusland. Kan ek jou so teen seweuur kom oplaai?"

"Jammer, Duncan, dit sou lekker gewees het, maar ek sal nie kan gaan nie," sê sy.

Die lyn is 'n oomblik stil. "Hoekom nie?" vra hy.

"Ek het reeds 'n ander verpligting. Dis 'n ... akademiese sessie, saam met professor Williams en van die ander studente. Miskien 'n volgende keer?"

"Kate," sê hy koud, "jou sogenaamde akademie is werklik nou besig om in te meng met ons sosiale lewe. Trouens, met ons hele verhouding."

Sy gaan nie weer sê sy is jammer nie, want sy is nie. "Ja, Duncan."

"Laat weet my maar wanneer jy eendag weer tyd het vir 'n normale lewe."

"Goed, Duncan."

Hy verstaan werklik nie, dink sy nadat hulle tot siens gesê het.

Woensdag is 'n pragtige dag – 'n regte lentedag. Kate voel die uitbundigheid in haar saambondel. Sy wens sy kon 'n fleurige lenterokkie aantrek, en blomme in haar hare sit, of ten minste net 'n blommegeurparfuum aantik. Maar vandag het sy twee onderhoude wat vader James vir haar gereël het. Dus klim sy maar pligsgetrou in haar grys romp en borsel haar hare tot dit sag om haar gesig krul. Sy trek haar ou skoolskoene aan, sit die serp in Nellie se handsak en stap met die breë trap af na die sonnige ontbytkamer.

Vanaand gaan sy vergadering toe. Maar dit hou sy baie stil.

"Vandag is 'n prágtige dag," sê sy voor die trem kom. "Dis 'n regte lentedag. En jou oog lyk baie beter. Ek is bly ons het daardie medisyne gekoop. Ontsmet jy dit? En sit jy die salf aan?"

"H'm," sê Bernard.

Professor Williams lyk geensins soos 'n professor nie. Hy het kakieklere aan en 'n eienaardige hoed op sy kop. En hy ruik na vreemde tabak. "Magaliesberg," verduidelik hy trots.

Rosenberg het sy bes gedoen, maar die vorm van sy neus gee hom weg. "Jy moes jou moestas afgeskeer het, dit onderstreep jou neus," sê Kate.

Baxter het sy gewone klere aan – hy sal die beste inpas op die vergadering. Hy het ook die beste motor vir die okkasie: sy pa se afgeleefde Model T Ford – "but as reliable as it gets," het hy hulle verseker. Professor Williams se 1918-Buick is net te opvallend, Rosenberg se Fiat te nuut, en te klein. Kate het nie eens aangebied om met Sophia te ry nie.

"Nét Baxter moet inkom om my te kom haal," het sy vooraf gereël. Toe het sy verskonend verduidelik: "My ouers weet nie presies wat ons akademiese groepsessie behels nie."

"Daring," het Baxter gesê.

Teen die tyd dat hulle die saaltjie opspoor, is die mense reeds in en daar is net heel agter staanplek.

"Good attendance," sê Baxter.

"Orde! Orde!" roep die voorsitter met sy skril stem. "Ons het vanaand al die groepe op een verhoog hier bymekaar. Ons het almal een doel: om die lot van die arbeider te verbeter."

"Dit kan net die Communists doen!" skree iemand uit die gehoor. "Hulle veg vir …"

Oral begin stemme opklink.

"Orde! Orde!" skril die voorsitter. Orde daal stadig. "Ons sal nou open met Skriflesing en gebed."

"What's going on?" vra Rosenberg.

"We are opening with Skriflesing en gebed," verduidelik Kate. "Close your eyes."

Rosenberg maak sy oë toe, professor Williams nie. Baxter skryf in sy boekie.

"Open them now," sê Kate heelwat later. Rosenberg maak sy oë versigtig oop. Hy lyk verbaas dat almal nog daar is.

Eers verwelkom die voorsitter almal formeel en korrek en sieldodend volledig. "As ek iemand vergeet het wat ek moes bedank het, my apologie," sê hy. Toe sing hulle die eerste vers van "Die Stem", maar die meeste mense ken nog nie die woorde nie. Toe sing hulle "Kent gij dat volk" dat die kranse antwoord gee. Toe gaan sit dié wat sitplek het – Kate-hulle staan.

Die voorsitter verduidelik: "Ons gee aan elke groep eers vyf minute om hul plan van aksie te verduidelik, dan sal vrae en besprekings op 'n ordelike wyse toegelaat word." Hy maak 'n dramatiese pouse. "Dames en here, vriende, ek stel nou graag die woordvoerder van die Arbeidersparty aan die woord." Hy staan terug, gee formeel die stoel oor.

"Hoekom begin ons nie by die vakbond nie? Ons behoort tog almal aan die vakbond!" bulder 'n rooineusreus reg agter Kate. Sy wip soos sy skrik.

"It's getting hot in here and we haven't even started," fluister Rosenberg benoud.

"Exciting," sê professor Williams en voel-voel na sy pyp.

"Illuminating," sê Baxter.

Die voorsitter tree weer na vore. "Orde! Orde! Ons werk alfabeties!" reël hy.

Die Arbeidersparty-spreker skuif flink agter die kateder in. Hy is 'n jong man, hy sien vir hom 'n blink toekoms in die politiek. Vanaand gaan hy 'n klomp lede vir sy party werf. Hy praat begeesterd, hy beduie, hy swaai sy vuis in die lug rond, hy slaan gebalde vuis op die kateder.

"What does he say?" vra Rosenberg.
"Hy sê die Arbeidersparty sal veg vir die regte van die arbeider," sê Kate.
"Obviously," sê Baxter.
"But how?" vra Rosenberg.
"Hy sê nie."
Die spreker staan terug. Hy het sy vyf minute met sewe oorskry, maar die gehoor gee nie om nie, hulle skree en fluit en stamp voete op die houtvloer.
"Frightening," sê Baxter.
Die Kommuniste se spreker het wilde, roesbruin hare en 'n welige snor. Hy dra 'n rooi serp, wat hy nou effens losser woel. Oral in die gehoor begin rooi vlae waai. Hy praat vurig, warm. Die Kommuniste, sê hy, beoog revolusie ten einde alle vorme van kapitalisme uit te wis. Hy vra bulderend: "Is julle bereid om te dien onder idiotiese kapitaliste? As die Kamer van Mynwese wen, beteken dit die selfmoord van die werkers." Hy bepleit 'n sosialistiese stelsel wat werkloosheid sal beëindig.
Aan die einde van sy betoog bal almal hul vuiste en skree: "Werkers van die wêreld, verenig, en veg vir 'n wit Suid-Afrika."
"What does he say?" vra Rosenberg.
Al drie kyk na haar.
"Hy sê die Kommunistiese Party sal veg vir die regte van die wit arbeider," sê Kate.
"He took quite a while to say it," sê professor Williams.
"Interesting viewpoint," sê Baxter en skryf in sy boekie.
Toe staan die regeringsman op om sy betoog te lewer. "Boe! Boe!" skree die hele gehoor.
"Orde! Orde! Orde!" Die voorsitter slaan verwoed met 'n hamertjie op die kateder.

'n Dun, bleek man vlieg op. "Nee, los die goewermentsmannetjie, laat hy bietjie sê waar is my taaisesgeld!" Hy draai na die gehoor. "Kyk na my! Kyk na my. Julle ken my. Hulle sê ek is nog orraait, ek qualify nie vir taaisesgeld nie." 'n Hoesbui oorval hom. "Orraait? Orraait?" spoeg en hyg hy tussen die hoese deur.

"Maar broer, dis mos wat die Pakt wil hê: dat onse boere hier in die stede verbrandarm, veragterlik, agter tralies beland omdat ons probeer om kos op onse tafels te kry!" skree 'n tweede.

"Daar is goud in die myne – óns grou dit uit," gooi 'n derde 'n stuiwer in die armbeurs. "Ons is gewend aan die ooptes. In die myntonnels kry ons taaises, en dis die dank wat ons kry!"

"Stank vir dank!"

"Die regering is kastig onse allervader – hy moet help!"

"Orde! Orde!" Desperaatheid slaan dun deur in die voorsitter se stem.

Maar die gemoedere is reeds te warm. Vuurwarm. Fight-warm. 'n Tamatie vlieg rakelings by sy kop verby en bars rooi teen die wit muur agter hom. Die pitjies loop stadig teen die muur af. Iets breek êrens in die gehoor met 'n luide knal, soos 'n houtstoel wat meegee.

"Barbaric," sê Baxter.

"Fun!" sê professor Williams en stop sy pyp. Die los tabakhare hang by die bek van die pyp uit, hy druk dit met sy duim plat voordat hy die pyp aansteek. Rondom hulle is chaos besig om uit te breek.

Uit die hoek van haar oog sien Kate skielik 'n beweging by die sydeur. Sy frons effens, skreef haar oë in die flouerige lig van die saaltjie. Haar mond word droog, sy voel hoe die droogheid afsak na haar keel. Sy probeer sluk, trek haar asem stadig in.

Van die sydeur af kom Bernard ingestap, rustig en regop, reguit verhoog toe. Hy klim die trappies een vir een, steeds rustig. Met elke trappie raak die oproerige gehoor stiller en stiller.

Kate voel hoe haar droë keel toetrek. Die toetrek sprei na haar maag toe.

Toe Bernard omdraai en na die gehoor kyk, is dit stil.

"Kom ons gee die sprekers 'n kans," sê sy diep stem. "Ons kan met vraetyd ons opinies lug."

Hier en daar brom iemand nog, maar die orde is herstel.

"Impressive," sê Baxter. "Totally amazing."

Toe Bernard van die verhoog afstap en weer langs die symuur gaan staan, begin die vaal regeringswoordvoerder sy voorbereide praatjie lees.

Deur 'n waas van skok hoor Kate hoe die woordvoerder verduidelik dat die beleid van beskaafde arbeid beskaafde lone vir die blanke werkers beteken, dat die werkloosheidsyfer in Suid-Afrika steeds laer is as in baie ander lande.

Sy kan nie konsentreer op wat hy probeer sê nie.

Sy kyk stadig na die sydeur. Bernard staan met 'n uitdrukkinglose gesig na die man en luister.

"Met honderd agt en tagtigduisend werklose armblankes?" skree iemand uit die gehoor.

"Die Hertzog-regering het in 1928 reeds werk vir dertienduisend blankes op die spoorweë geskep, dus beskou hulle die armblankeprobleem as opgelos," gaan die amptenaar moedig voort.

"Maar die mannetjie praat mos nou twak," kom 'n verontwaardigde stem uit die voorste rye. "Bernard, gaan sien hom bietjie reg daar vir ons, man!"

'n Gelag en gejoel breek los. Bernard gee 'n skewe

glimlag, maar keer met sy hand. "Wag vir vraetyd," beduie hy.

"What does he say?" vra Rosenberg.

"Hy sê hy sal die ou later regsien."

"Entertaining," sê Baxter.

"Not the big guy, the official guy," sê Rosenberg.

"Hy sê die regering het reeds baie gedoen vir die arbeider," probeer Kate onthou.

"Debatable," sê Baxter.

Die Suid-Afrikaanse Party, die Sappe, verduidelik die voorsitter omslagtig, is genooi om ook teenwoordig te wees, maar weens onvoorsiene omstandighede totaal buite hul onmiddellike beheer, kon hulle ongelukkig nie kom nie. Die verantwoordelikheid van objektiwiteit hang soos 'n swaar mantel om sy ronde skouers.

"What's that about the SAP?" vra Rosenberg.

"Hulle kom nie," sê Kate. Sy voel steeds vreemd, lighoofdig. Sy het tog gewéét hy gaan hier wees? Maar só?

"Ons soek hulle buitendien nie hier nie," roep 'n jongerige man. "Hulle is 'n party van imperialiste en kapitaliste, kop in een mus met die Kamer."

"Smuts se hande drup van die bloed," gil 'n dun vrou. Sy sit skuins voor Kate, sy brei 'n vaalbruin sokkie.

"Tik hom ook sommer dik, Bernard," bulder 'n stem reg agter haar.

Stukkies skok ruk los in haar, kom sit brandwarm op haar wange sodat sy haar koue hande weerskante van haar gesig vasdruk.

"What are they saying?" vra Rosenberg.

"Hulle is teen Smuts," sê Kate. "En ek is nou moeg om alles te tolk. Ek kan nie konsentreer op wat aangaan nie."

"Bernard, kom sê nou jou sê dat ons die fight agter die rug kan kry en kan loop slaap," roep 'n dik tante.

"Hoor, hoor!" roep die gehoor.

Van haar staanplek agter in die saal sien Kate hoe Bernard weer met die trappies opklim verhoog toe. Die toejuiging is eers oorverdowend. Maar dan vervaag dit. Al die mense vervaag, sy staan alleen op 'n eiland, sy staan bewend alleen, en kyk oor 'n see koppe na 'n man op 'n ander eiland. 'n Groot man in gewone werkersklere, wat nou 'n sterk werkershand omhoog hou om stilte te kry. Dan kyk hy reguit in hul rigting en frons effens. Sy laat onmiddellik haar kop sak. Haar hart bons, dit druk haar bors toe.

Eers toe hy 'n ent weg is met sy toespraak, kan sy fokus op wat hy sê. Sy kyk versigtig op.

"Ek sal vir julle terugvoer gee oor ons onderhandelinge met hoofbestuur," hoor sy hom sê. Dis doodstil in die saal, sy stem trek sterk en rustig oor die honderde koppe heen tot in haar ore. "Maar ek wil nou eers 'n voorstel in julle midde lê waaroor almal van ons moet gaan dink en later moet besluit."

My hart klop onbedaarlik, dink Kate. Ek is seker professor Williams kan dit hoor.

"Die Mine Workers Union," gaan Bernard voort, "dra nie Afrikaanse mynwerkers se belange op die hart nie. Die vakbondleiers is oorwegend die bestuurders van die myne, hulle is almal Engelssprekend. Hulle beding wel hoër lone, maar hoeveel daarvan kom by die Afrikaanse werker uit?"

"Hoor, hoor!" skree die gehoor.

My hart bons nie net van skrik nie, besef Kate stadig.

"Die Afrikaanse werkers is ongeorganiseerd, ons het min bedingingsreg," sê die man op die verhoog. "Ons moet begin met 'n Afrikaanse vakbond vir mynwerkers. Mettertyd kan ons dalk die tienduisende Afrikaners wat aan die Rand in myne, fabrieke en ambagte werk, deur middel van Afrikanerwerkersunies organiseer om saam te staan, 'n soort saamwerkbond op die been bring."

Die man op die verhoog is dinamies, hy praat met gesag, mense luister na hom, besef sy. Hy hou die hele gehoor in die palm van sy groot hand.

"Ons moet saamwerk, ons moet ophou voel dat die Engelse baas is," sê Bernard. "Ons moet onsself ophef uit hierdie knegskap en beheer oor ons eie lot oorneem."

Dis mos heeltemal, heeltemal on-heeltemal-moontlik.

Nie die ophefdeel nie.

Dit wat sy ... sien.

Vóél.

"Ons moenie net vaskyk teen lone nie. Dit ook, ja, maar veral ..." Sy stem vervaag heeltemal.

Dis geheel en al nie moontlik nie.

Sy moet hier uit.

"Hertzog is ook maar net een van die ryk boere wat werkers uitbuit," skree iemand.

Die wêreld begin om Kate draai. Dit word 'n warboel van mense en klanke en benoude reuke.

"Die Nasionale Party is nie 'n party vir die mynwerkers nie, hul eerste en enigste prioriteit is die boere. Hulle wil julle almal weer op plase kry!" bulder die rooi reus van die Kommunistiese Party.

Sy moet hier uit.

"Sê van die lone, Bernard! Sê van die lone!" skree 'n jong man met olierige hare.

"Onderhandel jy ooit nog vír ons?" vra die entoesiastiese woordvoerder van die Arbeidersparty. "Ek hoor jy flenter bedags saam met oubaas Woodroffe se dogter rond?"

'n Doodse stilte sak soos 'n donker wolk oor die vergadering.

"Let's go!" sê Kate en vlug.

Die koel aandlug buite die bedompige saaltjie slaan Kate met 'n vuishou tussen die oë. As Bernard net nie in 'n geveg betrokke raak nie ... die mense lyk aggressief ... die sny bo sy oog ...

Hulle verdwaal byna in die doolhof van straatjies.

Sy herken die geboue in een van die strate, konsentreer om die regte pad uit te kry.

Baxter se Fordjie is benouend klein vir vier mense.

"What did they say about your father?" vra Rosenberg toe hulle eindelik op pad terug Parktown toe is.

Maar professor Williams het genoeg verstaan. "Is dit die Simson wat jou bedags vergesel?" vra hy.

"Ja," sê Kate. Haar hart klop steeds in haar keel.

"In which case he's in the hot spot at the moment," sê Rosenberg.

"We should have stayed," sê Baxter.

Kate leun agteroor, maak haar oë toe.

Dis onmoontlik. Dis heeltemal ondenkbaar. Dis omdat sy geskrik het. Toe sy gedink het hy sien haar.

"Is hy nie ook 'n bokser nie?" vra professor Williams.

"Dis waar ek hom al gesien het!" sê Baxter. "Ons moes regtig langer gebly het."

"Kate! Is he a boxer?" dring Rosenberg se stem tot haar deur.

"Ja. Nee. Ek weet nie," sê sy.

"I think we left just in time," besluit Rosenberg.

"Pity," sê professor Williams. "The fun had just begun."

Die lig brand nog in die studeerkamer. "Ek is veilig tuis!" roep sy en begin die trap na bo klim.

Die studeerkamerdeur gaan oop. "Wil jy nie eers 'n koppie tee kom drink nie?" vra Susan.

"Nee, dankie, Mamma. Ek is moeg, ek gaan maar dadelik inkruip."

"Kan ek vir jou 'n glasie warm melk bring?" vra Susan besorg.

"Niks nie, dankie, Mams. Lekker slaap."

Sy vlug na haar kamer. Sy maak die deur agter haar toe en gaan lê, net so, ten volle geklee, op haar spierwit deken.

Sy voel sielsmoeg. Sy voel totaal leeg. Leeggetap. Gedreineer.

Sy lê doodstil.

Stadig begin die gevoel terugsypel, die leegheid in haar weer opvul. Sy voel 'n vreemde weemoed, 'n vreemde verlies diep binne-in haar groei. Die opwinding van die aand is verby, hierdie amper-avontuur wat sy en haar professor en studentemaats aangepak het. Die gevoel van verlies kan tog nie wees omdat die opwinding verby is nie?

Sy het geskrik toe sy skielik vir Bernard gesien het.

Sy het geweet hy gaan daar wees. Sy het vermoed dat hy dalk vrae sal moet beantwoord. Nie oor haar nie, oor die onderhandelinge. Toe loop dinge skeef, iemand het gesien dat hy haar bedags vergesel.

En Bernard het haar moontlik in die gehoor herken, hoewel sy dit betwyfel.

Maar dis tog geen rede om so te skrik nie?

Om so leeg te voel nie?

Sy lê doodstil na die plafon en staar. Sy sien nie vanaand die ronde blompatrone teen die dak nie.

Ek dink ek weet wat ek voel, besef sy stadig. Maar dit kan nie waar wees nie.

Sy sit skielik regop. Sy weet, skokhelder, dat sy dit netsowel aan haarself kan erken: die man wat op daardie verhoogeiland gestaan het, is 'n man soos haar pa, 'n man soos John Woodroffe.

Net heeltemal anders.

Vier

Kate skrik vroeg wakker, lank voor die son op is.

Sy skrík wakker. Wawyd wakker.

Dis 'n absurde gedagte. Bernard Neethling is in geen opsig soos John Woodroffe nie.

Sy sit regop. Haar kop voel dof en seer. Miskien moet sy vandag in die bed bly.

Dis ook 'n absurde gedagte. Sy ontmoet vandag 'n vrou by Nanna se huis – 'n jong vrou wat haar oorgegee het aan 'n lewe in die strate. Nanna het baie gesukkel om haar te oortuig om met Kate te praat, sy moet die geleentheid benut. En vanmiddag moet sy haar eerste voorlegging aan professor Williams finaliseer, môre-oggend moet sy dit aan hom voorlê.

Want volgende week ...

Haar keel trek toe. Sy wil nie volgende week saam met Bernard delwerye toe gaan nie. Dit was van die begin af 'n absurde idee. Sy kan nie glo haar pa laat haar toe om vir twee weke saam met 'n wildvreemde man die vreemde in te vaar nie.

'n Mynwerker.

Miskien sal professor Williams sê haar skripsie is

volledig genoeg, sy hoef nie verder navorsing te doen nie.

Sy weet dis 'n absurde hoop.

Maar die absurdste van alles is om Bernard Neethling in dieselfde asem as John Woodroffe te wil noem.

Sy staan op en maak haar kamervensters wawyd oop. Die fris oggendluggie slaan koud teen haar gesig vas, dring deur die dun materiaal van haar nagrok tot op haar vel. Sy vou haar arms om haar lyf, vryf haar boarms, maar bly voor die oop venster staan.

Voor haar lê Parktown en slaap. En as sy verder sou kyk, sou sy van die gebiede sien waar sy daagliks werk, waar mense woon, in vodde.

Sy weet nog nie eens waar Bernard woon nie. Sy weet eintlik niks van hom af nie. Behalwe dat hy in die tonnels onder die stad goud grawe. En Saterdae boks. En miskien die geld vir mense soos Nanna of vader James gee. Miskien nie.

Sy draai om en klim terug in haar bed. Sy voel vasgekeer. Sy sal hom vanoggend moet ontmoet, soos gewoonlik, by die tremhalte. En sy sal volgende week delwerye toe moet gaan, alles is reeds gereël. Selfs met die dominee en die skoolhoof. En met Bernard.

Eintlik het niks verander nie, dink sy. Hy bly die mynwerker in diens van haar pa, 'n groot man, met geen opleiding nie. En sekerlik die minimum opvoeding. Hy is deel van die armblankes – wel 'n werkende armblanke, maar met niks op sy naam nie. Dink sy.

En hy boks, moontlik vir geld – dis barbaars.

Haar pa het ook geboks.

Maar dit was heeltemal anders. Haar pa was verplig om aan twee sportsoorte deel te neem, hy kon nie anders nie.

Al wat verander het, is dat sy Bernard tussen sy eie mense gesien het. 'n Haan op sy eie mishoop?

Die vergelyking maak seer.

Sy skakel die lig by haar lessenaar aan en begin doelgerig deur haar notas lees. Hoe gouer sy haar tesis afgehandel kan kry hoe beter.

Aan ontbyttafel sê Susan: "Ek sou graag jou vader James en Nanna wil ontmoet, Kate, hierdie week nog, voordat jy weggaan. Ek en Diana het 'n paar idees, maar ek wil eers bepaal wat hul spesifieke behoeftes is."

"Net maar geld, dis al," probeer Kate keer. "Nee, seker nie net geld nie, maar geld sal baie help."

"Ek sal hulle nogtans wil ontmoet, self sien watter werk hulle doen."

"Dis nie goeie omstandighede nie, Mamma."

"Maar jy gaan elke dag daarheen?" troef Susan haar.

"Dis heeltemal iets anders."

"Hoe anders?"

"Ek gaan ... wel, ek gaan saam met Neethling. Ons ry met die trem. En so aan."

"Neethling kan saam met my kom. En ek kan trem ry."

John glimlag geamuseerd. "Jou ma gaan hierdie ronde wen, Kate. Sy wen altyd," waarsku hy.

"Maar Daddy, sy kan nie trem ry nie."

"Dan kan Jackson ons neem," sê Susan.

Ek voel al weer vasgekeer, dink Kate. "Miskien kan Mamma en Bernard môre gaan, ek moet die eerste deel van my skripsie aan professor Williams gaan voorlê," stel sy voor.

"Neethling sal nie môre kan gaan nie, hy is deel van die vakbondafvaardiging wat môreoggend kom vir verdere samesprekings," sê John.

"O, ek het nie geweet nie." Sy weet niks van hom af nie.

"Reël asseblief dat ons hom Saterdagoggend by die kantoor kry, Kate," sê Susan. "En reël dat ons die twee mense ook ontmoet, die Vader en Nanna."

"Goed, ek sal," sug Kate. Sy kyk na haar pa. What did I tell you? vra die glinster in sy oog.

"Ek kan nie môre veldwerk doen nie, want ek moet universiteit toe." Sy kyk nie reguit na hom toe sy praat nie. Maar sy bekyk hom onderlangs: dit lyk darem nie of hy gisteraand in 'n geveg betrokke was nie. Sy sou wat wou gee om te weet wat gisteraand verder gebeur het.

Alles is nog dieselfde, die rukkerige trem, die geboue wat al meer vervalle raak hoe verder hulle ry, sy lang bene wat hy lui voor hom uitgestrek het.

"Dis goed," sê hy. Maar hy sê niks daarvan dat hy ook môre nie in die gebiede sou kon ingaan nie.

"En ek wil vandag vroeg klaarmaak. Ek moet nog baie voorbereiding vir môre doen."

"Goed."

Stilte.

"My ma wil graag vir Nanna ontmoet, en vir vader James, voor sy met haar fondsinsameling begin."

"Goed."

"Sy wil nie wag tot ná ons terug is van die delwerye nie."

"Goed."

"Is ons vanoggend op 'goed' pleks van op 'h'm'?" vererg sy haar.

"Ekskuus?"

"Kan jy môre my ma aan hulle gaan voorstel?" daag sy hom uit om te praat.

"Ons sal dit maar Saterdagoggend moet doen," sê hy. "En ons sal nie vir vader James op 'n Saterdag kan sien nie, hy is vas. Ook nie Sondae nie."

"Hoekom dan nie môre nie?"

"Dit sal nie môre werk nie."

Sy wil hom dwing om iets van homself te vertel. Enigiets, selfs al weet sy dit reeds. "Hoekom nie?" vra sy.

"Los dit, Kate."

Ongeskikte buffel, dink sy. 'n Man praat net nie so met 'n vrou nie. Maar hy weet natuurlik nie van beter nie.

Hulle stap vinnig en met lang treë na Nanna se huis toe. Hulle praat nie.

Die onderhoud verloop nie goed nie. Sy is te gespanne, sy sukkel om te konsentreer. Die vrou vertel lang stories, maar die feite klop nie. Kate is te moeg om tot die waarheid deur te dring.

"Dankie, Nanna. Dankie vir jou moeite," sê sy ná die tyd.

"Het dit goed gegaan kan jy die goed gebruik?" vra Nanna angstig.

"Beslis, dankie, Nanna. En my ma wil Nanna graag ontmoet, sal Saterdagoggend reg wees?" vra sy voordat haar moed haar begewe.

Nanna slaan haar hande saam. "Jou ma is seker 'n grand vrou 'n grand vrou in my huis ag aardetjie tog prys die Heer," sê sy uitasem.

Kate lag. "Nee wat, Nanna, my ma is net 'n liewe mens wat graag wil help. En sy hou van koffie, jy hoef nie spesiaal tee te koop nie."

"O aardetjie tog dan sien ons mekaar Saterdag soos die Here wil," sê Nanna.

Op die regop ou kerkbankie op die voorstoep wag Bernard. Toe sy uitkom, maak hy dadelik 'n boek toe en staan op. "Klaar?" vra hy.

"Ja, dankie." Sy sal nie wonder watter boek dit is nie.

"Het jy met Nanna gereël vir Saterdagoggend?"

"Ja sy het ek is skoon op my senuwees prys die Heer," sê Nanna.

Bernard glimlag gerusstellend. "Toemaar, Nanna, ek sal saamkom om jou teen hulle te beskerm."

"Haai Bernard sonde!" sê Nanna.

"Jy's nie snaaks nie," sê Kate toe hulle terugstap na die tremhalte toe.

"En jy is nie vandag in 'n baie goeie bui nie. Laat aand gehad?"

Sy kyk reguit voor haar in die pad. "Wat ek in die aande doen, het niks met jou te doen nie," sê sy styf.

"Seker nie," sê hy.

Professor Williams is laat. Stiptelikheid was nog nooit by hom 'n prioriteit nie. Maar vanoggend is hy verregaande laat.

Kate wag solank in sy kantoor. Sy leun agteroor en probeer ontspan, haal diep asem. Die kantoor ruik gelukkig, gesellig, soos haar prof, dink Kate. Sy sou darem baie graag volgende jaar, net vir 'n rukkie, saam met hom wou werk. Maar dis seker ook 'n absurde idee.

Net voor tienuur waggel hy die kantoor binne, sy swaar leersak in sy een hand, 'n warboel papiere in die ander. Sy pakkasie land op die lessenaar, hy op die stoel agter die lessenaar.

"Ja," sê professor Williams. "My pyp was weg, toe vat ek later maar dié een. Maar hy is nie goed nie."

"Môre, professor Williams," sê Kate. Sy verstaan: hy kan mos nie funksioneer sonder sy pyp nie.

"Ja," sê professor Williams. Hy sit die ronde tabakpapiertjie versigtig voor hom neer, skep die regte hoeveelheid tabak uit sy leertabaksakkie, vou dit versigtig in 'n ronde balletjie en druk dit onderstebo in sy pyp. "Nie goed nie," sê hy ontevrede. Hy maak die gaatjie in die balletjie, knars 'n vuurhoutjie en sit agteroor.

"Ja," sê professor Williams.

"Ek het die eerste deel van my veldwerk vir my tesis hier, Professor."

"Ja?" Hy suig aan sy pyp.

"Ek wou gehad het Professor moet daarna kyk."

"Ja?"

Kate wag. Die Professor hou sy ronde handjie na Kate uit. "Ja. Nou gee dan maar."

Sy oorhandig haar lêer. Hy hou die pyp in sy mond en begin lees. Hy vra soms vrae, so langs die kant van die pyp verby, Kate gee meer inligting. Die pyp rook nie meer nie, hy kom dit nie agter nie. Hy maak kantaantekeninge, verduidelik, pyp in die hand, waar sy moet verander of aanvul, sy maak haar eie aantekeninge.

Toe hy klaar gelees het, gee hy die lêer vir haar terug. "Ja. Dis goed. Baie goed."

"Dankie, Professor."

"Maar dis nie volledig nie."

Sy sug. Dus ís die delwerye haar voorland. Saam met Bernard Neethling. "Ek weet, Professor," sê sy. "Ek gaan Maandag Wes-Transvaal toe, na die diamantdelwerye daar, om ook die situasie onder plattelandse armblankes te ondersoek."

"Ja? Na die delwerye in Wes-Transvaal, nè? Wie gaan saam?"

"My lyfwag. Neethling."

"Ja? Die ou by die vergadering?"

"Ja, Professor." Die man by die vergadering.

"Ja? En jou pa laat dit toe?"

"Ja, Professor. Ek kan nie glo my pa laat my toe om saam met 'n wildvreemde man die vreemde in te vaar nie. Ek dink dis onverantwoordelik."

"Ja. Ja, ek sou dit ook toegelaat het as jy my dogter was."

"Sou Professor?"

"Ja. Simson maak 'n sterk indruk." Hy voel-voel na sy vuurhoutjies. "Het die vergadering toe warm geraak?"

"Ek het nie met hom oor die vergadering gepraat nie, Professor."

"Ja? Ry julle met die trein?"

"Ja, Professor. Maar ons moet op Klerksdorp oorklim, anders land ons op die Kaapse dokke."

"Ja." Hy kry sy pyp weer aan die lewe. "Ja. Jy moet voortgaan soos jy nou doen: stel vas waar kom die mense vandaan, wat motiveer hulle, wat demoraliseer hulle, hoekom gee hulle soms net op. You get the picture?"

Kate knik. "Ja, Professor." Sy dink 'n oomblik. "Soms, as ek so in die gebiede werk en ek sien die verskriklike armoede, word ek amper moedeloos. Dink Professor ons gaan ooit hierdie probleem oplos?"

"Ja," dink hy eers voor hy antwoord. "Die armes sal altyd met ons wees. Maar dit het wêreldwyd nou epidemiese afmetings aangeneem. Ek stem saam met die sosiologiese denkrigting van die Amerikaners. Hulle praat van 'maatskaplike ingenieurswese', ek verkies om dit 'sosiale manipulasie' te noem. Dit kom daarop neer dat die staat moet ingryp deur byvoorbeeld grootskaalse skemas op die been te bring wat die armoede kan oplos."

"Is dit nie wat die Kommunisme ook maar beoog nie?" vra sy.

"Ja, miskien eerder die Nasionaal-sosialisme," sê hy.

"Ons owerheid, die Westerse owerhede wêreldwyd, is te passief. Voordat iemand in die wêreld nie met 'n totaal nuwe bedeling kom nie, sal die probleem nie opgelos word nie. En daardie iemand sal 'n Amerikaner moet wees – hul probleem is selfs groter as ons s'n."

"Of 'n Duitser?"

"Ja-a, ons moet maar sien." Hy staan op. "Jy moet versigtig wees, Kate."

"Ek sal, dankie, Professor."

"Ja," sê hy. "En kom spreek my sodra jy terug is."

"Ek sal beslis." Sy staan op en steek haar hand uit. "En dankie vir Professor se hulp."

"Ja," sê hy.

Toe Kate Saterdagoggend afstap na die eetkamer vir ontbyt, kom Susan net van buite in met 'n bondel blomme in haar arms. Haar wange is rooi van die koel oggendlug, haar blou oë baie helder. Sy glimlag haar breë, wit glimlag vir Kate. "Kyk net hoe mooi," sê sy.

"Die blomme is pragtig," sê Kate, "en Mamma ook."

"Dink jy ek is reg aangetrek?" vra Susan bekommerd. "Ek het probeer stemmig lyk." Sy sit die blomme op die tafel in die kombuis neer en vryf oor haar grys tweedromp.

"Mamma lyk reg," sê Kate. "Vorstelik, maar nie uitspattig nie."

"Vorstelik is nie hoe ek wou lyk nie," sê Susan en begin die blomme rangskik. "Sny solank hierdie rose korter, steeltjies skuins, nè?"

"Ek dink Mamma moet die tuinhoed ophou, dit sal pas," sê Kate en vat die tuinskêr.

"Ek sal dit saamneem, maar ek kan darem nie na jou pa se kantoor toe gaan met die tuinhoed op my kop nie," sê Susan. "Selfs al klim ons nie uit nie."

"Nee, seker nie," glimlag Kate.

Langs die tremhalte, op sy gewone plek, wag Bernard. Maar vanoggend lyk hy vreemd. Hy dra 'n ligblou hemp en 'n flanelbroek pleks van die gewone kakieklere wat Kate ken. En hy lyk geensins soos haar pa nie.

Jackson hou langs hom stil. Bernard maak die voorste passasiersdeur oop en buig sy kop in. "Goeiemôre," sê sy diep stem.

"Klim in, hier kom 'n trem aan," sê Kate.

Hy klim voor in, langs Jackson. Dan draai hy na agter, die blou hemp maak sy oë nog blouer.

"Dis my ma, Missus Woodroffe," sê Kate. "En dis Bernard Neethling."

"Goeiemôre, Bernard Neethling," glimlag Susan. "En noem my gerus tant Susan, Missus Woodroffe klink darem baie formeel." Sy spreek haar naam in Afrikaans uit, dit val vreemd op Kate se ore.

"Bly te kenne," sê Bernard sjarmant. "Dit sal moeilik wees om u as Tante aan te spreek."

Dít, uit Bérnard se mond, val nog vreemder op Kate se ore.

Susan lag, 'n effens verleë, jeugdige lag. "Dankie," sê sy.

"Ek verstaan u wil moontlik vir Nanna en vir vader James met geldelike steun help?" Hy draai na Jackson. "Ry maar met Commissionerstraat af, ek sal sê waar ons moet draai."

"Hy praat Engels," sê Kate.

Maar Jackson het skynbaar verstaan, hy ry.

"Ek kon nie juis anders nie," glimlag Susan en beduie met haar oë na Kate.

"H'm. Sy kry nogal haar sin, nè?" sê Bernard, asof vertroulik.

"Nogal," sê Susan. "Maar ek wil ook graag help as ek kan."

"Hier voor moet jy links draai," sê Bernard.

"Hy praat Engels," waarsku Kate weer.

Jackson draai links.

Verraaier, dink Kate.

"Ek verstaan jy help ook vir Nanna, finansieel?" vra Susan.

Bernard kyk om. "Sê wie?"

"Sê Kate."

"Ek het gesê ek dínk so," sê Kate vinnig. "Want jy boks vir geld."

"Sê wie?"

Kate sug. "Los dit net," sê sy. "En beduie hoe ons moet ry, anders verdwaal ons weer."

"Weer?" vra hy.

Sy antwoord nie. Sy het van die begin af geweet hulle moes nie gekom het nie. Maar haar ma kan regtig hardkoppig wees as sy eers 'n idee in haar blonde koppie gekry het.

Susan en Bernard gesels asof hulle mekaar jare reeds ken. 'n Mens kan die gemoedelikheid tussen hulle voel, dink Kate vies.

Hulle ry met die swart Packard deur die smal straatjies. Bernard beduie tussendeur die pad. Jackson kyk nie links of regs nie, hy bestuur. Maar sy profiel sê alles: Ek en hierdie motor hoort nie hier nie. Julle ook nie.

Hulle stop in die straat voor die lendelam hekkie. Jackson klim statig uit die motor en maak die agterdeur vir haar oop, Bernard hou sy hand uit en help haar ma om uit die groot motor te klim.

Hulle loop die drie tree tot op die stoepie. Die voordeur staan oop. "Is iemand tuis?" roep Bernard vrolik.

Hulle loop oor die hol getrapte gangvloer na die stem

in die kombuis. Die huis ruik vandag na vars gebakte koek. En hond.

Nanna staan senuagtig terug toe die pragtige vrou by haar kombuisie instap.

"Nanna, dis nou mevrou Woodroffe, Kate se ma," stel Bernard voor. "Sy wil jou ontmoet."

Nanna druk 'n string hare wat losgekom het, in haar bolla in en vee haar hande aan haar voorskoot af. "Ek het nou net die koek uit die oond gehaal welkom Missus Woodroffe," sê sy nou nog haastiger as gewoonlik.

Susan Woodroffe lag gerusstellend en steek haar hand uit. "Noem my asseblief Susan," sê sy met haar mooi stem. Sy spreek weer haar naam in Afrikaans uit. "Die koek ruik heerlik. En ek moet Lady se kleintjies sien, Kate sê hulle is net te pragtig."

"Prys die Here dit het goed uitgekom en die kleintjies vreet soos varkies," sê Nanna en steek 'n skurwe, ronde handjie na Susan uit. "Bernard loop wys vir Missus Woodroffe die hondjies."

Later sit hulle by die geskropte kombuistafel op die gaatjiesrugstoele. "My ma het ook sulke stoele," sê Susan. "Ek het op hulle grootgeword. En Bernard, as jy opstaan, moet jy oppas vir daardie rak agter jou kop."

"Dankie," sê Bernard.

Ek weet niks van my ma se grootwordjare nie, dink Kate. Ek weet wel dat daar 'n breuk tussen haar en haar ouers gekom het toe sy met John Woodroffe wou trou – verder was enige gesprek oor daardie tyd verbode terrein.

"Ek wil graag help," begin Susan nadat sy versigtig 'n eerste slukkie koffie geproe het. "Miskien met fondsinsameling?"

"Die Here en Bernard sorg vir ons maar ons kan altyd doen met nog geld ja dankie," sê Nanna. Dan voeg sy by, byna as nagedagte: "Prys die Heer."

Kate kyk reguit na hom. Sien jy nou, ek was reg, sê haar oë. H'm, sê sy oë.

"Dit kan miskien min wees," sê Susan. "Die depressie vreet aan almal se beursies. Maar ek het 'n paar idees om geld in te samel, net op klein skaal."

"Alles help," sê Nanna. "Geld maar ook ou klere komberse blikkieskos 'n tent kombuisgoed die mense het soms niks."

Hulle gesels 'n rukkie oor Nanna se werk, oor die omstandighede in die arm woonbuurtes, oor moontlike insamelings buiten geld. Hulle eet dik snye koek en drink nog soet koffie. Dan sê Bernard: "Ons gaan vir die volgende twee weke weg, Nanna."

"Weg hoe weg?"

"Kate moet haar navorsing uitbrei na 'n plattelandse gebied. Ons gaan na die delwers op die diamantvelde."

"In Wes-Transvaal," vul Kate aan.

"Anderkant Potchefstroom dis ver," sê Nanna.

"Ja," sê Bernard, "maar ek sal oor twee weke weer terug wees."

"Dan moet ek vir julle bid sluit julle oë," sê Nanna. "Onze Almagtige Vader die in den Hemele zijt uwe naam worde geheiligd uw koninkrijk wanneer gaan julle?"

Stilte.

"Ek vra nie vir die Here nie Bernard."

Kate loer onderlangs deur haar lang wimpers. Nanna se oë is steeds styf toegeknyp, haar kop agteroor, haar gesig na bo gerig.

"Ons ry môre, Nanna." Bernard se oë is ook toe en sy kop afgebuig, sy groot hande eerbiedig op die tafel voor hom gevou.

"Onze Almagtige Vader die in den Hemele zijt gaan môre met Bernard en ... môre is die Sabbat Bernard."

"Ja, Nanna."

"Ry julle op die heilige Sabbat?"

"Ja, Nanna."

"Julle kan nie op die heilige Sabbat ry nie jy en jou os en jou esel mag nie werk nie."

"Ons sal nie die os of die esel inspan nie, Nanna. Ons ry met die trein – hy loop buitendien."

"O." Sy bly 'n oomblik stil. "Môre op die Sabbat?"

"Ja, Nanna."

"Here des Gods Uw ziet nou self hy is so hardkoppig soos altyd maar Uw het hom so gemaak nou moet Uw hom maar bewaar en vir Kate en ... gaan jy saam, Susan?"

"Nee, Nanna." Haar ma se oë is ook nog toe en haar kop is afgebuig. Maar nou loer Bernard en wys: nou het ons moeilikheid.

"Gaan julle alléén ry?"

Stilte.

"Bernard?"

"Ja, Nanna."

"Sonde. Here die in den Hemele zijt Uw ziet nou self praat help nie en leid hulle niet in verzoeking nie maar bewaar hulle van den booze amen dis nie 'n goeie ding dat julle alleen ry en dit nog op die Sabbat nie," sê Nanna.

"Ja, Nanna," sê Bernard en staan op. "Dankie vir die gebed, Nanna. Veral die deel van die booze verzoe ..."

"Ja jy nou maar gedra jou nou net," waarsku Nanna kwaai. "En kom veilig terug ons kan nie sonder jou nie Bernard."

"Ek is hier om te bly, Nanna," verseker hy haar. "Hou Nanna maar net die goeie werk vol wat Nanna elke dag doen. Saterdag oor twee weke sit ek weer hier, op hierdie stoel. Behalwe natuurlik as die booze v ..."

"Bernard!"

"Jammer, Nanna." Hy slaan sy een arm om haar skouers en plant 'n soen op haar voorkop. "Mooi bly," sê hy en stap uit.

"Jy moet jou oppas kind," sê Nanna vir Kate.

"Ek sal, Nanna. En dankie vir alles. Nanna het vir my veel meer beteken as wat ek ooit kan sê." Sy buk ook af om die klein vroutjie op haar voorkop te soen. Toe stap sy agter Bernard aan na die motor.

Bernard hou vir haar die deur oop, toe klim hy self ook in. Dis ongemaklik stil in die motor.

"Jy moet ..." begin albei gelyk en bly stil.

"Sê maar?" sê hy.

"Ek wou eintlik weet ... of jy weer vanaand gaan boks?" vra sy.

Hy kyk haar vreemd aan. Dan kyk hy voor hom. "Ja, Kate."

Sy kyk weg. "Jy moet ... versigtiger wees."

"H'm."

Haar ma klim in. Jackson maak die deur toe en skakel die motor aan. "Dankie, Bernard," sê Susan. "Dis goed dat ek gekom het. Ek begin nou iets van Kate se passie begryp."

Bernard knik. "Plesier," sê hy, maar hy kyk nie om nie.

"En ek is bly ek het jou ontmoet. Ek voel nou meer gerus."

"Dankie, Mevrou." Hy kyk steeds voor hom. Jackson vind self die pad uit die doolhof.

Toe hulle by die tremhalte voor die kantoorgebou stilhou, sê Susan: "Dankie ook dat jy my dogter help om haar droom te verwesenlik."

Hy klim uit. "Dis goed, Mevrou," sê hy.

"En jy gaan my nie tant Susan noem nie?" vra sy met 'n glimlag.

Hy glimlag terug. "Nie maklik nie," sê hy. "Tot siens, mevrou Woodroffe. Sien jou môre, Kate."

Hy bly voor die tremhalte staan toe hulle wegry. Toe hulle om die hoek gaan, sien Kate hoe hy die trappies na Rand Consolidated begin opklim.

Op pad Parktown toe sê haar ma: "Nanna is reg. Dis nie reg dat julle alleen gaan nie. Daddy moes dit nie toegelaat het nie."

"Ek is darem al twee en twintig, Mamma. En dit is die twintigste eeu, Queen Victoria is lankal dood."

"Nogtans. Dis nie betaamlik nie."

Hulle ry in stilte. Kate weet nie hoe sy voel nie: gister nog sou sy hierdie kans aangegryp het om uit die reis te probeer kom, maar ná vandag voel sy weer meer op haar gemak in Bernard se geselskap.

"Ek is regtig bly ek het die Neethling-seun ontmoet."

Seun? Haar ma het hom duidelik nie by die vergadering gesien nie.

Toe Jackson stilhou en uitklim om die swaar gietysterhekke by hul oprit oop te stoot, sê Susan half ingedagte: "Dis vreemd, maar iets aan hom laat my aan jou pa dink. Toe hy jonk was."

Kate se kop ruk. "Moenie, Mamma."

"Kate?"

"Niks aan hom is soos Daddy nie. Ek weet, ek ken hom teen hierdie tyd. Niks."

Die vieruurtee word op die gras bedien. "Waar is Dad?" vra Kate.

"Hy is uit, op besigheid."

"Besigheid? Saterdagmiddag? Dis vreemd."

"Ja. Seker maar met iemand van buite wat nie in die week kan inkom nie. Of met iemand van oorsee. Maar hy het gesê hy sal betyds hier wees om reg te maak vir vanaand."

"Ek sien nogal uit na vanaand," sê Kate.

"Ek ook," sê haar ma. "Die burgemeester se bal is altyd baie deftig. En die opbrengs gaan vir 'n goeie doel."

"Maar as ons al daardie geld net so vir Nanna kon gegee het, ek meen as almal eerder daardie geld kon geskenk het sonder die bal, sou sy die hele Fordsburg én Vrededorp kon kosgee."

"'n Mens kan nie so redeneer nie, Kate."

"Nee, seker nie."

Teen vyfuur tap Kate vir haar water in en gaan lê in die bad. Dis goed dat sy en Duncan vanaand uitgaan, spesifiek saam gaan dans, dink sy. Hulle dans goed saam, hulle ken mekaar reeds, het eintlik saam leer dans, meer as tien jaar gelede reeds. Dit gaan 'n aangename aand wees, 'n deftige aand met goeie musiek en smaaklike kos, sy gaan weer in die geselskap van haar eie mense wees. Sy gaan weer in die kring beweeg waarin sy grootgeword het, waarin sy vir die res van haar lewe sal beweeg.

Sy sal môre aan volgende week dink. Net nie nou nie.

Toe die water begin koud word, was sy vinnig met 'n geurige seep, klim uit die bad, vou die groot handdoek om haar slanke lyf en loop op die lang, Persiese mat af na haar kamer. Sy vryf haar satynblink hare droog en neem dit na agter in 'n klassieke styl. Sy steek dit vas met 'n goue kam wat haar pa 'n paar jaar vroeër vir haar uit die Ooste saamgebring het. Dan glip sy die nousluitende room-en-goud aandrok versigtig oor haar kop. Die rok sluit knus om haar lyf en bene en klok uit net bo haar enkels. Sy tik 'n paar druppels parfuum agter haar ore, knip 'n fyn, goue halssnoer om haar nek en kyk vir oulaas in die lang spieël.

Sy wens onverwags dat Bernard Neethling haar nou kan sien.

Sy stoot die gedagte met mening uit haar kop.

Nellie klop liggies en stoot dan die deur oop. "Kate? Mister Duncan wag in die portaal."

"Is my pa-hulle dan al weg?" vra sy.

"'n Rukkie gelede reeds. Jy en jou ma gaan beslis die mooiste vroue by die bal wees."

Kate glimlag. "Dankie, Nellie. Hoewel ek nie weet hoe objektief jou mening is nie."

Duncan kyk haar doodstil aan toe sy aan die bopunt van die trap verskyn. Sy stap stadig af. "You are ... beautiful," sê hy.

"Dankie, Duncan." Hy lyk self uiters elegant in sy swart aandpak.

"Sal ons gaan?" vra hy en hou sy arm vir haar om in te haak.

Duncan se Riley staan glinsterskoon en blink gepoleer onder die hoë dak reg voor die voordeur. Die speekwiele skitter in die sagte lig wat uit die portaal stroom. Hy hou die deur vir haar oop. Sy gaan eers op die sitplek sit en swaai dan haar lang bene in – hierdie motor is beslis nie ontwerp vir 'n vrou met 'n nousluitende aandrok nie, dink sy.

Op pad vra Duncan uit oor haar week. Sy vertel net die nodigste – die meeste sal hy min waardering voor hê.

Hy self vertel onderhoudend oor sy week. Nie detail nie, dit word nooit met iemand buite die kantoor bespreek nie. Allermins met 'n vrou. Eerder net brokkies gebeure en 'n interessante staaltjie.

"En julle samesprekings gisteroggend? Met die vakbond?" vis sy.

Hy kyk vinnig na haar, kyk dan weer voor hom in die pad. "Het jou pa nie gesê nie?" vra hy.

"Ek het my pa nog nie regtig ná gisteroggend gesien nie," ontwyk sy.

"Samesprekings met die vakbond gaan nooit werklik na wense nie," sê hy vaag. "Maar ek moet jou dit ter ere nagee, Kate, jy het Neethling goed ingelig aangaande die ekonomie en die huidige wêreldprobleme. Hy was nog net so moeilik, en ... ja, wel, veeleisend. Maar minstens is hy nou ingelig."

Sy het nog nooit by die breinspoelgedeelte van haar opdrag uitgekom nie, besef sy met 'n skok.

"Het hy Engels gepraat?" vra sy.

"Nee. Hy kan net Afrikaans praat. Peter tolk."

Voor die stadsaal maak hy die Riley se deur vir haar oop en hou sy hand na haar uit. Dan gee hy die sleutel vir die deurwag om die motor te gaan parkeer.

Die statige, Victoriaanse stadsaal is omgetower in 'n balsaal met honderde kerse wat 'n sagte lig versprei. Sagte agtergrondmusiek speel skaars hoorbaar bo die geroesemoes van stemme. Sommige gaste sit reeds, die meeste staan nog in groepies rond en gesels.

Duncan neem haar elmboog en lei haar deur die saal na hul tafel. Sy greep is sterk, maar sy hand voel anders as die werkershand wat haar 'n paar dae gelede ook gestuur het, dink sy onsamehangend. Dié is die hande van die man wat in die toringgebou die ponde moet laat klop, die ander hande moet die ponde laat inrol.

Die ander hande is nou seker in bokshandskoene.

Sy wil nie daaraan dink nie.

Peter en Diana sit reeds by hul tafel, hul ouers sit aan

die hooftafel saam met die burgemeester. Van hul ander vriende sit ook al, hulle groet in die rondte. Almal is reeds getroud. Net sy en Duncan nie. En dis nie Duncan se keuse nie.

Die voorgereg word bedien. Die heildronk op die koning word ingestel, almal staan en klink glasies. Die burgemeester lewer sy rede: die opbrengs van die geselligheid gaan vir liefdadigheid, onder meer vir 'n sopkombuis in Vrededorp. Vir die minderbevoorregtes. Dankie aan almal wat so mildelik gee.

Die burgemeesterspaar open die dansvloer. 'n Hele klompie pare sluit by hulle aan. "Shall we?" vra Duncan langs haar. Sy glimlag op na hom en neem sy hand. Sy voel sy hand liggies teen haar rug, sy volg die bewegings van sy bekende lyf, voel hoe sy begin ontspan, volg hom met gemak waar hy lei. Soos al die jare dans hulle gemaklik saam. Eintlik doen hulle alles goed saam, jare al.

Dis hier waar sy tuishoort, besef sy opnuut. Dis regtig haar mense.

Op pad terug hou Duncan by die Emmarentiadam stil. Hulle klim nie uit nie, dis koel buite en die wind het begin waai. Hulle sit in die warm knusheid van die motortjie en kyk na waar die wind die stadsliggies in rimpels oor die dam stoot. Kate haal die kam uit haar kop, haar hare val los oor haar gesig. Sy leun agteroor teen die rug van die sitplek en voel hoe 'n loom tevredenheid om haar vou.

Duncan steek sy hand uit en streel sag oor haar hare. "I love you, Kate," sê hy.

"En ek is lief vir jou, Duncan. Dit was 'n wonderlike aand, baie dankie."

Hy vat haar hand. "Ek sou graag wou verloof raak

wanneer jy terugkom. So gou moontlik nadat jy terug is."

"Dis goed, Duncan. Ek dink net my ma sal iets wil reël, vir ons verlowingspartytjie, bedoel ek."

"Natuurlik. Dis vanselfsprekend," sê hy. "Miskien kan ons dit môre reeds met jou ouers bespreek?"

"Ons kan," sê sy lomerig.

Hy lag verskonend. "Ek weet nie eens of jou pa sy toestemming sal gee nie," sê hy. "Hy is baie erg oor jou."

"Hy sal sy toestemming gee," verseker Kate hom. "Hy sou nooit vir 'n beter skoonseun kon gevra het nie."

Maar toe hulle voor die huis stilhou, sê sy: "Miskien moet ons tog maar wag tot ek terug is voordat ons die saak met hulle bespreek."

Hy haal sy skouers op. "Ek kan nie sien waarom nie," sê hy. "As jy daarop aandring, sal ek wag. Maar nie langer as oor twee weke tot wanneer jy terug is nie."

Hy maak vir haar die deur oop en stap saam met haar tot in die voorportaal. Sy nooi hom nie om te bly vir koffie nie – dis al baie laat.

Maar toe sy lank ná middernag die lig in haar kamer uitdoof, is dit nie oor die aand dat sy lê en dink nie. Sy dink aan môre, as sy en Bernard die pad vat Wes-Transvaal toe, na die diggings. En sy wonder wat die volgende twee weke gaan oplewer.

Vyf

Sondagoggend is die ganse Woodroffe-huishouding voor vyf reeds op – Kate moet seweuur op die stasie wees. Nellie pak die laaste stukkies padkos in die mandjie, Elias maak die bottel vol koffie, Jackson laai haar twee reistasse in die Packard. Susan ry nie saam nie, sy sê eerder by die huis al tot siens. Duncan gaan ook nie op die stasie wees nie – hy het gisteraand al gegroet.

"Ek kan steeds nie die rasionaal agter hierdie reis sien nie," het hy stug gesê. "Ook nie waarom jy hierdie onderwerp gekies het nie."

"Ek stel werklik daarin belang, Duncan." Sy het so gewens hy kon verstaan.

"Ek verstaan nie eens waarom jy hoegenaamd jou meestersgraad moet doen nie, Kate. Jy is regtig net hardkoppig."

"En jy probeer nie eens verstaan nie." Sy was kwaad. "As jy net een maal in jou lewe die moeite doen om werklik na my te luister, sál jy verstaan."

Nou sal sy hom vir minstens twee weke nie sien nie. Dit was nie 'n goeie afskeid nie.

"Are you coming, Kate?" roep haar pa van onder af.

Nellie kloek vir oulaas om haar, Susan maan haar weer om uiters versigtig te wees, Elias laai die kosmandjie in. "Ons gaan laat wees, ons moet nou ry," waarsku John.

Selfs vroegoggend is die stasie 'n warboel van bedrywighede. Hulle kry die regte perron, die kruier met die reistasse en piekniekmandjie kruie al agter hulle aan. Die vriendelike kondukteur neem hulle na die regte koepee en sit Kate se bagasie op die rak. "U ry net tot op Klerksdorp in hierdie wa, eersteklas," sê hy. "Daarna is die melktrein u voorland."

"Wat is die melktrein?" vra Kate.

"Stop op elke stasie. Bêre maar die kosmandjie tot dan. Op ons trein kan u in ons eetsalon kom eet, wa twee," sê hy en skuif die deur agter hom toe.

"Dankie," sê Kate agterna. Sy draai bekommerd na John. "Ek wonder waar bly Bernard?"

"Hy sal wel betyds wees," sê John rustig. "Daar is darem nog byna 'n halfuur oor."

"En Dad het my so aangejaag?"

Hy lag. "'n Man moet sy plig doen. Is die reistasse reg daar? Sal jy jou goed kan uitkry as jy iets nodig het?"

"Ek het alles wat ek op die reis nodig het in my handtassie, dankie, Dad."

"As julle op Klerksdorp kom, moet jy vir Neethling kry om die tasse te hanteer. Moenie dit self probeer afhaal nie."

Sy knik. "Ek sal hom vra, Dad. Maar ek is seker hy sal dit uit sy eie ook doen."

"Ek gaan buitetoe, ek sal deur die venster met jou gesels," sê haar pa en skuif die deur oop.

"Wag, ek wil eers vir Daddy dankie sê."

"Ja?" Hy kyk vol deernis af na haar.

"Dis nie elke pa wat sy dogter soveel sal vertrou dat hy haar sal toelaat om op so 'n reis te gaan nie. Ek waardeer dit werklik, Dad. En die feit dat Dad verstaan waarom ek dit wil doen."

Hy glimlag. "Ek weet nie of ek verstaan nie. Maar ek vertrou jou oordeel, Kate. En ek is trots op jou."

Sy sit haar arms om sy lyf. "Dankie, Dad."

Hy druk haar styf teen hom vas. Dan sê hy: "Wag, dat ek loop, voor dit 'n tranerige affêre raak."

Net toe is daar 'n klop aan die venster. Maak oop, beduie Duncan.

Kate skuif die venster af. "Duncan!" sê sy bly. "Jy het kom groet!"

"I had to, Kate," sê hy. "Ek het nie goed gevoel nadat ek gister van jou af weggery het nie. Ek kon jou nie so laat gaan nie."

"Dankie, Duncan. Ek was ook ongelukkig – ek is bly jy het gekom."

Agter Duncan sien sy hoe Bernard aangestap kom, 'n sak gemaklik oor sy skouer geslinger. Sy sien hoe haar pa hom tegemoetloop.

"Ek gaan na jou verlang hierdie twee weke," sê Duncan.

"Ek gaan ook verlang," sê sy.

Haar pa praat nou met Bernard. Haar pa is lank, maar Bernard is langer. En sy skouers is baie breed.

"Wanneer jy terugkom, gaan soek ons vir jou die mooiste ring in Johannesburg."

"Dit sal lekker wees."

Haar pa praat, Bernard knik instemmend.

"Kate?"

"Ekskuus? Ek het nie gehoor nie?"

"Ek sê, as jy self die ring wil ontwerp, dan laat ons een maak."

"Ek sal daaroor dink, dankie, Duncan."

Toe sy weer opkyk, is Bernard weg. Haar pa kom na die venster aangestap. "Ek groet dan maar," sê hy. "Neethling is nou hier, ek wil by die huis kom."

"Dankie vir alles, Dad."

Die trein fluit. "I will also have to say goodbye," sê Duncan.

Die trein blaas 'n bol stoom uit.

"Dankie dat jy gekom het," sê Kate.

"Ek wag vir jou, Kate, net hier," sê Duncan.

Die trein ruk-ruk en blaas en pomp en begin dan egaliger beweeg. Kate hang by die venster uit en waai tot die perron om die draai verdwyn. Toe eers draai sy om. "Jy's ook maar net betyds, nè?" sê sy.

"Goeiemôre, Kate Woodroffe," sê hy.

Toe hulle Johannesburg se voorstede agterlaat en die trein al vinniger oor die Hoëveldse grasvelde klik-klak-klik-klak, vra Bernard: "Wat is in daardie mandjie?"

"Kos," sê Kate. "Maar ons gaan dit nie nou al eet nie, ons bêre dit vir die melktrein."

"O."

"Weet jy wat die melktrein is?" vra sy terwyl sy haar handskoene uittrek en haar hoedjie afhaal.

"H'm. 'n Trein wat op elke siding stop."

"Dié is 'n eersteklaswa. Ons gaan in die eetsalon eet."

"Nè?"

"Ja. Wil jy nou al gaan eet?"

"Ja, asseblief? Hoekom word dit later 'n melktrein?"

"Ons moet op Klerksdorp oorklim."

"Jy's slim vir 'n stadslady, nè?"

"Ja. As ek my tesis voltooi het, is ek amper volleerd."

"H'm. Te geleerd vir 'n vroumens."

"Ag nee, Bernard, nie jy ook nie," sê sy geïrriteerd.

"Kom ons gaan eet dan maar." En sy begin weer haar handskoene aantrek.

Op pad na die eetsalon vra hy: "Gaan jy gehoed en gehandskoen op die melktrein ook ry?"

"Hang af."

Die hoofkelner wag hulle in. "Volg my, Miss Woodroffe," sê hy.

Hulle volg hom na 'n tafeltjie in die hoek van die wa, teen die venster. Kate gaan sit op die een stoel. Die kelner vou haar gestyfde servet oop, sit dit op haar skoot en gee vir haar die spyskaart. "Ek kan vanoggend ons skelvis aanbeveel," sê hy. "Ons bedien dit met 'n kaassous, of gerook, met 'n eiersous."

"Gee ons 'n paar minute," sê Kate. "Maar intussen kan jy asseblief vir my 'n koppie Earl Grey bring. Koffie vir jou, Bernard?" vra sy en kyk op.

Bernard staan steeds, hy staan die hele paadjie vol. Agter hom dam die kelners met volgelaaide skinkborde op. Op sy gesig lees sy totale verwarring.

Hy was nog nooit in so 'n situasie nie, besef sy met 'n skok.

"Meneer Neethling sal koffie drink," sê sy. "Kom sit gerus, Bernard." Sy neem die gestyfde servet van sy bord af, vou dit oop en sit dit op sy broodbordjie neer.

Hy skuif op die stoel oorkant haar in.

Sy tel die spyskaart op. "Ek weet nie of jy lus is vir vis nie," sê sy. "Hier is ook eiers met spek en wors, of niertjies in 'n suursous – klink lekker, nè?"

"Ja," sê hy.

"Maar jy sal seker wil begin met pap. Anders hou jy beslis nie tot vanmiddag nie."

"Ja," sê hy.

"Hier is hawermout of Maltabella, maar nie mieliepap nie."

"O," sê hy.

Sy kyk op en glimlag. "Jy moet kies," sê sy. "Hawermout of Maltabella? Spek en wors, of niertjies of vis?"

Hy stoot met sy lang vingers deur sy sonwit hare. "Besluit jy maar," sê hy en gee 'n skewe glimlaggie.

Sy voel 'n weekheid in haar opstaan. Sy kyk dadelik weer af na die spyskaart.

Die kelner bring die skinkbord met tee en koffie. Bernard staan halfpad op. Kate skud haar kop baie effentjies. Hy sit weer. "Meneer Neethling sal hawermout neem. Bring vir my net roosterbrood en marmelade, dankie."

Sy tel die silwerkoffiepot op en skink. "Melk in jou koffie?" vra sy.

"Swart, dankie."

"Suiker?"

"Twee." Hy stoot weer sy vingers deur sy kuif. "Dankie."

"Die tee en koffie smaak altyd lekkerder op die trein," sê sy.

"Ja." Hy neem 'n slukkie. "Dis baie lekker. En warm."

"Dankie dat jy gesê het." Sy roer haar tee om dit af te koel. "Bernard, ek het met die predikant daar gereël om ons by die regte mense uit te bring."

"Ja, dis 'n goeie plan. Anders sukkel ons weer 'n week om net rigting te kry." Hy neem 'n sluk koffie, blaas weer om dit koud te kry. Dan tel hy die koppie op en gooi bietjie in die piering. Kate staar hom verstom aan. Hy bring die piering na sy mond.

"Jy kan dit nie doen nie," sê Kate sag.

"Om die koffie koud te kry?" sê hy.

Sy skud haar kop liggies.

"O," sê hy. Hy kyk vlugtig rond en glimlag dan verleë. "Niemand het gesien nie."

"Dan is ons gered," glimlag sy terug. "Ek het ook

gedink ons sal op dié manier gouer op dreef kan kom. Ek het aanvanklik met die predikant op Lichtenburg kontak gemaak. Hy het MER vergesel toe sy haar ondersoek in daardie gebied vir die Carnegie-kommissie gedoen het. Maar hy het gesê ons moet eerder na die delwerye langs die Vaalrivier gaan, nader aan die Noord-Kaap. Toe het hy my in verbinding gebring met dominee Venter."

"Maar het jy aan hom verduidelik ons ondersoek is nie dieselfde nie? Dat ons wil kyk na die redes waarom mense …"

Sy begin lag. "Ja, ek het. En ek weet min of meer waaroor ons ondersoek gaan."

Hy glimlag verleë. "Seker, ja."

"Dominee Venter sal ons ook op die stasie ontmoet en ons na die hotel neem."

Die kelner sit 'n bord stomende pap voor Bernard neer. "Dit lyk ook warm," waarsku Kate.

"H'm," sê hy.

H'm, nou voel hy darem meer op sy gemak, dink Kate.

Bernard strooi die suiker dik oor sy pap. "Wil jy botter hê?" vra Kate.

"Vir die páp?"

"Ja-a." Sy verstaan nie sy verbasing nie. "'n Mens eet mos botter op pap."

"Daarvan het ek nog nooit gehoor nie."

"Probeer dit bietjie," sê sy en gee die botter aan.

"Is dié balletjies botter?" vra hy en skep 'n balletjie met sy paplepel op sy pap. Die bottermes bly ongebruik.

"Ja, 'n mens het so 'n plat spaantjie, dan rol jy dit in sulke balletjies. Kry nog meer, sit drie in, dan is die pap lekker. Hier, gebruik sommer dié messie."

Hy neem 'n hap. "H'm," sê hy. "Gaan jy net daardie brood en jam eet?"

"Ek sal miskien nou-nou vis bestel. Waaroor het jy en my pa gepraat?"

"Hy sê ek moet mooi na jou kyk, anders slag hy my lewend af."

"My pa sal nie so iets sê nie."

"Dis waarop dit neergekom het," sê hy. "Jy's reg, die pap is lekker."

"En toe?"

"Toe belowe ek ek sal jou met my lewe beskerm."

"Het jy met hom Engels gepraat, Bernard?"

"Nee. Jou pa verstaan net so goed Afrikaans as wat ek Engels verstaan, Kate."

Sy knik. "Dit vermoed ek lankal." Sy vermoed skielik ook iets anders. "Wat het jy Saterdagmiddag gedoen?"

"Hoekom?"

"Ek vra."

"Ek was besig."

"Vakbondbesigheid?"

"Los dit, Kate."

"Met my pa?"

Hy antwoord nie. Die kelner neem sy leë bord weg. "Bring asseblief vir meneer Neethling eiers met spek en wors en niertjies. Ek sal skelvis met kaassous neem, dankie." Toe die kelner weer weg is, vra sy: "Het dit goed gegaan? Die samesprekings?"

Hy kyk reguit na haar. "Ja, Kate. Ek dink as ek en Mister Woodroffe senior alleen die sake kon hanteer, sonder die Mine Union en die kindergarten wat elkeen tien eiers te lê het, was die geskil reeds in die eerste ronde opgelos."

Sy glimlag stadig. "Ek is bly." Dan voeg sy by: "Wie's die kindergarten?"

Hy gee 'n skewe glimlag. "Misters Stafford en Peter Woodroffe."

"O." Sy dink 'n oomblik. "Ja, jy en my pa saam sou die geskil opgelos het. Sonder die Union se Kommunistiese leiers."

"H'm. Jy hou jou verniet slim, ek het jou daar gesien."

Die kelner bring die kos. Bernard kyk met welbehae na die bord voor hom. Dan kyk hy na Kate se bord. "Is dit vis?" vra hy skepties.

"Ja, skelvis, haddock. Proe daardie stukkie." Sy sny 'n happie af en sit dit op die kant van sy bord neer.

Hy proe versigtig. "As jy dit vis noem, sal ek eendag vir jou regte vis gaarmaak," sê hy.

"Dis 'n belofte, hoor? Waar het jy my gesien?" Maar hy antwoord nie, smul net voort aan sy reusebord kos.

"Hoe het jy my herken? Ek was baie goed vermom."

"Kate Woodroffe," sê hy, "jy kan 'n sak oor jou kop trek, jy sal nog vorstelik lyk."

Sy voel 'n vreemde gevoel êrens diep binne wortelskiet. Maar dis nie weer koud, soos skrik nie. Dis 'n warm gevoel, 'n wete van geborgenheid wat begin ontkiem.

"Ek was baie ontevrede met jou toe ek jou daar sien, jy hoort nie daar nie," sê hy ernstig.

"Ek wou sien wat aangaan," sê sy. "En ek het drie mense gehad om my te beskerm."

"H'm. Ek was net bly jy het die verstand gehad om betyds te loop."

"Jy was in 'n baie ongemaklike posisie, nè, Bernard? Ek is jammer daaroor."

Hy haal sy skouers op. "Hierdie kos is lekker," sê hy.

Terug in die koepee haal sy 'n boek uit om te lees. "Ons kom eers vanmiddag op Klerksdorp aan. Ek het vir my 'n lekker boek gebring."

"H'm." Hy sit eers by die venster en uitkyk. Maar ná 'n rukkie staan hy op en haal ook 'n boek uit sy sak.

Sy gaan voort met lees. 'n Gemaklike stilte kom maak hom tuis in die knus ruimte van die koepee.

Teen elfuur sê sy: "Sal ons gaan tee drink?"

"Ja, dankie." Hy maak sy boek toe en los dit op die bank. Met die uitloopslag lees sy: "Geskiedenis vir Vorm V."

Hulle stap deur na die lounge-wa. Die kelner bring tee en botterbroodjies met konfyt en room. Sy skink die tee, skuif dan die bord met eetgoed na sy kant toe.

"Wanneer skryf jy eksamen?" vra sy terloops.

Hy kyk vinnig op. "Kort ná ons terug is. Die botter lyk nou anders, dis krulle."

"Ja, dit word met so 'n teelepelding met tandjies vooraan gemaak."

Hy skud sy kop. "Julle Engelse is snaaks."

"Ek is g'n 'n Engelse nie."

"O? Met 'n naam soos Kate Woodroffe?"

"Jy kan my Katrina Ek-weet-nie-wat-nie noem."

"Katrina Houtstaaf?"

"Nee, man," lag sy. "Dis rod. Ek is Woodroffe, met 'n f."

"Dit sal beter wees as ons jou in die plattelandse gebiede Katrina noem," sê hy ernstig.

"Dink jy so, Bernard?"

"H'm. Maar ek weet nie hoe gaan ons by Woodroffe verbykom nie."

"Kan ek maar Katrien wees, en nie Katrina nie?"

Hy druk sy vinger in sy tee en buig oor. "Kate Woodroffe, ek doop jou nou Katrien Wat-ook-al."

Sy voel die aanraking van sy nat vinger op haar voorkop, sy sien sy lagblou oë 'n paar duim van haar gesig af, sy sonbruin vel, sy blinkwit tande. Dieselfde vreemde gevoel hardloop teen haar rug af, slaan warm uit op haar wange. "Dankie," sê sy verleë.

Hy sit skielik agteroor, ongemaklik oor sy spontane optrede.

Sy wil vra watter ander vakke hy skryf, maar sy weet wat die antwoord gaan wees. Dus los sy dit maar by voorbaat.

Hulle eet middagete in die eetsalon, toe moet hulle oorklim op die melktrein. Hulle ry in 'n kompartement vir vier mense, maar hulle is gelukkig alleen. Toe dit donker word, eet hulle Nellie se padkos: koue hoender en frikkadelle en hardgekookte eiers en pap tamatiebroodjies. Hulle drink die koffie uit die bottel. "H'm, lekker," sê Bernard.

Hulle stop op elke stasie, ook op sidings met geen ligte nie. Voor Leeudoringstad hou die trein in die middel van die veld stil. Hier klim hulle, bagasie en al, op 'n bus – die spoorlyn deur die dorp is nog nie herstel nadat die dinamiettrein daar ontplof het nie, mos in Julie vanjaar, vertel die kondukteur. Hulle sal anderkant die dorp weer op 'n ander trein gesit word.

Die bus klink of dit enige oomblik gaan uitmekaarskud. "Sinkplaatpad," sê Bernard. "Die sinkplaat is soms so erg dat 'n skaap daarin sal verdwyn."

"Regtig?"

"Nee, Katrina, nie regtig nie," skud hy sy kop.

"Katrien," sê sy.

"Katrien."

Toe hulle eindelik weer 'n kompartement kry, sê sy moedeloos: "Ons gaan nooit daar kom nie."

"Miskien moet jy probeer slaap," sê hy. "Ek het 'n kombers."

"En 'n kussing?"

"Nee, Kate, nie 'n kussing nie."

"Katrien," sê sy.

Hy haal 'n kombers uit sy sak – dis 'n dun, grys

kombers. Nou is sy sak baie plat. "Lê," sê hy. Hy gooi die kombers oor haar, dit voel krapperig.

"Hoe gaan jy slaap?" vra sy.

"Ek gaan regop sit en U Hoogheid oppas, met my lewe," spot hy.

"Dankie, minister van verdediging," sê sy. "Die grootste oppas wat jy gaan hê, is dat ek nie van die bank afval as die trein weer so ruk nie."

In die nag word sy wakker. Die treinbank is hard onder haar, haar nek voel seer van die slaap sonder 'n kussing, die hele kompartement ruik na suur treinroet. Op die bank oorkant haar sit Bernard skeef-skeef en slaap. Sy nek gaan nog seerder wees as myne, dink Kate en draai om. Die slaap sluk haar byna dadelik weer in.

"Ons is byna daar, Kate," sê Bernard. "Jy beter jou hoed opsit, jou hare lyk woes."

Sy vlieg vervaard regop. "Hoekom maak jy my nou eers wakker," baklei sy. Sy probeer haar hare met haar vingers netjies in posisie kry. "En jy is nie snaaks nie, hoor?"

"H'm. Jammer."

"En loop nou hier uit dat ek kan klaarmaak."

Teen die tyd dat hulle die stasie binnestoom, voel sy verfris en netjies. Hulle is die enigste mense wat afklim. Die kondukteur gee haar tasse deur die venster vir Bernard aan. Toe stoom die trein weer verder. Die stasie is verlate, die son is net besig om op te kom.

"En nou?" vra sy.

"Nou wag ons," sê hy. "Lees jou boek."

Dit word later warm. En dis nog nie eens seweuur nie. "Ons gaan verswelg van die hitte in hierdie plek," sê sy.

"H'm."

Dominee Venter kom eindelik daar aan. Hy parkeer

sy Model T en klim in paaiemente uit. Hy is 'n lang, skraal man, ouer as wat Kate verwag het. Hy dra 'n swart pak en 'n wit hemp. Sy boordjie wurg warm om sy maer nek. "Miss Woodroffe?" vra hy.

"Noem my gerus Katrien," sê sy. "En dis Bernard Neethling."

Die Grand Hotel kort verf. Sy dak ook. En die pilare op sy stoep. Dominee Venter hou in die stofstraat reg voor die stoep stil. Bernard laai die bagasie af. "Dan sien ek julle elfuur?" maak dominee Venter seker.

Hulle stap met die vier sementtrappe op en oor die breë, rooi stoep na die voordeur. Binne is dit skemerdonker en lekker koel. Kate lui die klokkie op die toonbank.

'n Deur gaan oop, 'n kosreuk kom agternagewarrel. "Miss Woodroffe?" vra 'n kort vroutjie met 'n groot voorskoot en 'n vreemde aksent. "Ek is Missus Lurie, maar almal noem my ant Ray."

Kate glimlag. "Noem my Katrien," sê sy, "en dis Bernard Neethling."

Die vroutjie grawe 'n swaar boek onder die toonbank uit. "Skryf hier," sê sy. "Het julle al brekfis gehad?"

Kate skud haar kop terwyl sy skryf. "Nog nie. Ook nie tee of koffie nie."

"Ek wys julle kamers vir julle, dan maak ek die pap warm," sê ant Ray. "Môre sal ek 'n ordentlike brekfis maak. Kom saam."

Hulle stap met 'n kort gang na links, dan om 'n draai. Daar is ses kamers, die eerste twee word aan hulle gegee. Die badkamer is gangaf.

Kate loop in haar kamer in en kyk bietjie verbaas rond. Sy het al in baie hotelkamers tuisgegaan, maar sy het nog nooit so 'n kamer gesien nie. Daar is een enkelbed met 'n hol geslaapte matras en geen deken nie. Langs die bed lê 'n gebreide velletjie, lyk nie na skaap nie. Sy tree versigtig daaroor. In die een hoek is 'n wastafeltjie met 'n kersblaker en 'n waskom en lampetbeker – die erd het plek-plek al afgespring. Oor die ander hoek is 'n gordyntjie gespan met twee hake daar agter, vermoedelik om haar klere aan te hang. Voor die lang, smal venster is 'n verbleikte gordyn.

Onder die bed staan 'n ryklik versierde kamerpot.

Bernard stoot die deur met sy voet groter oop en dra haar twee swaar reistasse in. "Sjoe!" Hy kyk rond. "Ons gaan grand bly vir die volgende twee weke, nè?"

Sy wil op sy opmerking voortborduur, maar dan sien sy: Hy is ernstig. "Waar sal ek jou koffers neersit?" vra hy.

Sy kyk hulpeloos rond. Sy sal nie kan uitpak nie. "Hier, teen die muur," sê sy. "Dankie, Bernard."

"Plesier, Katrina."

"Katrien. Watse dier was dit?"

"Springbokvelletjie," sê hy. "Ek wag op die stoep."

Hier is nie 'n spieël nie, besef sy met 'n skok. Sy haal haar handdoek en borsel uit haar tas en stap in die gang af badkamer toe. Die vloerplanke kraak.

Die badkamer is 'n klein vertrekkie met 'n sementvloer en twee hoë venstertjies. Daar is wel 'n spieël, en 'n sinkbad, maar geen krane nie. En geen toilet nie. Sy borsel haar hare.

Terug in die kamer gooi sy water uit die beker in die kom en was haar hande en gesig. Sy gee die kamerpot een kyk en stap uit. Die kamer het nie 'n sleutel nie.

Bernard wag op die stoep met sy rug na haar. Sy hare blink goud in die son, sy kakiehemp span oor sy skouers en rug. Toe hy omdraai, is sy oë gelukkig, sy gesig lyk jonk en ontspanne. "Dis pragtig hier, Kate. Kyk net." Sy groot hand beduie verby die winkeltjie aan die oorkant van die straat na die golwende vlaktes daar agter. Ver agter is 'n groep groot bome.

Sy kyk. "Ja," sê sy, "dis ... rustig. Maar dis baie droog."

Hy glimlag breed. "Kom ons gaan soek kos," sê hy.

"Bernard, ek ... moet eers ..."

"O," sê hy. "Stap so agter om. Ek wag in die eetkamer, dis net regs as jy inkom. Ant Ray het vir my gewys."

Sy stap so agter om. Sy sien 'n vreemde geboutjie. Sy stoot die deur oop. Sy draai weer om en stap eetkamer toe.

"Reggekom?" vra hy.

"Nee."

"Nie die plek gekry nie?" vra hy verstom.

"Los dit maar," sê sy.

Sy oë terg. "Lekker woorde daardie, nè?"

'n Ronde, kort mannetjie bring vir elkeen 'n sopbord boordensvol pap. "Ek is Mister Lurie. Julle is Katharina en Bernard?"

"Katrien. Kan ek miskien bietjie tee kry, asseblief, Mister Lurie?"

"Sure, sure," sê hy en skarrel agtertoe.

"Gee asseblief vir my die botter aan, Kate. Ek weet nie of hierdie naamding gaan werk nie, dit voel vreemd om jou Katrina te noem."

"Noem my dan Katrien," vererg sy haar. "Dis vreeslik baie pap."

"H'm. Hulle het nie 'n spaantjie of 'n teelepel nie."

Sy kyk hom vraend aan. "Vir die botter," sê hy, "dis in blokkies."

"O. Hulle het ook nie genoeg sout vir die pap nie."

Mister Lurie bring haar tee. Die melk lyk vreemd, amper soos room. En die suiker het klonte in.

Sy neem die eerste slukkie tee, haar kiewe trek saam sodat sy byna verstik. "Bernard, die tee is ondrinkbaar!"

"H'm, ek moes jou gewaarsku het: brak water. Jy moet koffie bestel en sout ingooi, dis al wat help."

Sy stoot haar stoel agtertoe. Sy voel hoe die trane wil-wil opstoot. "Ek sal nie hier kan bly nie," sê sy.

"Ja, jy sal. 'n Mens kan enigiets doen as jy net wil. En jy wil jou tesis klaarmaak."

"Maar nie hiér nie."

"Dit sal oral so wees, Kate. Behalwe in Parktown Ridge. En jy kan nie daar bly en die plattelandse armes ondersoek nie."

"Ek weet," sê sy. Die trane begin oorstoot, sy probeer keer.

"Wat is fout?" vra hy sag.

Nou kan sy nie meer keer nie. "Die bed is hard en vol knoppe en daar is nie 'n deken of 'n spieël of 'n kas nie en daar is nie water in die badkamer nie." Sy snuif. "En ek kan nie eens tee drink nie en ek het nie 'n sakdoek nie."

"Ek ook nie," sê hy. "Gebruik dié." Hy gee vir haar die stokstywe servet aan.

"Ek kan nie my neus in die servet snuit nie," snik sy.

"Jy kan. Pas op net vir die gat, daar in die middel."

Sy snuit haar neus. Dit help nie, die trane loop.

"Wat is nog fout?" vra hy. Sy oë is baie sag.

Die trane loop erger. "Bernard, ek kan nie ... die ... kamerpot gebruik nie. Ook nie die ... buite nie."

Hy lyk eers uit die veld geslaan, dan knik hy stadig. "Is jy bang daar is 'n spinnekop?"

"Dit ook, ja."

"Ek sal saam met jou stap."

"Jy kan nie dit doen nie," keer sy geskok. Nog meer

trane loop uit, sy vee vererg met die agterkant van haar arm oor haar gesig.

"Ek sal kyk vir spinnekoppe en dan op die stoep wag," troos hy.

"O."

"Jy is net moeg, en alles is vreemd," sê hy. "Ek het ook so gevoel, in die trein se eetsalon."

"O."

"Eet nou bietjie van jou pap, en drink hierdie koffie. Dan sal jy beter voel. Of wil jy eers ..."

"Ek sal eers eet," stel sy dit uit. Sy het die huil onder beheer, maar die knop in haar keel is baie dik.

Ná ete stap hy saam met haar. Hy stoot die deur oop en inspekteer die huisie deeglik. "Geen ongediertes nie," sê hy en stap terug stoep toe.

Sy stap in. Dis 'n growwe houtbank met 'n gat in die middel. Teen die muur is 'n reusespyker met blokkies koerantpapier daarin gesteek, in netjiese vierkante geskeur.

Nou weet jy hoe dit voel om arm te wees, Katrina Wood-wat-ook-al, dink sy.

Terug op die stoep sê sy: "Bernard, dis vir my verskriklik erg, al die omstandighede hier."

"Die regte arm mense, die mense wat jy vandag gaan ontmoet, ken nie een van die luukses wat hierdie hotel ons bied nie," sê hy.

"As ek 'n arm mens was, sou ek ook moed verloor het," sê sy.

"Nee, jy sou nie," sê hy beslis.

Dominee Venter hou met 'n perdekar in die straat voor die hotel stil. Hulle stap uit na hom toe. "Ek ry maar altyd in die distrik in met die perdekar of die fiets," sê hy. "Die paaie is soms onbegaanbaar vir 'n motor, veral na die delwers op die rivierwalle."

"Ek is bly ons ry nie vanoggend met die fiets nie," glimlag Kate.

Hulle sit al drie op die bok, sy sit in die middel. Die son steek sonder genade, selfs deur die seiltent bo hul koppe.

"So julle doen navorsing oor die armblanke?"

"Ja, Dominee."

"Eintlik net Katrien. Ek is saam om haar op te pas," sê Bernard.

"Ja," sê dominee Venter beswaard, "die armblankes is 'n geraamte in ons kas wat vrae oor onsself as volk skep."

"Ja, Dominee. Ons het al navorsing gedoen oor die stedelike arm ... e ... blankes, maar ek dink die omstandighede hier is seker baie anders?"

"Ek ken nie die stedelike armblankes nie," sê dominee Venter. "Ek weet maar wat ek lees in *Die Kerkbode* en die *Huisgenoot*. Dit lyk my hulle verval in totale wetteloosheid."

Die perde stap moeg voort, die pad maak wolkies stof onder hul hoewe. Die son brand genadeloos neer.

"Beslis nie almal nie," sê Kate. "Maar daar is baie wat sukkel om werk te kry en hulle dan wend na onwettighede, soos smokkelhandel of diefstal."

Die pad word al slegter. Dis goed ons het nie met die Model T gery nie, dink Kate.

"Die plattelandse armblanke," begin dominee Venter gewigtig, "is oor die algemeen wetsgehoorsaam. Hulle is eerbiedig teenoor die godsdiens en die kerklike owerheid, hulle behou hegte familiebande, hulle respekteer hul tradisies en hul voorgeslagte."

"Klink goed," sê Bernard.

Dominee Venter draai links in 'n tweespoorpaadjie in. "Maar daar is enkele gevalle waar dit ellendig gaan. Ek neem julle vandag na so 'n gesin."

Die sweet begin in straaltjies langs Kate se rug af hardloop. Sy verlang na die koue water in hul swembad in Parktown Ridge. "Hoekom dink u kan dié wat tog redelik morele standaarde handhaaf, nie bo hul armoede uitstyg nie?" vra sy.

"Gebrek aan ambisie, dink ek, is die hoofrede," sê dominee Venter. "Hulle weet nie van beter nie, hulle is tevrede met hul omstandighede. En dan is hulle nie versigtig met hul geld nie. As hulle iets kry, spaar hulle nie. Hulle gebruik dit dadelik, voor dit dalk opraak."

Hulle gesels al minder. Dis skroeiwarm en stowwerig, die pad is byna onbegaanbaar.

Ná byna 'n uur sê dominee Venter: "Hier is ons nou." Hulle hou stil. Om hulle is kaal veld, nie 'n grassprietjie in sig nie. Die grond is omgedolwe, die aarde lê met sy ingewande na die son. 'n Brandmaer hond kom skuinsskuins, stert tussen die bene, aangedraf.

Die woonplek staan kaal op die haaivlakte. Dis nie 'n huis nie, nie eens 'n skuiling nie, dink Kate, mense kan nie daar woon nie. Die een muur is die oorblyfsels van 'n klipmurasie, 'n ander muur is met modder gepleister. Voor en agter hang sakke. Bo-oor is sinkplate gelê en met klippe vasgepak. Om die huis loer 'n paar vuil gesiggies.

Kate voel die misliksheid in haar opstoot. Sy kan nie van die perdekar afklim nie.

Bernard hou sy hand na haar uit. "Kom, Katrina," sê hy.

Van agter die sakke kom 'n man uit. Sy growwe voete is kaal, sy klere so gelap dat 'n mens nie die oorspronklike stof meer kan sien nie. Hy haal 'n slap hoed van sy kop af. "Mirrag, Dominee," sê hy eerbiedig en steek sy hand uit.

"Middag, broer Jakoos. Dié is neef Bernard Neethling en Katrina Woodroffe."

Hulle groet plegtig. Die son brand neer. "So, hoe gaan dit met die besigheid, broer?" vra die dominee.

"Ons sukkel, Dominee, ons sukkel. Maar ons bly moedig. Staan nader, lat ons sien of die vrou daar 'n lekseltjie koffie het."

Dominee Venter haal 'n meelsakkie van die perdekar af en begin aanstap. "Maar ek sien jy delwe nie vandag nie, broer?"

"Nee, Dominee, nie vandag nie. Die ou rug keil my weer so vreeslik op, toe lê ek maar bietjie in. Het mevrou Dominee daai gestuur?" vra hy en wys gretig na die meelsakkie.

"Ja, dis maar een en ander vir suster Fyta. Gaan dit goed met haar?"

"Ja, Dominee. Sy is weer met kind."

"Ai, broer Jakoos. Julle moet regtig matigheid voor oë hou."

"Is so, Dominee."

"En as ek weer buitediens hou, moet julle die kinders bring vir doop."

"Ja, Dominee."

"Ek dink die laaste drie, vier is nie gedoop nie?"

"Is so, Dominee."

'n Vrou kom om die hoek van die woonplek. Kate skat haar tussen veertig en vyftig. Sy is vormloos, lewensmoeg. Kate steek vas. Ek wil nie met haar praat nie, dink sy paniekerig.

Dan voel sy Bernard se hand liggies op haar rug. "Jy wil seker alleen met Fyta gesels, nè, Katrien?" Sy stem is vas, seker.

"Ja," sê sy flou.

"Ek stel jou voor aan suster Fyta, en dan loop ons mansmense bietjie eenkant toe," sê dominee Venter.

Op pad terug ry hulle by 'n groepie swart mans verby wat besig is met padwerke. "Ek is bly hulle werk aan die pad," sê Bernard. "Dis regtig in 'n vreeslike toestand."

"Ja," sê dominee Venter. "Maar dié is nou weer 'n goeie voorbeeld van hoe die armes die staatshulp misbruik. Die goewerment betaal die ongeletterde armblankes vyf sjielings per dag om die pad reg te maak. Maar dan huur hulle arbeiders teen twee sjielings en ses pennies per dag om die werk te doen terwyl hulle rondsit en toesig hou."

"H'm," sê Bernard. Nogal slim, sê sy oë, maar hy hou hom sedig.

Kate sit snaarstyf op die bok tussen Bernard en die dominee. Dit voel of alles in haar op 'n reusebondel getrek is. Sy is dankbaar toe dominee Venter hulle voor die hotel aflaai. "Sien julle oormôreoggend, so teen negeuur," sê hy. "Môre gaan julle saam met meneer Van Rooyen, die skoolhoof."

"Dankie, Dominee," sê Bernard.

Toe die perdekar straataf ry, sê sy: "Bernard, ons moet huis toe gaan. Ek kan nie hiermee voortgaan nie."

Hy vat haar stewig aan die elmboog. "Ja, jy kan. Onthou jy aan die begin, toe ons in Fordsburg en Vrededorp ingegaan het, het jy ook byna moed verloor? Ek gaan reël dat Stoffelina vir jou warm water in die badjie gooi. As jy gewas het en skoon aangetrek het, voel jy klaar beter. En dan gaan stap ons 'n entjie om jou kop weer skoon te kry."

Sy probeer eers haar hare was – die seep wil glad nie

skuim nie. Sy probeer die herinneringe aan dit wat sy vanmiddag beleef het, uit haar geheue uitskrop.

Toe klim sy in die badjie en was haar van kop tot tone. Dit voel asof die stof oral ingekruip het. In die kamer trek sy een van haar lenterokkies aan en borsel haar hare tot haar kopvel tintel. Bernard was reg, sy voel tog beter.

Hy wag buite. Hy het skoon kakieklere aan. "Jy lyk mooi," sê hy.

Hulle stap in die stowwerige hoofstraat af, in die rigting van die veld. Die son sit laag en 'n effense luggie het begin stoot.

"Kan ek jou vertel van vandag, Bernard?"

"Ja, Kate, jy kan."

"Hoe oud dink jy is Fyta?" vra sy.

"Ses en twintig? Dertig maksimum?"

Sy gaan staan botstil. "Hoe het jy geweet?" Hy antwoord nie. Sy begin weer loop. "Ek het gedink sy is … naby veertig. Ek het eintlik gedink tussen veertig en vyftig. Sy is net drie jaar ouer as ek, Bernard."

"Ja, Kate."

"En sy het agt kinders. Amper nege."

"H'm."

"En niemand help haar as sy kinders kry nie. Net sy self, of soms haar buurvrou, as sy betyds is."

"H'm."

"Die enigste keer dat hulle vleis eet, is as sy of een van die kinders 'n haas in 'n wip vang. Dan eet al daardie mense een gebraaide haas. En hulle drink koffie wat hulle van mieliestronke of iets brou, ek kon nie mooi verstaan nie. Dis heeltemal ondrinkbaar."

Hy sê niks, knik net. Maar sy weet hy luister.

Hulle stap 'n rukkie in stilte, dan sê sy: "Van daardie kinders lyk vir my onintelligent, Bernard. Daar is tweetjies veral, hulle het sulke breë neusies en hul oë sit te ver van die neuse af."

"Hulle is waarskynlik," sê hy. "Baie keer ondertrou die mense, of die kos en omstandighede is net so swak dat die kinders skade kry."

Sy knik. "Hulle woon so eensaam hier, so afgesonder. Fyta kan self nie eens lees of skryf nie, Jakoos ook nie. En hulle is daardie kinders se enigste bron van opvoeding. Hulle gaan almal ongeletterd wees," sê sy moedeloos.

"H'm. Kom ons sit hier op die rantjie en kyk hoe die son ondergaan."

Sy kyk op na hom. "Ja, dis 'n slim plan."

"Sit op hierdie klip, anders word jou mooi rokkie vuil."

Sy skud haar kop. "Ek sal langs jou op die grond sit. My rok kan weer gewas word."

Hulle gaan sit op die rand van 'n rotslys, hul bene hang af. Die son is 'n rooi bal wat agter die westerkim begin wegsak.

"Daardie mense kan hulself nie ophef nie," sê sy.

"Seker nie. Maar 'n paar van hul kinders kan dalk, later."

"Ek dink ook nie hulle weet van ophef nie."

"Waarskynlik nie," sê hy. "Ek dink tog die mense in die stede het 'n beter kans."

"H'm," sê sy en leun agteroor met haar rug teen sy arm. Die warmte in haar is besig om die knop op te los.

"H'm is my woord," sê hy.

"H'm. As ons nou in Johannesburg was, kon ons in ons swembad gaan swem het."

Die son sink geluidloos weg. Die stilte kom maak 'n lêplek in haar.

Later sê hy: "Ons moet begin terugstap, anders is ons dalk laat vir aandete."

"Jy is seker baie honger?"

"Baie," sê hy.

Op pad terug sê sy: "Dankie, Bernard. Ek sien nou weer kans vir die dinge."

"Ek is bly."

"Die kos ruik goed," sê hy toe hulle op die hotel se stoep kom.

"Ja," sê sy. "Ek gaan net gou hande was, dan kry ek jou in die eetkamer."

Toe sy instap, staan hy op en trek vir haar die stoel uit. "Jou sop wag al," sê hy.

Dis 'n dik sop, baie warm vir so 'n warm dag, maar heerlik geurig. Mister Lurie neem die borde weg en bring vir hulle hul volgende gereg, klaar in die borde opgeskep: 'n soort stysel wat sy nie ken nie, met stukke vaal vleis en baie sous.

"Dit bly vir my aardig dat mense die goed so agter my aandra, my so bedien," sê Bernard.

"Dis vir my eienaardig dat hulle 'n bord kos so voor my neersit sonder dat ek 'n keuse het," sê sy. "Wat is dit dié?"

"Stampmielies."

"O." Sy proe daaraan. "Vreemde smaak."

Sy sny haar vleis, dis onglobaar taai. "Watse soort vleis is dit?"

"Vaalvleis."

"Vaalvleis? Wat's dit?"

"Ag, Kate. Vaalvleis is vaalvleis."

"Jy verduidelik baie swak."

"Ek is nie 'n vleiskundige nie. Vaalvleis is vleis, ek dink beesvleis, of skaap, wat gekook is."

"Onthou dat ons nie die resep vir Nellie saamneem nie."

"Wie is Nellie?"

Sy moes nie van Nellie gepraat het nie. "Die vrou wat vir ons kook. Ons huishoudster."

"Werk sy in julle huis?"

Sy antwoord nie.

"'n Armblanke? Bedien sy julle aan tafel, of eet sy saam met julle?"

Sy kyk op, reguit in sy staalblou oë. "Ja, Bernard, 'n ongeletterde armblanke, maar iemand wat werk het, wat vir ons werk, wat ons bedien. Tevrede?"

Die aand is bederf. Hulle drink koffie in die sitkamer. Toe gaan hulle kamers toe. Sy skryf haar aantekeninge by die kerslig. Sy trek haar nagrok aan en gaan lê op die harde bedjie. Haar hele lyf is moeg, maar sy kan nie tot rus kom nie. Die kamertjie voel benoud. Sy rol rond op die klapperhaarmatras. Dis drukkend warm.

Maar die warm tevredenheid in haar is weg.

Soms kan hulle heerlik gesels, sy en Bernard, dink sy. Amper soos vriende. Maar sy weet ook: hulle balanseer die hele tyd op die vlymskerp rand van hul agtergronde.

Ses

Kate word vroeg wakker. Sy rek haar arms bo haar kop. Die bed is baie hol, die kussing erg knopperig, maar tog voel sy redelik uitgerus. Sy moes baie moeg gewees het om deur dit alles te kon slaap.

Vandag gaan hulle die skoolhoof ontmoet. Hy sal haar ook na 'n gesin of twee verwys met wie sy kan gesels. En vanoggend sien sy kans daarvoor.

Sy wonder of sy êrens koffie sal kan kry. Sy trek haar kamerjas aan, steek haar voete in haar pantoffels en stap kombuis toe.

Ant Ray is reeds aan die skarrel. "Skink maar, daar op die stoof, sweetie," sê sy. "Vat sommer vir die jongeling ook."

Met die twee koppies op 'n versilwerde, geroeste skinkbord stap Kate kamer toe. Voor Bernard se deur balanseer sy die skinkbord op haar een hand en klop. Nou lyk ek nes 'n regte kelner, dink sy.

Toe daar nie antwoord is nie, maak sy die deur oop. "Koffie, laatslaper?" vra sy.

Die kamer is leeg. Die bed is nog opgemaak, presies soos gister. Daar is nie eens 'n duik in die kussing geslaap nie.

Sy kyk rond. Sy sak is weg.

'n Benoude oomblik dink sy dat hy terug is Johannesburg toe, dat hy haar hier aan haar eie genade oorgelaat het. Nee, besluit sy, dit sal Bernard nooit doen nie. Hy slaap seker net in 'n ander kamer.

Sy gaan na haar eie kamer. Sy koppie koffie word koud op die skinkbord.

Toe sy buite kom, staan hy op die stoep en koffie drink. "Môre, Katrina," sê hy sedig, maar sy oë terg. "Sal ons gaan eet?"

Ant Ray bedien vanoggend 'n reuseontbyt: tuisgebakte brood met wors en lewerkoekies. "Dis die grootste brood wat ek nog ooit gesien het," sê Kate verwonderd.

"H'm. Het jy lekker geslaap?"

"Soos 'n klip. Ten spyte van die klippe in my matras. Én in my kussing."

Hy glimlag effens. "Ken jy die storie van die prinses wat op die ertjie geslaap het?"

"The Princess and the pea," onthou sy. "Wat daarvan?"

"Sommer maar. Is die brood lekker?"

"Dis die lekkerste brood wat ek nog geëet het," sê sy. "Jy kan al daardie vleis kry, ek gaan net brood eet."

"Gaaf!" sê hy ingenome.

Hulle stap straatop na die skooltjie toe. Dis 'n platdakgeboutjie van klip, met 'n stoep voor. Al vier die klaskamers loop uit op die stoep.

Die klok lui net toe hulle by die skool se voorhekkie kom. "Kom ons wag hier," sê Bernard. "Hulle gaan seker eers open."

Die kinders val in netjiese rye, almal is kaalvoet,

hulle het ook nie skooldrag aan nie. Hulle staan muisstil tydens opening.

Elke kind het 'n beker in die hand. Dit laat haar dink aan die sopkombuise in Fordsburg en Vrededorp, dink Kate. Sommige kinders het 'n blikbeker, sommige 'n koppie sonder oor, party 'n oopgesnyde blik met 'n oor van draad. Voordat hulle in hul klaskamers ingaan, kry elkeen 'n dik sny brood met grondboontjiebotter en 'n beker melk.

'n Ronde man in 'n donker pak kom na hulle aangestap. Die son blink op sy bles. "Van Rooyen," stel hy hom voor. "Kom staan in die skadu van die stoep, dan kan ons bietjie gesels."

"Ek is Katrien, dis Bernard," sê Kate.

"Ek sien die kinders begin die dag goed?" vra Bernard.

"Ja. Ons gee vir die kinders hul skoolvoeding vroeg in die oggend," antwoord meneer Van Rooyen en vee met sy sakdoek oor sy gesig en bles. "Meer as die helfte van ons leerlinge ly honger, in baie gevalle lewe hulle van veldkos en rysmiereiers. Dit help nie ons probeer met hulle werk as hul magies leeg is nie."

"Dis ... verskriklik," sê Kate.

"Die kos is ook 'n manier om die kinders by die skool te kry," vertel die skoolhoof. "En ons dag het geen pouse nie, want anders loop die kinders weer weg."

"Lyk my 'n mens moet slim wees om hulle vol geleerdheid te kry," sê Bernard.

"Soms voel dit of 'n mens 'n verlore stryd stry," sug die skoolhoof. "Wat help dit om 'n kind vyf uur lank in die skool te probeer opvoed en hom dan na dieselfde krot terug te stuur?"

"Dit help tog," sê Bernard. "Onderwys bly die kern van die oplossing."

"Min ouers verstaan dit," sê meneer Van Rooyen. "In ons omgewing voltooi minder as die helfte van die kinders hul laerskoolonderrig, twee vyfdes kan beswaarlik lees en meer as een tiende is totaal ongeletterd."

Ons was gister by 'n deel van daardie tiende, dink Kate.

"Dit klink nie goed nie," sê Bernard.

"Luister, ek kan ongelukkig nie saam met julle gaan nie, plig roep. Maar ek het met 'n gesin gereël wat nie te ver buite die dorp woon nie, hulle sal met julle praat. Het julle vervoer?"

"Net dapper en stapper," glimlag Bernard verskonend.

"Nee, dis te ver. En te warm. Julle moet maar my kapkar gebruik, ek sal een van die seuns stuur om dit te gaan haal."

"Dankie, dis baie vriendelik van u," sê Bernard.

Meneer Van Rooyen stuur eers twee seuns om die kar by sy huis te gaan inspan en te bring. Dan beduie hy vir Bernard hoe om te ry. "Julle sal nou die pad kry?"

"Beslis. Dankie," sê Bernard.

"En sterkte met jou ondersoek, meneer Woodroffe." Die skoolhoof skud Bernard se hand. "Jy doen goeie werk. Tot siens, Katrina."

"Dis eintlik Miss Woodroffe wat die ondersoek doen, ek is Neethling," keer Bernard.

"O. Wel, sterkte in ieder geval," sê meneer Van Rooyen en skud weer Bernard se hand.

Toe hulle wegstap, vra Kate benoud: "Kan jy so 'n perdekar bestuur?"

"U dienskneg kan enigiets doen, U Edele."

"Selfs Mister Woodroffe wees?" vra sy gemaak ernstig.

"Wel, miskien nou nie énigiets nie. Maar kapkar dryf? Beslis."

Ná bietjie gesoek kry Bernard die woonplek. Dis uiters karig, maar beter as gister. Ná gister sal alles beter lyk, dink Kate.

Die man en vrou wag hulle in, ook die oupa en twee oumas. Uitgevat vir die okkasie. Nadat hulle gegroet het en hulself voorgestel het, vra Bernard: "Sal ek in die koelte van daardie boom gaan wag?"

"As jy wil," sê Kate. "Die koelte lyk maar yl."

"Ek sal wag. Moenie haastig wees nie."

"Het jy jou boeke?"

Hy antwoord nie. Maar toe hy wegstap, lig hy sy sak bo sy kop sodat sy self kan sien. Sy glimlag en volg die gesin in hul huisie in.

"Hoe het dit gegaan?" vra hy op pad terug.

"Goed," twyfel sy.

"Maar?"

"Ek dink dis beter as 'n mens onverwags by die mense aankom. Ek het die gevoel gekry dat almal hul beste voetjie voorsit. En die huisie was kraakskoon."

"H'm. Nie alle arm mense is vuil nie, Kate."

"Dis ook nie wat ek bedoel het nie, en jy weet dit," vererg sy haar.

"Ja, ek weet. Ek bedoel eintlik sommige lei in moeilike omstandighede steeds 'n baie higiëniese lewe."

"Ja. Seker."

Hulle ry 'n rukkie in stilte. Dan skraap sy al haar moed bymekaar. Sy het vandag gesien sy kan alleen die mas opkom. "Bernard, môre neem dominee Venter my uit. As jy wil, hoef jy nie saam te kom nie. Anders moet jy tog net weer heeldag in die son sit en wag." Sy wou byvoeg dat hy dan beter omstandighede sal hê om in voor te berei vir sy eksamen, maar sy besluit om dit te los.

"En wie gaan jou oppas?"
"Die dominee, hoe dink jy dan?"
"Ons moet maar sien."

Die aand sit hulle eers op die twee grasstoele op die stoep en drink 'n glasie sjerrie voor ete. Mister Lurie het net 'n baie soet sjerrie, maar die idee is darem daar. Toe stap hulle deur eetkamer toe. "Ons is nou omtrent deftig, nè?" sê Bernard.

Nadat Mister Lurie hul kos voor hulle neergesit het, vra sy reguit: "Bernard, jy slaap nie in jou kamer nie?"

Hy kyk behoedsaam op. "Nee."
"Waar slaap jy?"
"Buite."
"Waar buite?"
"In die veld."
"In die véld? Hoekom?"
"Omdat ek sekerlik nie gou weer die geleentheid gaan kry om in die veld te slaap nie."
"O." Dis vir haar 'n totaal nuwe konsep.

Sy sny haar vleis ingedagte. Dis regtig nogal taai vleis. "Watse soort vleis is dit?"
"Varsblad."
"Varsblad? Wat's dit?"
"Vars geslagte skaap se blad – 'n mens eet dit altyd met kluitjies."
"Is dit kluitjies dié? Dit lyk soos dumplings."
"Selfde ding."
"Hoe vars is dit?"
"Die kluitjies?"
"Nee, man, die vleis."

"Baie vars, vanmiddag geslag. Dis dié dat dit so taai is. Dis 'n gereg wat tipies is aan hierdie kontrei."

"Vanmiddag geslag? Het hierdie ... e ... dier nog vanoggend geleef?" Sy stoot haar bord opsy. "Ag nee, Bernard."

Hy haal sy skouers op en eet smaaklik verder.

"Het jy 'n tent?"

"Nee. Net die sterrehemel." Dit klink nogal lekker.

"En 'n bed?"

"Net die grond. En 'n kombers." Dit klink nogal hard.

"En as dit reën?"

"Dit reën nie hier nie."

"En as 'n leeu kom?"

"Dan verwilder ek hom."

"Jy's nie Simson nie, hoor?"

Mister Lurie bring die nagereg. "Dink jy ek kan een nag saam met jou buite kom slaap?"

Hy kyk onthuts op. "Onder geen omstandighede nie, Kate Woodroffe."

"Hoekom nie?"

"Wil jy hê jou pa moet my hierdie keer regtig lewend afslag? Om van die kindergarten nie eens te praat nie."

"Ek wens jy wil ophou om so van hulle te praat."

"Jammer."

"Hulle hoef mos nie te weet nie?"

"Nee, Katrina. Nee, beslis nie. Kry dit nou dadelik uit jou kop uit. Gaan jy daardie poeding eet?"

"Nee. Ek is bang dis vlieë."

"Dis grenadellapitte. As jy dit nie gaan eet nie, gee dit vir my."

Sy kyk hoe hy haar bakkie poeding ook verorber. "Eet jy altyd so baie?"

"Hang af hoeveel kos daar is."

"Ek kan een van die hotel se komberse leen vir die aand?" stel sy voor.

"Nee."

Sy sug. "Ek sal sekerlik nie gou weer die geleentheid kry om in die veld te slaap nie."

"Dit kan my my werk kos."

"Dankie, Bernard!" sê sy bly.

"Kate, ek het gesê jy kom nié saam nié. Ek gaan nie daardie kans waag nie."

"Bernard, as ek ..."

"Los dit, Kate," sê hy en staan op.

Sy bly kalm. Sy staan ook op. "Sal ons gaan koffie drink in die sitkamer?" probeer sy tyd wen.

"Ons kan, ja. En dan gaan ek slaap, ek is moeg."

Sy skink die koffie uit 'n silwerkoffiepot met 'n warm oor en 'n skewe deksel. "Simpel koffiepot," sê sy. "Sy deksel val af as 'n mens skink en sy oor is so warm, 'n mens kan dit amper nie hanteer nie."

"H'm."

"Bernard?"

"Nee. Jy kom nie saam nie. Hou nou op kerm."

Sy voel hoe die kwaad in haar opstaan. Sy sit die koffiepot hard neer. "Wie is jy om vir my te sê ek moet ophou kerm?" vra sy rooiwarm.

"Die kneg wat moet omsien na jou veiligheid," sê hy.

"Skink dan jou eie koffie," sê sy woedend. Sy gryp haar koppie koffie en stap uit.

Sy maak haar kamerdeur agter haar toe en gaan sit op haar bed. Sy kook steeds. Vermetele vent!

Sy het vergeet om sout in haar koffie te gooi. Dis ondrinkbaar.

Donderdagoggend wag hy reeds aan ontbyttafel, gewas en geskeer, in sy gewone kakieklere. "Goeiemôre," groet sy vriendelik, "lekker geslaap?"

Hy lyk effens verras, asof hy nie hierdie vriendelikheid verwag het nie. "Heerlik, dankie," sê hy. "Kry van die pap, gooi net sout by, dan is dit redelik lekker."

"In hierdie wêreld is sout noodsaaklik," sê sy.

Toe hulle klaar koffie gedrink het, sê hy: "Is jy seker jy sal vandag alleen regkom? Dat ek nie moet saamkom nie?"

"Dominee Venter gaan mos saam met my. En ek kan na myself omsien, hoor."

"Ek word betaal om die kroonprinses op te pas," sê hy.

"Ag, Bernard! Jy kom nie vandag saam nie, so hou nou op kerm."

Hy lag. Vir die eerste keer vandat sy hom ken, lag hy regtig. "Jy lag," sê sy verwonderd.

"Jy is uniek, Katrina Woodroffe," sê hy en staan op. "As my dienste dan nie benodig word nie, gaan ek visvang."

"In water wat jy waar kry?"

"Vaalrivier. Dit loop so 'n ent buite die dorp verby."

"O. Geniet dit."

Terwyl sy op die stoep vir dominee Venter sit en wag, kyk sy Bernard agterna: die sterk bobene in die kortbroek, die kuite wat bult as hy stap, die kakiehemp wat span oor sy breë skouers. Die moue van sy hemp is ongeërg teruggerol, sy sien die bruingebrande arms uitsteek. Hy loop met lang treë straataf, knapsak oor die skouer, geleende visstok in die een hand, geroeste blikkie in die ander.

Sy voel dit weer: die warmte wat diep in haar roer.

Sy onderdruk dit met mening. Hy is 'n myner, 'n armblanke in diens van haar pa. Hy kom uit 'n huis soos een van die veles waarin sy al was, soos die delwersgesin wat sy vandag gaan besoek.

Maar die hele dag terwyl sy met die verskrikte vroutjie gesels en die aardige brousel wat die mense koffie noem, probeer afsluk, wonder sy oor hom. Kan dit wees dat hy in omstandighede soortgelyk aan hierdie grootgeword het? Hoe het hy geweet Fyta is nog nie dertig nie, of van vaalvleis en varsblad?

Hoe het hy vooraf geweet dat regte arm mense nie een van die luukses van die Grand Hotel ken nie?

Op pad terug sê dominee Venter: "Die staat huldig die opinie dat die armblankes self vir hul treurige toestande verantwoordelik is, dat die kerk die probleem as deel van sy pastorale verpligtinge moet hanteer."

"Dis 'n onbegonne taak," sê Kate. "Die staat sal moet ingryp. Maar soos ek dit verstaan, wil hulle die armblankes uit die stede terugkry op die platteland."

"Dit sal katastrofies wees," sê dominee Venter swaarmoedig. "Ek stem saam met 'n kollega van my, dominee Perold van Vryburg. Hy meen dat die trek na die stede onvermydelik is, die platteland kan nie meer al sy mense dra nie."

Kate kyk na die kaal, droë wêreld om haar. "Ek stem beslis ook saam," sê sy.

Sy was, trek skoon aan en gaan sit op die stoep op een van die grasstoele. "Wil jy koffie hê?" vra Mister Lurie.

"Eerder 'n koue bier, as dit moontlik is."

Daddy slag mý af as hy my nou sien, dink sy. Maar die bier smaak vorentoe.

Sy sien hom van ver af aankom. Aan sy manier van stap, kan sy sien: hy het sukses behaal.

"Iets gekry?" vra sy toe hy voor die stoep verbyloop na die hotel se agterplaas.

Hy gaan staan. "Wat het jy daar?"

"Koue bier. Wil jy 'n sluk hê?"

"H'm, graag." Hy neem die glas en drink die res van die bier met een teug leeg.

"Haai! Bêre vir my nog 'n slukkie!" probeer sy keer.

"Te laat, jammer. Kom kyk hier."

Hy maak die knapsak oop. "Ag nee, Bernard! Dis vreeslik lelike goed. Kyk hul plat bekke, en hul grillerige snorbaarde!" Sy bekyk die goed van nader. "Wat's dit?"

"Babers."

Sy staan terug, haar hele gesig op 'n plooi getrek. "Jig! Hulle kyk vir my. Wat gaan jy nou met hulle maak?"

"Vir die ou gee wie se visstok ek geleen het. Maar een gaan ek hou en self braai."

"En dán?"

"Dan eet."

"Eet? Kan 'n mens dié goed eet?" vra sy wantrouig.

"Heerlik. Duisend keer beter as die hotelkos."

'n Plan begin in haar kop vorm aanneem. "Waar gaan jy dit braai?"

Hy pak die babers in die sak terug. "By my vuurtjie. By my slaapplek."

"Moenie jou hande aan jou broek afvee nie – jy gaan stink!" waarsku sy.

"H'm," sê hy en vee sy hande aan sy broek af.

"Ek het nog nooit baber geproe nie," flikflooi sy.

"Ek moes dit geweet het," sug hy. Hy kyk reguit na haar, maar sy oë is darem vriendelik. "Ek sal 'n stukkie vir jou bêre, dan kan jy môre proe."

"Maar dit sal glad nie dieselfde smaak as pas gebraai, so vars van die kole af nie, nè?"

"H'm."

"Dis jammer ek sal nou nooit die geleentheid hê om vars gebraaide baber van die kole af te eet nie."

"H'm."

"En jy hét belowe jy gaan eendag vir my vis gaarmaak sodat ek kan proe hoe smaak regte vis."

"H'm."

Die plan is nie besig om te werk nie. "Asseblief, asseblief, Bernard? Sal jy my groot asse ..."

"Ja, goed."

Sy slaan haar hande verras saam. "Sal jy my regtig vanaand saamneem?"

"Net om te eet, nie om te slaap nie."

"Dankie! Dankie! Nou sal daar ten minste nie 'n gat in my opvoeding wees nie!" sê sy.

"Ja, Kate. Trek gemaklike skoene aan, dis 'n entjie se stap. En bring jou jersey."

In die kamer trek sy ander skoene aan. Sy haal die kombers van die bed af en vou dit so klein moontlik op. Toe stap sy kombuis toe. "Bernard het 'n vis gevang, ons gaan dit braai. So ons sal nie hier eet nie, ant Ray."

"Is reg so. Wag, vat sout saam. En hierdie vars brood. En botter, mes, bord – ai, kind, jy moes vroeër gesê het. Nou gaan iets vergete bly."

"Dankie, lyk my ant Ray dink aan alles. Kan ons miskien 'n bottel wyn ook kry, Mister Lurie?"

"Sure, sure." Hy gaan haal wyn uit die stoor. "Opener ook," sê hy, "en glase."

Ant Ray pak alles in 'n mandjie. Kate sit die kombers bo-op neer.

"En dit?" vra Bernard toe sy op die stoep kom.

"Vir by die vis. Daar is sout ook."

"En die kombers?"

"Net vir as ek koud kry. En om op te sit."

Bernard pak die vuur en steek dit aan. Sy sprei die kombers oop en pak die mandjie uit. Sy sny hompe brood af en smeer dit. Toe die kole reg is, sit hy die baber op. Gelukkig is die kop afgesny, nou kyk die ding nie meer vir haar nie.

Hulle drink die wyn en eet stukkies brood en vis met hul hande. "Hoe smaak dit?" vra hy.

"Hemels," sê sy.

"H'm. Dis 'n regte Bybelse ete, nè?"

"Nogal, ja," sê sy lomerig.

"Jy kan nie nou wil slaap nie, ons moet nog terugstap hotel toe," waarsku hy.

"Later," sê sy.

Toe sy klaar geëet het, lê sy agteroor op die kombers en kyk na die sterrehemel bo haar. "Ek het nog nooit so baie sterre gesien nie."

"Dis omdat die lug hier so skoon is," sê Bernard.

"Ek het nie geweet daar is so baie sterre nie." Hy kom lê langs haar en kyk, hulle lê 'n rukkie in stilte. "Ken jy die sterre?" vra sy.

"So bietjie."

"Vertel my?"

Hy wys met sy arm in die lug na regs. "Sien jy daardie vier helder sterre wat 'n kruis maak? En die twee sterre aan die kant wat na hulle wys?"

"Daardies?"

"Ja. Dis die Suiderkruis."

"Wat Bartholomeus Dias gebruik het om om die Kaap te vaar?"

"Einste."

"Hoe sien 'n mens waar is suid?" vra sy.

"Meet met jou vingers tussen die boonste en onderste ster, so." Hy wys. "Hou nou daardie lengte, en beweeg in dieselfde lyn vier maal, dis reg, tot daar. Gaan nou reguit af na die horison, dis suid."

"Regtig?"

"H'm. Vroegoggend kan jy nagaan: die Suiderkruis sal op sy rug lê, maar as jy die regte metode volg, sal suid nog op presies dieselfde plek wees."

"Sal jy my vroegoggend wakker maak?"

"Nee."

"Hoekom nie?"

"Want jy gaan nie hier buite slaap nie."

"O, goed. Vertel nog, asseblief?"

"Kyk, daar is die aandster," beduie hy. "Dis eintlik 'n planeet, Venus."

"Mercurius, Venus, Earth, Mars ... Ek onthou nog van laerskool af," sê sy.

"As jy nou mooi kyk, dan wys ek vir jou Orion. Hy lê so skuins. Sien jy daardie drie helder sterre?"

"Doer?"

"H'm. Dis sy gordel. En net onder hulle is drie flouer sterre."

"Ja?"

"Dis sy swaard. En daar is sy knieë."

Sy kyk. "Ek sien nie sterre wat soos knieë lyk nie."

"Hulle lýk nie soos knieë nie, hulle ís knieë."

"O." Sy weet nie presies waar om te kyk nie.

"En daar is sy skouers."

"O." Sy het nou heeltemal verdwaal. "Hoe weet jy alles van die sterre af?"

Hy bly eers 'n rukkie stil. Dan sê hy: "My pa het my vertel. Toe ek klein was."

Sy wag eers dat hy verder praat, maar toe hy niks sê nie, vra sy: "Bernard, vertel my van jou pa? Asseblief?"

Hy bly lank stil sodat sy later wonder of hy gaan vertel, en of hy dalk weer kwaad is dat sy gevra het. Maar toe hy begin praat, weet sy dat hy wil vertel, miskien lank reeds vir iemand wou vertel het. Daar was seker net nog nooit iemand om te luister nie.

"My pa was baie oud," sê hy, "seker te oud om 'n seuntjie te kan grootmaak. My ma is vroeg dood. Toe was dit net ek en my pa." Hy bly stil.

"Waar het julle gewoon, Bernard?"

"Oral. My pa was 'n swerwer, 'n ridder van die langpad, het hy homself genoem. Ons het 'n wa gehad, dit was ons huis. Hy het transport gery, of gaan ivoor jag in Betsjoeanaland, soms vir 'n boer in die winter sy vee na die Laeveld geneem, of soms los werkies op plase gedoen. Draad gespan, dam geskrop, windpomp reggemaak, dak geslaan. Dan het ons 'n rukkie in 'n huis gewoon, of in 'n kamer. Maar ons was op ons gelukkigste in die veld."

Hy bly stil. Sy wil baie vrae vra: het hy dan geen broers of susters gehad nie? Waarom is sy ma so vroeg dood? Het hy ooit skoolgegaan? Maar sy bly ook stil, wag.

"Byna alles wat ek weet, het ek by my pa geleer," sê hy. "Hy het vir my stories vertel, Bybelstories, stories uit die ou Griekse mitologie, stories van die sterre en ons eie geskiedenis en Europese fairy tales. Hy het my gewys van die plante en die diere in die veld, en hoe om jou pad te vind terug kamp toe in die ruie mopanies. Saans het ons om 'n vuurtjie gesit of onder die sterre geslaap, en dan het hy my geleer."

Sy wens hy wil nog vertel. Maar hy lê stil na die sterre en kyk.

Sy wonder wanneer sy pa dood is. En waar hy toe gaan bly het. Sy wens sy kan haar hand na hom uitsteek, net aan hom raak om te wys sy verstaan. Maar sy weet ook sy moenie: dis 'n grens wat sy nie mag oorsteek nie.

Sy wil tog nog gesels. "Bernard?"

"H'm?"

"Werk jy ondergronds?"

"H'm."

"Dit moet vir jou baie swaar wees?"

"Dis werk."

"Hoekom soek jy nie ander werk nie?"

"Dis makliker gesê as gedaan." Hy lig hom op sy een elmboog en kyk na haar. "Ek dog jou opdrag was om my te oortuig van die kindergarten se standpunt, nie om my aan te moedig om ander werk te soek nie?"

"Jy kan baie aspris wees as jy wil. Nanna is reg," sê sy.

Hy sit regop. "Kom, Kate, ons moet seker nou teruggaan."

Sy kyk op haar horlosie. "Dis al ná elfuur, Bernard. Ons kan netsowel hier in die veld slaap. Jy het nie 'n idee hoe bedompig daardie hotelkamers is nie."

Hy sit stil.

"Asseblief, Bernard?"

Hy sug. "Ek weet ek behoort dit nie te doen nie," sê hy.

"Dankie," sê sy. "Jy gee vir my iets wat ek nog nooit gehad het nie."

"Ek moes geweet het jy kry altyd jou sin," sê hy en gaan lê weer op sy rug.

"Nie altyd nie," sê sy.

Hy draai op sy sy. "Maar dan moet jy nou slaap, Kate. Môre gaan nog 'n lang dag wees."

Binne minute hoor sy hom rustig asemhaal.

Die grond onder haar is besonder hard. Veral reg onder haar heupbeen.

Sy kyk na die sterre. Die Suiderkruis is aan die beweeg. Sy meet met haar vingers: suid is steeds by daardie kameeldoringboom. En Orion is steeds net 'n gordel en 'n swaard. Die maan skyn in haar oë.

Sy hoor iets. Iets kleins en naby. In die gras. 'n Plat iets.

Sy luister baie versigtig. Sy hoor beslis 'n slang in die gras. Sy wonder of Bernard wakker is.

"Bernard?"

"H'm?"

"Slaap jy?"

"H'm."

"Hoekom sê jy dan h'm?"

Hy sug. "As ek praat, word ek wakker."

Dan is hy dus nou wakker. "Ek hoor 'n slang," sê sy, "in die gras hier agter my."

Hy luister. "Dis nie 'n slang nie. Dis 'n muis."

Sy vlieg regop. "'n Múis!"

"'n Veldmuisie, waarskynlik 'n klaasneus. Slaap nou, asseblief?"

"Ek gee nie om watse neus hy het nie, ek hou nie van muise nie."

"Moet ek jou terugneem hotel toe?"

"Nee."

"Nou slaap dan."

Sy lê weer. Sy lê doodstil, probeer luister of die muis met die neus haar bekruip.

"Bernard?"

"Hemel, vroumens, wat is dit nou weer?"

"Moenie my vroumens nie! Wat eet neusmuise?"

"Tone. Verkieslik lekker, sagte stadsmeisietone."

Sy weet hy spot. Sy sal nou die res van die nag doodstil lê en doodstil bly – dan dink hy dalk sy is dood en dan raak hy lekker bekommerd. Sekerlik nie oor haar welsyn nie. Eerder oor die feit dat haar pa hom lewend gaan afslag. Of dat hy sy werk gaan verloor.

Maar voordat sy doodstil lê, trek sy tog haar kaal tone met die growwe hotelkombers toe.

Êrens in die nag word sy wakker. Bernard lê lank uitgestrek op sy sy en slaap, sy rug na haar gekeer, sy dik, blonde hare spookagtig wit in die dowwe lig. Die maan het al ver op sy pad gevorder, Orion se gordel het soek geraak, die Suiderkruis lê heeltemal skuins gekantel, maar sy is te vaak om te bepaal of suid nog suid is.

Sy word wakker met die son wat behaaglik op haar bak. Sy weet dadelik waar sy is. Sy maak haar oë stadig oop ... en kyk vas in die blouste blou oë, skaars 'n tree van haar af. Sy glimlag stadig. "En as jy so vir my kyk?"

"Jy is onbeskryflik mooi, Kate Woodroffe."

Sy voel hoe die woorde in haar intrek, deur haar skok, êrens in haar bors gaan vassteek. Sy maak haar oë toe, trek haar asem stadig in, veg om haar kalmte te herwin. Toe sy haar oë oopmaak, is die blou oë weg. Hy staan met sy rug na haar en vou sy kombers op.

"Dankie," sê sy.

Hulle stap vinnig terug dorp toe. "Wat gaan jy vir ant Ray sê?" vra hy bekommerd.

"Niks. Ek gaan net van die buite af inkom en goeiemôre sê." Sy sukkel om normaal met hom te gesels.

"'n Mens noem dit die kleinhuisie, nie die buite nie."

"Nogal 'n beskrywende naam," knik sy.

"En die mandjie?"

Sy glimlag breed. "Dit gaan jy indra. Jy sal wel aan iets kan dink om te sê."

Hy sug. "Ja, Kate."

"Katrien."

"Ja, Katrina."

Toe hy ná ontbyt hul koffie bring, sê Mister Lurie: "Môre-aand het ons 'n dinner dance, hier in die eetkamer."

"Klink lekker," sê Bernard.

"Ons het 'n goeie orkes, hulle kom van Eendevlei af. Die hele kontrei sal hier wees."

"Klink baie lekker." Toe Mister Lurie die borde wegneem, glimlag Bernard en vra: "Was jy al ooit op 'n dinner dance?"

Kan dit wees dat die burgemeester se bal verlede naweek was? wonder Kate. Dit voel soos 'n leeftyd gelede. "Ek het glad nie aandklere gebring nie, Bernard."

Hy lag. "Dis nie 'n staatsbanket nie, prinses. Jy trek die rokkie aan wat jy die eerste aand aangehad het toe ons gaan stap het. Jy lyk pragtig daarin."

"Dink jy so?"

"Vra vir ant Ray. Dit sal perfek wees."

Sy ry saam met dominee Venter na twee gesinne op die oewer van die Vaalrivier. Sy praat, luister, maar kan glad nie konsentreer nie. Sy vra vrae, skryf aantekeninge neer, bedank die mense. Op pad terug vra dominee Venter: "Voel jy sleg, Katrina?"

"Dis net my kop. My kop is seer. Dis seker die hitte."

"Leun agteroor en ontspan," sê hy.

Sy maak haar oë toe. Die perdekar skommel en wieg haar heen en weer.

Die perdepote klap die ritme uit: "Jy is onbeskryflik mooi, Kate Woodroffe."

Ek wéét dit kan nie wees nie, dink sy. Ek wéét dis net nie moontlik nie.

Maar elke keer as sy haar oë toemaak, sien sy sy sonbruin gesig in die gloed van die vlamme, sy fletsblou oë minder as 'n tree van haar gesig af. Sy droom snags van sy gespierde bobene in die kortbroek, die kuite wat bult as hy stap, die breë skouers onder sy kakiehemp. Dan rol sy benoud in haar bed rond, natgesweet. As sy soggens haar oë oopmaak, onthou sy die man op die verhoog: 'n groot man in gewone werkersklere, wat 'n sterk werkershand omhoog gehou het en stilte gekry het. Sy onthou sy stem, diep en rustig, en hoe stil die hele gehoor na hom geluister het.

Daardie stem het nou vir haar gesê: "Jy is onbeskryflik mooi, Kate Woodroffe."

Sy wens hy het nooit daardie woorde gesê nie. Nou is alles weer terug, alles waarteen sy nou al meer as 'n week met haar hele wese stry.

Sy ken daardie woorde. Hoeveel keer het Duncan nie al gesê nie: "You are so beautiful," of "You look gorgeous." Sy lees dit in sy oë. Maar dit het nog nooit geklink soos vanoggend nie.

Sy het nog nooit die woorde gevóél soos vanoggend nie. "Jy is onbeskryflik mooi, Kate."

Sy steun en druk haar hande teen haar gloeiende gesig.

"Moet ek stilhou, Katrina?" vra dominee Venter besorg.

"Nee, nee, ek is reg, dankie, Dominee."

Toe hulle voor die hotel stilhou, staan Bernard op die stoep en wag. "Die suster is siek," sê dominee Venter. "Gee vir haar Zinc Pain Specific en 'n glas warm melk, en laat sy in die bed klim."

Hy is met drie tree langs haar. "Kate?" vra hy besorg.

Nie dit ook nog nie. Nie nou nie. "Los my. Ek wil net gaan lê."

"Ek bring vir jou iets kamer toe."

In die kamer was sy haar gloeiende gesig in die koel water. Dan gaan lê sy op die harde bedjie.

Daar is 'n sagte klop aan die deur. Bernard kom

binne met 'n glas melk. "Hier is 'n poeier ook, drink dit," sê hy.

"Dankie." Sy sit regop, drink die poeier met 'n paar slukkies van die ryk melk en lê dan weer agteroor.

Hy kom sit op die bed langs haar. "Kate, wat is fout?" vra hy en vee 'n los string hare uit haar gesig.

Die aanraking skok deur haar. Sy voel hoe haar keel dik word. "Los my net alleen? Asseblief?" vra sy.

Hy staan op. "Jy is oormoeg," besluit hy. "Slaap nou, ek sal later kom kyk of jy aandete wil hê. En môre kan jy laat slaap, ons gaan nêrens heen nie." Hy trek die deur agter hom toe.

Sy staan op en neem nog 'n poeier uit haar sak. Vannag slaap ek hierdie nagmerrie weg, dink sy terwyl sy dit met die laaste bietjie melk afsluk. En voor ons teruggaan Johannesburg toe, sit ek nie weer langs vure en slaap 'n armlengte weg van 'n gespierde lyf nie. Môre sal my dowwe kop weer redelik kan dink, sal ek lag oor hierdie absurde bakvissieverspottigheid van vanaand.

Sy raak diep en droomloos aan die slaap.

Saterdagoggend slaap sy tot baie laat. Toe sy uiteindelik gewas het en buitetoe gaan, sit Bernard op die stoep met sy boeke. Hy staan op toe hy haar sien.

"Môre, laatslaper. Voel jy beter?"

"Ja, dankie."

"Jy is seker dood van die honger. Jy het skoon deur aandete én ontbyt geslaap!"

"Nee, net dors."

"Sit, ek gaan haal vir jou koffie." By die deur draai hy om. "Of kom ons gaan sit in die sitkamer. Dis koeler daar."

"Ek sal jou boeke bring," sê sy.

Sy drink twee koppies koffie en eet 'n dik sny tuisgebakte brood met botter. "Nou voel ek soos 'n nuwe mens," sê sy.

"Wat wil jy vandag doen, Kate?"

"Tuis bly en my aantekeninge op datum bring. Ek dink ek gaan ook hier kom sit en werk, dis lekker koel hier."

Teen elfuur bring Stoffelina vir hulle koffie. Die res van die hotel is 'n miernes van bedrywighede.

"Watter vakke skryf jy, Bernard?" vra Kate terloops.

"Geskiedenis, Aardrykskunde, Afrikaans," antwoord hy. "Ek het die moeilike goed maar vir volgende jaar gelos."

Sy gee vir hom 'n koppie koffie aan. "Drie vakke is baie vir buitemuurse studie," sê sy. "Wat wil jy volgende jaar doen?"

"Engels, Matesis. Ek weet nie wat nog nie."

"Ek is baie trots op jou dat jy studeer, Bernard."

Hy roer sy koffie om en om. "Ek het my pa belowe ek sal. Voor hy dood is," sê hy.

Toe werk hulle weer.

Eenuur eet hulle koue vleis en brood, sommer daar in die sitkamer. Toe hulle klaar geëet het, vra hy: "Hoe vorder jy, Katrina?"

"Goed. Baie goed. Ek hou nie van die naam Katrina nie. Sê Katrien."

"Katrina is koninkliker. Katharina die Grote."

"Nee, man, sy was 'n wrede ou vrou. Leer jy nou van haar?" vra sy en wys na die boek.

"H'm. Maar daar was mos 'n Engelse Queen Catharine ook?"

"Ja, maar ek dink sy was jare lank in die Tower of London opgesluit gewees."

"Lyk my dis maar swaar om 'n koninklike te wees?"

"Baie. Dis hoekom die boerenaam Katrien my beter sal pas."

Hy knik. "Jy het my oortuig. Skryf nou weer jou tesis." Ná 'n oomblik sê hy: "Ek is trots op jou ook, hoor?"

"Oor my tesis?"

"Nee. Omdat jy voortgegaan het met hierdie ondersoek. Ek weet hoe moeilik dit soms vir jou was."

"Dankie, Bernard."

"Skryf nou, anders hou jy my uit my werk. Ek skryf Maandag oor 'n week al, weet jy?"

"Dis gou! Ons sal moet werk."

Teen vyfuur rek Kate haar lank uit en vra: "Sal jy asseblief vir my water na die badjie aandra, Bernard? Ek wil nie graag vir Stoffelina vra nie, almal is so besig."

"Ja, seker. Sommer koue water?"

"Beslis. Dis 'n warm wêreld dié, nè?"

"Baie."

Sy bad en was haar hare. Sy trek 'n sagte, koel somerrokkie aan, borsel haar hare, knip haar pêrels om haar nek en tik reukwater agter haar ore. Toe stap sy uit stoep toe.

Bernard staan dadelik op toe hy haar sien. Hy dra weer sy flanellangbroek en spierwit hemp – sy sonbruin vel steek goud af in die flou stoeplig.

"Jy lyk pragtig, Kate," sê hy opreg en trek vir haar 'n stoel uit. "Kan ek vir jou 'n sjerrie gaan haal?"

"Gaan dit baie sleg lyk as ek 'n bier drink?" vra sy. "Dis so warm."

"Ek drink 'n bier," sê hy.

"Maar jy is 'n man."

"'n Bier gaan beslis nie afbreuk doen aan jou vroulikheid nie. Ek gaan haal vir jou 'n yskoue bier."

Die orkes daag eerste op met hul pensklaviere en konsertinas en kitare en 'n viool. Hulle stem hul instrumente en sluk dan die stof uit hul kele in die kroeg.

Toe begin die kontrei se mense aankom. Die vroue stap deur eetkamer toe, die mans versorg eers hul droë kele. "Dit kan 'n jolige aand word," merk Bernard droog op.

Hulle sit by 'n tafeltjie in die hoek van die eetkamer. Die ligte is afgeskakel, kerse en lanterns gooi 'n sagte lig in die vertrek.

Die orkes begin speel. "Ons kan dans as jy wil," sê hy. "Maar ek ken nie julle Engelse se deftige danspassies nie – ek het op Oujaarsaande in plaasskure geleer dans."

"En wat nog geleer?" vra sy.

"Jy wil seker nie alles weet nie," sê hy.

"En ek is nie 'n Engelse nie, onthou?"

Hy hou sy hand na haar uit. "Kom ons kyk dan hoe vaar jy met 'n Boerevastrap."

Hulle dans en eet en drink wyn. Sy kry dit reg om die hele aand natuurlik op te tree, te lag en te gesels, vriende te wees. Een keer selfs verspot te wees.

"Last dance, mense," sê die orkesleier. "Dan is dit Sondag."

Die eerste note van 'n slepende, romantiese melodie begin. Dis 'n slow foxtrot.

Hy hou sy hand na haar uit. Sy staan op en hy lei haar na die dansbaan. Hy draai haar in die waai van sy arm in. Sy hand is op haar rug, sy lang lyf effens vooroor. Sy pas in die ronding van sy lyf in. Sy is teen hom, hy vou haar toe. Saam beweeg hulle stadig deur die vertrek, hul lywe een.

Sy verlang na hierdie man, dit weet sy. Haar verstand

kan dit duisend keer ontken, haar lyf laat hom nie voorskryf nie.

Moontlik ook nie haar hart nie.

Sy gee haar oor aan die heerlikheid van sy nabyheid.

Die musiek hou op. Hulle bly beweeg, op die ritme wat in hul koppe is.

Dan los Bernard haar stadig. "Dankie, Kate," sê hy. "Gaan slaap nou."

Sy kyk op na hom en glimlag. "Jy dans baie goed. Lekker slaap."

Sondagoggend is hy reeds kerk toe toe sy opstaan. "Jy moes my wakker gemaak het," sê sy toe hy terug is.

"Ek weet nie van julle Engelse se kerkgewoontes nie."

"Ag, Bernard. Jy is net aspris."

"H'm."

Maandagoggend neem meneer Van Rooyen haar self die distrik in. "Waar is Mister Woodroffe dan?" vra hy.

"Ek doen die ondersoek. Ek is Miss Woodroffe."

"O. Môre sal Mister Woodroffe jou weer moet neem, ek is vas. Maar julle kan weer my perdekar gebruik."

"Dankie. Hy is meneer Neethling. Bernard Neethling."

"O. Sê vir hom sterkte."

Die aand sê sy vir Bernard: "Meneer Van Rooyen sê sterkte."

"Waarmee?"

"Ek het nie 'n idee nie. Maar sterkte, in ieder geval."

"Dankie," sê hy.

Dinsdagmiddag, op pad terug dorp toe, sê sy: "Ek is baie bly ons is klaar, Bernard. Jy was reg, dit was vir my erg."

"Gaan ons nie môre êrens heen nie?"

"Nee wat. Ek het regtig genoeg inligting. Ek moet net alles verwerk – dit gaan my nog dae vat. Eintlik weke."

"Hoe laat haal ons Donderdag die trein?"

"Vieruur. Maar ant Ray sê hy's altyd laat."

"H'm."

Hulle ry in stilte. Dis al laatmiddag, maar die son bak nogtans neer. Daar is nie 'n wolkie in sig nie.

"Ek sou die hele ding nie sonder jou kon gedoen het nie. Jy weet dit, nè, Bernard?"

"H'm."

"My ma was reg: jy het dit vir my moontlik gemaak om my droom in 'n realiteit te verander."

"H'm. Jy skuld my, nè?"

"Ek is ernstig, Bernard. Ek weet nie hoe om dankie te sê nie."

"Ek kan aan baie maniere dink."

"Ja, ja," lag sy haar verleentheid weg.

Woensdag is 'n rustige dag, 'n vredige saamweesdag. Maar in Kate begin 'n soort paniek groei: sy is nie reg om afskeid te neem nie. As hulle net meer tyd gehad het. As sý net meer tyd gehad het om presies te ontleed wat dit is wat in haar kom lê het.

Vroegoggend gaan stap hulle 'n lang ent vir oefening – voordat dit te warm word. Toe sit hulle in die koel sitkamer, elkeen met sy eie werk.

Sy weet wat in haar kom lê het. Die aand van die vergadering reeds. Sy weet dit.

Later stap hulle oor na die winkeltjie. Sy sou graag vir dominee Venter en meneer Van Rooyen iets wou koop om dankie te sê. Maar die winkeltjie verkoop net tuie en mieliemeel en patentmedisyne en paraffien.

Sy weet ook dat sy haar lewe lank daarna gesoek

het. Maar noudat sy dit gevind het, is dit heeltemal anders as wat sy verwag het.

Middagete bestaan uit groenmielies. Al die pad van die Vrystaat af, sê Mister Lurie trots.

Sy weet ook dat dit nie help om langer daarteen te stry nie.

"Ons moet vanmiddag weer gaan kyk hoe die son sak," sê Bernard, "vir oulaas."

Die paniek druk haar keel toe. Dit begin verander in desperaatheid.

Sy weet nie wat om te doen nie.

Ná aandete drink hulle koffie op die stoep. Toe Bernard sy leë koppie op die tafel neersit, sê hy: "Ek gaan vanaand in die veld slaap."

Sy kyk op. Hy kyk nie na haar nie.

Sy kan dit nie keer nie. "Kan ek saamkom?"

Dan kyk hy op. Sy oë is baie blou. "Ek het tyd alleen nodig, Kate."

Sy voel hoe die paniek losruk. Hy staan op en begin na die trappies loop. "Bernard!" sê sy. Hy draai om. "Dit kán werk."

Hy stap met die trappies af en in die nag in sonder om weer om te kyk.

Hy het nie eens sy kombers gevat nie.

Donderdag eet hulle middagete, toe neem hulle afskeid van ant Ray en Mister Lurie. Ant Ray huil, Mister Lurie gee vir hulle 'n bottel wyn saam vir die pad. Dominee Venter neem hulle stasie toe. "Dankie vir alles," sê Kate.

Net ná vyfuur klim hulle op die melktrein. Hulle deel die kompartement met 'n egpaar wat vir hul kinders op Potchefstroom gaan kuier.

Dit voel asof daar 'n muur tussen hulle is.

Sy het 'n gek van haarself gemaak. Hy het nooit eens die moontlikheid oorweeg nie. En toe sê sy: Dit kan werk. Lastige vroumens.

Moontlik het hy haar nie gehoor nie. Of glad nie besef waarna sy verwys nie.

Dit word 'n rukkerige nag van min slaap. En êrens in die nag ry hulle weer per bus om Leeudoringstad.

Teen sonop stoom hulle Klerksdorp binne. Hulle kry hul eersteklaskoepee. Bernard staan in die gang en kyk na buite, Kate was so goed sy kan en trek skoon aan. "Sal ons gaan ontbyt eet?" vra sy.

Hy draai om. "Beslis. Jy lyk nou weer ... splinternuut."

Haar hart klop vinniger. Sy loop met lang treë eetsalon toe.

Ná ete sê hy: "Kom ons kry ons leesgoed en sit in die lounge-wa. Ons kom eers eenuur in Johannesburg aan."

Dis seker beter as die knus ruimte van die koepee, dink sy.

Die vaal, Hoëveldse vlaktes skuif verby. Die minute tik verby. Die bladsye wat sy lees, maak nie sin nie. Hulle drink tee en eet botterbroodjies.

Die voorstede begin langs die treinvensters verbykruip. Bernard maak sy boek toe. Aardrykskunde vir Vorm V, lees sy.

Hy kyk op. "Jy is seker jy het nou genoeg stof vir jou tesis ingesamel?"

Sy weet die einde van haar ondersoek het aangebreek. "Ja, Bernard, ek dink so."

"Dis goed."

Hulle sit albei stil by die venster en uitkyk. Hulle sit weerskante van 'n klein tafeltjie, sy hoef net haar hand uit te steek om aan hom te raak. Maar sy kan nie, hy is heeltemal aan die ander kant, myle verwyder.

"Ek hoop dit gaan baie goed met jou eksamen, Bernard. Ek weet dit sal."

"Dankie."

Fabrieke beweeg langs hulle verby.

"Gaan jou pa jou op die stasie kom haal?" Hy kyk nie na haar terwyl hy praat nie.

"Ek dink Duncan sal. Hy het so gesê toe ons vertrek het."

Hy knik.

Sy skraap al haar moed bymekaar. "Wanneer sien ek jou weer, Bernard?"

Nou kyk hy vir die eerste keer reguit na haar. "My taak is afgehandel, Kate."

"Maar ... jy kan vir my kom kuier. As ek jou nooi."

"Nee, ek kan nie."

"Of jy kan my bel? Net om soms bietjie te gesels? Vir my sê hoe dit met jou eksamen gegaan het?"

"Kom ons los dit net." Dan voeg hy by: "Asseblief, Kate?"

Sy voel hoe 'n magteloosheid soos 'n reuseborrel in haar opstoot, 'n soort desperate kreet wat sy met moeite onderdruk. Hy kyk uitdrukkingloos na die geboue wat in die fel sonlig buite al stadiger verbyskuif. Die trein blaas en fluit hees.

"Bernard?"

Hy kyk na haar. Daar is geen vlekkies in sy oë nie. Wat wou sy gesê het? Wat kán sy sê?

"Hou asseblief op boks."

Hy kyk haar steeds stil aan. Die sluier bly voor sy oë. Die trein kom tot 'n rukkerige stilstand.

"Pas jou mooi op," sê hy.

Duncan is reeds in die koepee toe hulle daar kom. Hy maak sy arms oop en hou Kate styf teen hom vas. "Hier is die kruier ook om jou bagasie te hanteer," sê hy.

Toe sy omkyk, is Bernard se sak klaar weg. Sy stoot die venster af en leun halflyf uit.

Sy sien hom maklik: hy steek kop en skouers uit bo al die mense op die stasie. Deur 'n stoomwolk sien sy hom om die hoek verdwyn.

Sy draai om. "Ek is gereed om huis toe te gaan, Duncan," sê sy.

Sewe

Die volgende weke sit Kate dag en nag voor die klein tikmasjientjie in haar kamer. Sy orden haar notas, sy probeer die teorie en praktyk by mekaar uitbring, sy probeer 'n vergelyking tref tussen die stedelike armblanke en sy plattelandse eweknie. Sy analiseer en ontleed en trek grafieke.

Sy werk besete. Om te vergeet. Sy weet.

Sy wil nie dink nie.

"Ek het byna vergeet om vir jou te sê: ons het Saterdag oor 'n week ons fondsinsameling vir Nanna en vader James," sê haar ma Dinsdagoggend nadat haar pa gery het. "Dis 'n piekniek by die Fonteine. Dis veral jong paartjies wat gaan kom, met hul kindertjies. Diana het die uitnodigings hanteer, sy het werklik goed gevaar." Susan se gesig gloei van entoesiasme.

"Ek is bly, Mamma. Ek is veral bly dat Diana uiteindelik begin bykom in die lewe."

"Moenie so praat nie, Kate. Almal is nie so voortvarend soos jy nie."

"Seker nie, maar 'n vrou hoef ook nie 'n Janie Jammergat te wees nie."

"Kate! Waar kom jy aan sulke taalgebruik?" vra haar ma skerp.

Sy voel hoe die trane na bo druk. Net nie dit nie! "Ek is jammer, ek is net oormoeg," sê sy en draai om.

"Kate, kom terug," sê haar ma.

Sy maak 'n oomblik haar oë toe, kry haar in bedwang. "Ek is regtig jammer, Mamma."

"Jy is oorwerk," knik Susan. "Vandag kom jy weg uit daardie kamer. Gaan trek vir jou 'n mooi rokkie aan, ons gaan stad toe, ons koop ietsie moois vir jou en dan eet ons middagete in John Orr's. Hoe klink dit vir jou?"

"Dit klink lekker, dankie, Mamma." Enigiets om net weg te kom, weg van die dink af.

Die volgende Saterdagaand kom laai Duncan haar op. "Trek jou mooiste rok aan, ek beplan iets spesiaals vir vanaand," het hy gesê.

Sy is bevrees sy weet wat die iets spesiaals is. En sy weet nie hoe om dit te hanteer nie.

Saterdagmiddag, terwyl sy gereed maak, kom sit Susan op haar bed. "Kate, ek is bekommerd oor jou," sê sy. "Jy werk te hard. Maar daar is iets anders ook wat pla."

"Ek wil net al die inligting neergeskryf kry terwyl dit nog vars in my geheue is," verduidelik Kate.

"Ja, dis seker die beste," sê Susan. Sy lig 'n rafel van die bed af en speel ingedagte daarmee. "Sien jy uit na vanaand, Kate?"

Kate kyk vinnig op. In die spieël kyk sy reguit in haar ma se blou oë vas. Blou-blou, soos Bernard s'n. "Nee, Mamma," sê sy eerlik, "ek sien nie uit nie."

"Kate?" Susan staan op en tel die borsel op. Sy begin Kate se hare met egalige hale borsel.

"Ek is bang Duncan wil vanaand verloof raak."

"En?"

Kate kyk na haar ma in die spieël. "Ek is nie nou reg nie, Mamma. Ek wil eers my studie klaarmaak. Ek het nog weke se werk oor."

"En gaan jy dan reg wees, Kate?"

Kate knik stadig. "Ja. Seker."

"Jy moet oop kaarte met Duncan speel. Hy is 'n eersteklasman."

"Ek weet, Mamma. Ek sal. Ek sal probeer."

Duncan het vir hulle 'n hoektafeltjie by een van die deftigste restaurante in die stad bespreek. Sy voel sy hand liggies op haar rug terwyl hulle agter die hoofkelner aanstap. Die kelner trek haar stoel uit en vou haar servet oop. "Shall I bring the wine list, Mister Stafford?" vra hy.

Hulle bestel 'n voorgereg. Duncan bestel 'n bottel sjampanje. Hy lig sy glasie. "Op die mooiste meisie in Suid-Afrika," sê hy.

"Dankie, Duncan," glimlag sy terug. Haar lyf reageer nie.

Hulle praat oor ditjies en datjies. Hy vra nie veel uit oor haar reis nie. Hulle praat nie veel oor sy werk nie. Hy vra nie hoe haar tesis vorder nie. Hulle eet hul hoofgereg. Die kelner neem die borde weg.

Duncan skink weer hul glasies vol sjampanje. Kate se maag bondel saam.

Dan haal hy 'n klein, donkerblou dosie uit sy sak. Hy knip dit oop. Sy kyk na een van die grootste diamante wat sy nog gesien het. Haar mond word droog.

"Do you like it, Kate, darling?"

"Dis … pragtig," sê haar dik tong.

Hy glimlag. "Ek het gedink jy sal daarvan hou. Kom ons kyk of dit pas."

Maar sy trek haar hand terug. "Ek kan nie nou nie, Duncan."

Hy kyk na haar met onbegrip in sy oë. "Kate?"

"Jy moet my tyd gee, asseblief?"

Die onbegrip word verslaentheid. "Wat is fout, Kate?" vra hy. "Jy het belowe as jy terugkom van die delwerye af kan ons verloof raak. Wat is dit nou weer?"

Sy skud haar kop. Sy voel baie skuldig. "Ek is jammer, Duncan, dis nie regverdig van my nie, ek weet. Maar ek is net nie nou reg nie."

Sy sien die seerkry in sy oë, sy wens sy kan dit wegneem. "Gaan jy ooit reg wees, Kate?" vra hy.

Jy moet oop kaarte met Duncan speel, het haar ma gesê. "Ek weet nie." Sy sien hoe sy seerkry verdiep. "Ek weet eerlikwaar nie."

Hy tel die ring op en sit dit weer versigtig terug in die houertjie. Hy sê nie 'n woord nie.

"Duncan?" Sy steek haar hand uit na hom. "Ek is regtig jammer."

Hy knik stadig. "Goed," sê hy. "Sal ons nagereg bestel?"

Die volgende Saterdag woon sy tog die piekniek by. "Ek dink nie ek moet gaan nie, Mamma," het sy probeer keer. "Ek gaan al ongetroude daar wees, al een sonder kinders."

"Nooi vir Duncan saam," het haar ma voorgestel. "Jy moet uit die huis kom, Kate."

"Ek ... sal alleen kom," het Kate gesê. "Ek sal vir Mamma en Nellie en Elias help."

"Kate?" Haar ma het haar bekommerd aangekyk. "Jy sal met my praat, nè?"

"Ja, Mamma." Maar sy het nie. Want sy het nie geweet wat om te sê nie.

Saterdagaand help Peter en John om die geld te tel.

Hulle skryf die bedrae in lang kolomme. "Julle het op die ou end drie en sestig pond, elf sjielings en agt pennies wins gemaak," sê John.

"Dis wonderlik!" sê Diana opgewonde.

"Ons sou seker meer gemaak het as ons 'n bal of iets georganiseer het," sê Susan. "Maar dit was darem ook 'n heerlike dag."

"Hoeveel het jy gehoop om te maak?" vra John.

"Ek het gehoop op ... tagtig pond. Maar dis seker wensdenkery hier in die middel van die depressie."

John haal sy tjekboek uit. Susan skud haar kop. "Dis nie nodig nie," probeer sy keer.

Hy gee vir Peter die tjek. "Wat is die wins wat ons beterhelftes gemaak het?" vra hy.

"Ongelooflik!" sê Peter. "As alle kostes afgetrek is, tagtig pond!"

Maandagaand aan tafel vra John: "Het ons Saterdagaand iets aan?"

"Nee, nie iets waaraan ek kan dink nie," antwoord Susan. "Hoekom?"

"Ek en Peter is lus om te gaan boks kyk," sê John. "Ek was jare laas by 'n bokstoernooi."

Kate voel hoe die woorde in haar ore vasslaan.

"Ag nee, John," keer Susan, "jy's nie ernstig nie!"

Hy lag. "Ek is, weet jy, ek is ernstig. Maar as toeskouers, nie as deelnemers nie. As dit natuurlik baie lekker lyk ..."

"Jy is skoon verspot, John Woodroffe! Boks kan tog nooit lekker wees nie!"

"En hoe sal jy weet?" terg hy.

Kate trek haar asem diep in. Dan sê sy so kalm moontlik: "Ek was nog nooit by 'n bokstoernooi nie. Dink Daddy ek kan saamgaan?"

Haar pa kyk na haar met 'n glimlag, maar sy lees die antwoord in sy oë selfs voordat hy dit uitspreek: "Under no circumstances, my dear." Die onthou maak seer.

"But Daddy ..."

"Kate, stop nagging." Haar pa sê dit met dieselfde finaliteit.

"Julle mansmense is ook almal dieselfde," sê sy kwaad.

Sy vra nie uit nie, sy wil nie. Maar sy hoor tog.

"Young Neethling is an excellent boxer," sê haar pa aan ontbyttafel. "Jy sal sien, Susan, met die regte afrigting gaan hy nog in 1936 Olimpiese Spele toe."

"Ek is bly julle het die aand geniet," sê Susan. "En ek is bly julle het heel teruggekom."

"Hy is ongelooflik sterk. En vinnig! En verbasend rats op sy voete. Nee, daardie man kan maar boks. Ek wil juis sien wat sê die koerante van hom."

"John, ek wil nié hoor van die boks nie," sê Susan.

Hy lag, 'n gelukkige, jeugdige lag. "Vertel dan maar vir my van julle balletuitvoering," sê hy. "Het Duncan dit darem oorleef tussen julle drie vroumense?"

Sy kyk nie die volgende dag na die koerante nie.

"Ek gaan môre Nanna se geld vir haar neem, Kate. Jy sal seker graag wil saamkom?"

Sy kry seer. Êrens binne. "Nee, ek glo nie, dankie – ek sal eerder bly en werk. Maar Mamma moet baie groete sê."

Haar ma lyk bekommerd. "Kom saam, toe, Kate?"

Sy skud haar kop. "Gaan Mamma vir vader James ook van die geld gee?"

"Nee, ons gaan nog 'n insameling reël, spesiaal vir hom."

"Ek is bly," sê Kate. "Dankie, Mamma."

Die tweede week in November is sy gereed om die eerste voorlegging van haar tesis na professor Williams te neem. "Ek weet dis nog ver van klaar, Professor, maar ek sou graag wou hê u moet daarna kyk voordat ek voortgaan."

"Ja. Ek sal. Kom aankomende Woensdag weer, dan praat ons."

"Dankie, Professor." Sy staan op.

"Ja. Nee, sit, Kate."

Sy sit weer. Hy haal sy tabaksak uit, rol sy balletjie, stop sy pyp, trek sy vuurhoutjie. Toe sit hy agteroor. "Jy is maer. En bleek. Hoekom?"

"Ek het ... hard gewerk aan my tesis, Professor."

"Ja. Dan moet jy nou gaan rus."

"Ek sal. Dankie, Professor."

Toe sy by die huis kom, stap sy telefoon toe. "Ek het die eerste voorlegging van my tesis vandag ingedien," sê sy vir Duncan. "Miskien kan ons dit vanaand gaan vier."

"Beslis," sê hy. "Ek sal jou teen seweuur kom oplaai." Toe voeg hy by: "En Kate, ek is baie bly jy het gebel."

"Ja," sê professor Williams die volgende Woensdag. "Ja, jy doen goeie werk. Te teoreties nog, voel ek. Jy leun te swaar op wat ander akademici gesê het. Ek soek meer van jou eie insigte, jou eie interpretasies."

"Dis moeilik," sê Kate.

"Ja. Dit is. En by jou gevallestudies moet jy oppas vir subjektiewe gevolgtrekkings, bly objektief in jou waarnemings."

"Ek verstaan, Professor."

"Ja. Daardie subjektiewe gevolgtrekkings kan jy eerder by jou analise inwerk."

"Goed, Professor."

"Ja. Iets haper. Dis jammer jy kon nie die bywoners op die plase ook ondersoek nie, hulle vorm 'n deel van die armblankes wat jy glad nie aangeraak het nie."

"Ja, Professor."

"Ja. Maar dis nie noodsaaklik nie. Jy lyk beter vandag."

"Dankie, Professor."

"Ja. Nou moet jy gaan. Bring weer jou tesis vir my om na te kyk voordat jy dit finaliseer."

"Ek sal. Baie dankie vir Professor se hulp."

Ek voel ook beter, dink sy toe sy huis toe ry. Bedags voel ek beter, ís ek beter.

Dis net in die nag dat sy nie kan slaap nie.

Maar een warm Vrydagmiddag laat in November gee die damwal sommer net mee, onverwags, breek die hartseer en die verlange en onsekerheid deur. Kate stap na haar kamer en maak haar deur sag toe. Sy gaan lê op haar bed. Sy kan die snikke nie meer keer nie. Sy druk haar kop onder haar kussing in. Sy voel hoe sy ruk, sy hoor hoe die huil uit haar losskeur, onbeheers oorneem.

Êrens tussen die snikke voel sy hoe haar ma langs haar op die bed kom lê, oor haar hare streel, sagte susgeluidjies maak. Sy draai om en klou aan haar ma vas.

Baie later is daar niks meer huil oor nie, net los snikke wat van êrens diep binne hul pad boontoe vind, sporadies.

"Hoe voel hy, Kate?" vra haar ma.

"Wie?"

"Bernard. Hoe voel hy?"

Sy is te leeg om te vra hoe haar ma van hom weet. "Ek weet nie, Mamma. Ek weet nie eens hoe voel ek self nie."

Haar ma streel en streel oor haar hare. "Wil jy vasstel?"

"Ek dink ek is te bang," sê Kate onseker.

"Het jy hom al gesien sedert julle teruggekom het?"

"Nee. Ons het geen kontak nie."

Susan lê lank stil, streel steeds oor Kate se hare. "Jy sal beter voel as jy weet," sê sy, "ten minste weet hoe jy self voel. Wil jy hom hierheen oornooi? Vir ete dalk?"

"Nee. Dit sal glad nie werk nie." Sy lê 'n rukkie stil. "Ek het buitendien geen manier om hom te kontak nie, Mamma. Net deur Peter, of deur Daddy."

"Ek sien."

Kate haal diep asem. "Professor Williams het verlede Woensdag gesê dis jammer dat ek nie die bywoners kan bywerk nie – hulle vorm 'n baie groot deel van die armblankes."

Susan lê stil en dink. "Daar is baie plase met bywoners op in die Bosveld," sê sy.

"Ja-a."

Haar ma staan op. "Ek gaan vir ons tee haal," sê sy, "en dan gaan ek vir jou iets vertel wat ek lankal wou."

"Mamma?" Iets in Susan se stem maak Kate onrustig.

"Bly lê, ek kom lê weer hier langs jou," sê haar ma en stap uit.

Toe Susan terugkom, skink sy vir hulle elkeen 'n koppie tee. "Ek hoop die melk is nog reg," sê sy, "dit maak stukkies roomwolkies."

Kate neem haar koppie. "Nee wat, dit lyk reg. H'm, en dit smaak heerlik."

Dit lyk nie of Susan meer wil praat nie. "Mamma wil vir my iets vertel?" moedig Kate aan. "Kom lê hier langs my."

"Ek weet nie presies waar om te begin nie," erken Susan en gaan lê op die groot bed langs haar dogter.

"Begin dan maar by die begin?" stel Kate voor.

"Ja, jy's seker reg," glimlag haar ma. Sy haal diep asem. "Ek het in die Bosveld grootgeword, op 'n plaas in die hartjie van die Bosveld."

Susan bly lank stil. Dis 'n ver pad waarop sy moet terugloop, besef Kate, 'n pad wat al byna toegegroei is. Of 'n dik sandpad wat haar vassuig en insuig sodat sy byna nie kan vorder nie. "Ek het lank laas op hierdie pad teruggeloop," sê haar ma.

Kate neem haar hand en druk dit teen haar gesig vas. "Ek stap saam met Mamma, al die pad."

Maar 'n groot hand omklem haar hart. Kan dit wees dat haar ma, haar pragtige, fyn mammie, in 'n ... armblankehuis grootgeword het?

"My pa het geboer. Hy was 'n vooraanstaande boer, welgesteld vir die omgewing. Ons het eers in die plaasskooltjie skoolgegaan, en op hoërskool is ons dorpskool toe, kosskool toe.

"Sondae het ons almal kerk toe gegaan. En Saterdagaande het ons 'n besige sosiale lewe gehad: debatsaand of kultuuraande met toneel en musiek. Soms 'n dans – die orkes het altyd van 'agter die berg' gekom," onthou sy met 'n glimlag.

"Mamma-hulle was nie toe armblankes nie," sê Kate.

"O nee, beslis nie," glimlag Susan. "Elke Nuwejaar het ons 'n piekniek en boeresport gehou, een naweek 'n kwartaal was die Nagmaalnaweek. Dan het ons op die kerkplein gestaan met ons tente."

"Mamma het broers en susters gehad?"

"Ja." Susan byt op haar onderlip. "My twee broers was ouer as ek, Hennie en Andries." Ná 'n rukkie sê sy: "Gerda was 'n jaar jonger as ek."

"Mamma se suster?"

"Ja."

Dit lyk of haar ma nie verder gaan praat nie, of die sandpad te dik geword het.

"En toe, Mamma?"

Susan haal weer diep asem, amper soos 'n sug. "Toe kom die oorlog. En my pa en my twee broers ry weg op hul perde. En ek en my ma en Gerda bly alleen agter. Ek was toe sestien."

"Wat was Mamma se pa se naam?"

"Hendrik Jakobus Steyn. En my ma was Katharina Johanna, almal het haar Hannetjie genoem."

"Ek is na haar vernoem," sê Kate verwonderd. "Catharine Jo-Ann. Vertel my van haar, Mamma?"

"Sy is 'n sagte, liewe mens. Sterk ook, dit het ek in daardie oorlogjare besef. En sy kon my pa om haar pinkie draai. Behalwe …" Susan bly stil.

"Was Mamma-hulle in 'n … konsentrasiekamp?"

Susan knik stadig. "Later, ja. Maar eers was ons alleen op die plaas. Ons het geplant en geoes en geslag. Ons het beskuit gebak en biltong gemaak en gereeld vir die boerekommando's wat daar verbygekom het, kos gegee. Soms het hulle 'n gewonde burger gebring, dan het ons hom in die stoepkamer verpleeg tot hy weer gesond genoeg was om slagveld toe te gaan. Of huis toe.

"Twee keer het Engelse patrollies ook gekom. My ma het dan met hulle gepraat, ek en Gerda moes in die kombuis of in die kamer bly. My ma het geweier om met hulle Engels te praat, al kon sy, want sy het oorspronklik van die Kolonie af gekom. Sy het vir hulle kos gegee omdat sy moes. Die perde het hulle self gevat, selfs van haar hoenders om te slag. In die aand het sy net gebid dat die Here hulle moet vergewe, want hulle weet nie wat hulle doen nie. En dan het sy lank vir die veiligheid van ons pa en broers gebid.

"En toe, op 'n winderige, stowwerige dag in Januarie, kom daar weer 'n patrollie Engelse soldate aangery. My ma stap uit op die stoep, ek en Gerda bly in die warm kombuis. My ma kom later in en sê: 'Gerda, maak vir die Kakies brood en koffie. Susan, trek die stoepkamer se bed oor.'

"Ek het geskrik – ek het geweet een van die Kakies gaan by ons aan huis slaap. 'Dink jy hy's gewond?' het ek vir Gerda gevra. 'Ek gaan beslis g'n Kakie verpleeg nie,' het sy gesê. Sy was altyd baie astrant.

"Ek was nog besig in die stoepkamer, toe dra hulle die soldaat in. Ek kon dadelik sien hy is baie, baie siek. Sy swart hare was sopnat, sy gesig het gegloei, maar tog het hy gelerig gelyk, met so 'n wit kring om sy mond. En hy het snaaks geruik – nie soos ou bloed nie, ek het geweet hoe ruik dit. Hy het soos koors geruik, soos die dood, het ek nog gedink."

"Het hy malaria gehad?" vra Kate.

"Ja, ons het dit Die Koors genoem, sommige mense het dit swartwater genoem. Mense het doodgegaan daarvan. Net die sterkstes het gesond geword.

"Toe ry die patrollie weer. Hy was hul leier, ons moet hom gesond kry, anders kom skiet hulle ons, het hulle gesê. Hulle het bietjie medisyne vir my ma gegee, maar Engelse goed wat nie sou help vir Die Koors nie.

"Gerda was kwaad. 'Ek gaan nie in daardie kamer in nie,' het sy gesê. 'Hulle kan my maar kom vrekskiet.'

"My ma het in haar medisynetrommeltjie gekrap. 'Ons moet die koors breek,' sê sy. 'Ek gaan net kyk of ant Sofie nie dalk bietjie wonderkroon en kina het nie, ek het myne vir Pa saamgegee.' Ant Sofie was ons bywoner se vrou. 'Susan, gooi die molvelkaros oor die Kakie as hy kouekoors kry. En gee vir hom water.'

"Toe ek in die stoepkamer kom, ruk die soldaat van die kouekoors – dit lyk kompleet of hy stuiptrekkings het. Hy is 'n groot man, die hele bed ruk. Ek gooi die karos oor hom en trek dit tot by sy ore. 'Thank you,' sê hy. Hy kan amper nie praat nie, so dik is sy tong.

"Ek gee vir hom die glas water, maar hy ruk te veel. Toe tel ek sy kop op en ek hou die glas by sy mond – hy was baie dors. 'Thank you, you are very kind,' sê hy en raak aan my wang. Toe gaan ek uit en maak die deur toe."

"Dit was Daddy, nè, Mamma?"

"Ja, Kate, dit was John Woodroffe."

Susan lê lank stil. "Het Mamma toe al verlief geraak op Daddy?" vra Kate.

"Ja, Kate," antwoord sy sag. "Ek was die eerste dag al verlief, dink ek. Ek het geweet dis onmoontlik, my kop het vir my gesê dis die vyand, die mense wat my land wil vat en my mense doodskiet. Maar die hart luister nie na rede nie.

"In daardie tyd, toe John nog op die afgrond van die dood gelê het, kry ons berig: Andries is doodgeskiet. Die Kakies het Andries doodgeskiet. Hennie is gewond. My pa en Hennie is gevange geneem. Hulle is Kaap toe gestuur. Hulle sal met 'n skip Ceylon toe gaan. Na die Diyatalawakamp, as gevangenes, soos misdadigers.

"My ma het kamer toe gegaan. Sy het ure in die kamer gesit, dae lank, en gebid en gebid vir haar man en haar seun se veiligheid. En vir vergifnis, dat ons die Kakies kan vergewe, want hulle weet nie wat hulle doen nie.

"Gerda was kwaad. 'Ek sal hulle nóóit vergewe nie, ek wil ook nie, al gaan ek eendag hel toe,' het sy gesê. Dan het sy uitgestap, sommer sonder haar kappie, en gaan boer. Sy het in daardie tyd alleen na die hele boerdery omgesien. Sy en Nellie."

"Nellie? Ons Nellie?" vra Kate verwonderd.

"Ja. Sy was ons bywoner se dogter. Sy was toe twaalf of dertien."

"En Mamma? Was Mamma ook kwaad?"

"Nee, ek was hartseer, stukkend. My hart was geskeur, want toe het ek al geweet – ek is verlief op die Engelsman. En ek het skuldig gevoel, baie, baie skuldig.

"Ek het hom versorg, dag en nag. Ek het hom afgespons as hy gegloei het en hom warm toegemaak as hy gebewe het. Ek het wildeals vir hom gegee vir die hoofpyne, en maroelabas teen die malaria. Ek het vir hom sop gekook en koue water laat drink. Ek het geluister na sy koorsdrome, angsdrome.

"Wanneer hy helder was, het hy my vertel van sy land, ver oor die water, wat in die somer groen grasvelde het en waar dit in die winter sneeu. Hy het my vertel van sy pa, wat in 'n steenkoolmyn gewerk het en in 'n mynongeluk dood is toe hy nog baie klein was. En later van sy ma, die vrou wat alles opgeoffer het om haar seun op skool te hou. Tot sy ook dood is, aan longontsteking, en hy by die Britse weermag aangesluit het.

"Ek het skoongemaak as hy siek geword het. Dan

het hy altyd gesê: 'Thank you. You are the kindest person I have ever met.' En hy het altyd oor my arm gestreel, of oor my hare. En later het hy my hand teen sy ingevalle wang gedruk. En my vingers gesoen, of my handpalm.

"Toe vertel ek hom van Andries. En van Hennie en Pappa. Hy was toe al bietjie beter. Ma het al uit die kamer gekom, ek het geweet ek sou nie meer tyd by hom kon deurbring nie.

"Hy het doodstil gelê en luister. 'Dis alles so sinneloos,' het hy gesê. 'Al die geweld, die haat en woede, die dood.' En toe neem hy albei my hande in syne en kyk reguit na my en sê: 'Susan, as alles verby is, as die oorlog oor is en daar is uiteindelik vrede tussen Boer en Brit, gaan ek terugkom. Ek gaan jou kom haal.'

"Ek het geweet dit kan nie werk nie. 'My pa sal dit nooit toelaat nie,' het ek gesê. 'Hy is soos Gerda – hulle sal nie vergeet of vergewe nie.'

"'Ek sal met hom praat,' het hy gesê. 'Man teenoor man. Hy sal luister.'"

"En toe, Mamma?" vra Kate toe Susan ophou praat.

"Toe gaan hy weg. Later kry ons berig: Hennie is ook dood. Op die skip. Hulle het hom in die see begrawe. 'Oorboord gegooi,' het Gerda bitter gesê. 'Ek wens al die Kakies versuip.' Ons ma het haar nie eens betig nie, sy was te seer.

"Later het hulle ons huis afgebrand en ons na 'n konsentrasiekamp gestuur. My ma het net stiller en stiller geword. En Gerda kwater en kwater. En ek was die verraaier, ek het elke dag verlang na 'n man in dieselfde uniform as die gehate kampwagte.

"Ná die oorlog het ons teruggegaan plaas toe. Ons het die huis reggemaak – dit was 'n kliphuis, die brand het nie te veel skade aangerig nie. My pa het eers 'n jaar later gekom, hy het aan die begin geweier om die eed van getrouheid af te lê.

"Maar voordat my pa teruggekom het, het John gekom. 'Ek het 'n uitgewerkte myn gekoop, in Johannesburg,' het hy vertel. 'Dit kan nie meer op die tradisionele manier ontgin word nie. Maar ek wil kyk na die sianiedproses waardeur goud uit die mynhope gehaal kan word. Ek glo dit kan 'n totale vernuwing van die Witwatersrandse ekonomie tot gevolg hê. En ek gaan jou kom haal, Susan. Sodra ek vir jou kan sorg, gaan ek jou kom haal.'

"Ek het geweet: Ek sal hom tot aan die einde van die aarde volg. My ma het dit ook geweet. Sy het baie gehuil, maar sy het verstaan. Want sy het hom bietjie leer ken.

"Gerda het vuur gespoeg. 'Jou een broer lê êrens in Wes-Transvaal onder kluite begrawe, jou ander broer het nie eens 'n graf nie, jou pa sit op 'n nat eiland in 'n tent. En jý heul met die vyand,' het sy gespoeg. 'As jy met daardie man trou, Susan, sal ek jou nóóit vergewe nie. Nóóit.'

"Toe kom my pa huis toe. Gerda het hom vertel voordat ek of my ma kon. Aan tafel, die tweede aand. Ek het gesien hoe versplinter my pa, net daar, voor my oë. 'Sê vir my dis nie waar nie, Susan?' het hy verslae gevra.

"My ma het gesê: 'Sal jy hom net ontmoet, Hendrik? Voor jy oordeel?'

"Hy het sy kop geskud. 'Dan is dit waar? Susan?' Daar was geen warmte in sy stem nie.

"Toe ek stilbly, het hy opgestaan en gesê: 'As hy sy voete ooit weer op hierdie plaas sit, sal ek ... sal ek ...' Toe loop hy uit. Hy het eers die volgende middag teruggekom.

"Ek was so bang, Kate. Ek het nie geweet wat hy sou doen nie."

"Ek verstaan, Mamma." Sy streel en streel oor haar ma se arm.

"'n Maand later het John gekom. My pa het sy geweer gaan haal. Ek weet hy sou nie regtig geskiet het nie. John het probeer praat, my pa was buite homself van woede. Ek het daardie nag saam met John weggegaan. Ek en Nellie het in die middel van die nag tot op die dorp gery, haar boetie het ons met die donkiekar gevat. Toe ry ons saam met John met die trein Johannesburg toe."

Sy bly lank stil. Toe sê sy: "My pa het nooit eens gevra wat sy naam is nie."

Hulle lê stil langs mekaar op Kate se groot bed. My ma het alles opgeoffer om by my pa te wees, dink Kate.

"Ek is elke dag jammer dat dit so moes gewees het," sê Susan, "maar ek is nog nie een dag spyt oor my besluit nie."

"Het Mamma nooit weer teruggegaan nie?"

"Ek het, een maal, toe jy twee jaar oud was. Ek en jou ouma het kontak behou deur 'n vriendin van haar, tant Betta. My ma het baie verlang, sy het nie eens geweet hoe lyk jy of Peter nie.

"Dit was tien jaar ná die oorlog. Ek het geglo as my pa ons net sien, sien hoe gelukkig ek is en hoe pragtig jy is, kan ons dalk 'n brug oor die afgrond tussen ons bou. Ek het geweet, as hy jou leer ken, sal jy in sy hart inkruip. En al kon hy nie dadelik vir John aanvaar nie, sou dit ten minste 'n begin wees.

"Jou oupa het vir 'n week in Suid-Rhodesië gaan jag. Ek en jy sou eers vir 'n week alleen by Ouma kuier, dan nog 'n week as Oupa ook by is. Nellie het saamgekom, sy het by haar familie gaan kuier. Daddy en Peter het ons by die stasie kom afsien – Peter was toe al op skool. Daddy was baie bekommerd, hy was bang ek kry weer seer. Maar ek het geweet dit gaan werk."

"Maar dit het nie? Mamma?"

"Nee, dit het nie. Die eerste week saam met Ouma was wonderlik, ons het gesels en op die dubbelbed geslaap met jou tussen ons. Ouma het jou Katrien genoem, nie Kate nie."

"Ek weet," knik Kate en glimlag stadig, "ek weet ek is ook Katrien."

"Toe kom Oupa huis toe. En daardie selfde nag neem Nellie se pa ons stasie toe. Met die donkiekar."

"Mamma!" Hulle lê lank stil. Toe vra Kate: "Was Daddy baie kwaad?"

"Ja, Kate. Hy was. Baie, baie."

"En nou?"

"Ons praat nie daaroor nie. Maar hy weet dat ek steeds dinge sal wil regmaak met my pa."

"Waar is Mamma se suster nou? Tant Gerda?"

"Sy is met 'n boer getroud, hulle woon in die Nelspruit-omgewing. Sy het drie dogters. Maar ek het ook geen kontak met haar nie, dis maar wat jou ouma vertel."

"Praat Mamma soms met Ouma?"

"Nee, ons skryf. Ek pos die brief vir tant Betta en sy pos weer Ouma se briewe vir my. Ons skryf so een of twee maal per kwartaal vir mekaar."

Kate haal diep asem. "Mamma het gedink ek kan dalk by Ouma-hulle gaan bly as ek Bosveld toe gaan?" vra sy.

"Miskien. Ek weet nie, Kate. Ek wil nie hê jy moet ook seerkry nie. Maar dit sal vir jou ouma oneindig baie beteken."

"Sonder dat Oupa weet?"

Susan sug. "Ek vrees so, ja. Daar is nie 'n ander uitweg nie."

"Sal Daddy weet?"

"Ja, beslis. Ek kan buitendien nooit iets vir hom wegsteek nie. Maar dit sal beter wees as Bernard nie weet nie. Ook nie Nellie nie. Hoe minder mense weet hoe beter."

"As Bernard kan saamgaan," sê Kate.

"Anders dien die besoek tog nie sy primêre doel nie," herinner Susan haar met 'n glimlag.

"Mamma weet, nè?"

"Ja, Kate, ek weet. Ek weet presies. Maar ek glo nie Daddy weet nie."

Daarvan is ek nie so seker nie, dink Kate. Maar sy sê niks.

Aan tafel die volgende dag sê John: "Jou ma sê professor Williams wil hê jy moet jou ondersoek na die Bosveld uitbrei?"

"Ja, Dad. Onder die bywoners."

"En sy het jou vertel van die ... wat gebeur het?"

"Ja, Dad. Sy het my van my oupa en ouma vertel. Ek is so jammer dit het so gebeur, ek is jammer vir julle al twee." Sy dink 'n oomblik. "Ek sou tog graag die kans wou waag en daar gaan bly."

"Dis 'n baie groot waagstuk, Kate."

"Ek weet. En ek weet dit kan skeefloop. Maar ek wil dit nogtans doen."

"Wil jy hê iemand moet jou weer vergesel? Dalk weer Neethling?"

Dus het haar ma nie alles vir hom gesê nie. "Ja, asseblief, as dit moontlik is. Ek bedoel nou met sy werk en so."

"Ons sal dit met Peter moet bespreek."

Nou vir die moeiliker deel, dink sy. "Ek sou graag self wou ry, Daddy, met Sophia. Sy is 'n uiters betroubare karretjie, Dad het regtig vir my net die heel beste gekoop. Veral as Bernard ... e ... Neethling saamry. Hy kan my teen alle gevare beskerm." Dan dink sy aan nog iets. "En die wiel regmaak as dit pap word. Hy is baie handig."

"Ek sien."

"En dan het ons vervoer om daar mee rond te ry. As dit nodig is. Want op die delwerye moes ons die skoolhoof se perdekar leen."

"Ek sien."

"Ek is altyd bietjie skepties as Daddy sê 'ek sien'."

Haar pa glimlag gerusstellend. "Laat ek dit môre met Peter bespreek."

"Dankie, Dad. Maar moet nog nie vir Duncan sê nie, ek wil self aan hom verduidelik. En ek wil graag self die reëlings met Bernard ook tref."

Haar pa skud laggend sy kop. "Jou arme, arme toekomstige man," sê hy.

Dinsdagmiddag, net ná twaalf, bel Miss Gray. "Jou pa sê die vakbond het 'n dringende samespreking aangevra vanmiddag," sê sy. "Mister Neethling sal ook hier wees, jou pa sal reël dat hy agterbly om jou te ontmoet. So teen vieruur, in sy privaat sitkamer?"

Kate voel hoe 'n oorweldigende opwinding in haar opstaan, van haar hele lyf besit neem. "Dankie," sê sy, "ek sal betyds wees."

Die hele dag verander. Diep in haar borrel die blydskap oor. Sy hardloop die trappe twee-twee op, staan uitasem voor haar oop kasdeur. Vandag kan sy mooi aantrek, kan sy moeite doen met haar hare – vandag gaan sy Bernard Neethling se voete onder hom uitslaan.

Wil jy daardie grote man se voete onder hom uitslaan dat hy kaplaks op sy sterre val? vra sy streng vir haar spieëlbeeld. Hoekom nie? sê die astrante spieëlbeeld terug.

Net voor vieruur parkeer sy Sophia reg voor die gebou. Op die tiende verdieping stap sy uit die hysbak. "Thank you, Mister Pears. Good afternoon, Miss Hoover, good afternoon, Miss Gray," sê sy en stap deur na haar pa se sitkamertjie toe.

Sy weet sy lyk mooi. Sy het 'n rok gekies van sagte, dieprooi materiaal. Die rok sluit styf om haar bolyf en middeltjie, vou om haar heupe en klok dan effens wyer uit tot in die middel van haar kuite. Daarby dra sy 'n fyn, goue hangertjie. Haar kaal hals en arms is goudbruin, haar hare glinsterblink geborsel.

"Arme Bernard het nie 'n kans nie," het haar ma gesê net voor sy gery het. "Jou oë blink weer, Kate. Jy lyk pragtig."

Sy staan 'n oomblik voor die toe deur om haar kalmte te herwin. Sy het hom byna twee maande nie gesien nie. As sy nou hierdie deur oopmaak, is hy moontlik reeds in die vertrek.

Sy maak die deur oop. Hy is reeds daar. Hy staan voor die venster, maar draai dadelik om toe hy haar hoor.

Sy het vergeet hoe groot hy is. Hoe sonwit sy hare is. Hoe blou sy oë is.

'n Oomblik dink sy sy sien haar opwinding ook in hom. Maar dan glimlag hy net en sê gelykmatig: "Goeiemiddag, Kate. Jy lyk mooi."

"Dankie," sê sy, "jy lyk groot."

Hy trek sy wenkbroue vraend op. "Regtig?"

Sy lag. "Dis goed om jou weer te sien, Bernard. Kom ons sit, Miss Gray sal seker nou-nou tee bring."

"Hoe vorder jou tesis?" vra hy toe hulle op twee leunstoele oorkant mekaar gaan sit.

"Redelik goed. Ek sal jou nou vertel. Sê eers: hoe het dit met jou eksamen gegaan?"

"Eksamen? Watter eksamen?"

"Ag, Bernard!"

Hy glimlag. "Redelik goed, hoop ek. Het jy al jou tesis voltooi?"

"Ek het ver gevorder. Maar my professor wil hê ek moet die bywoners op die plase ook by my ondersoek insluit."

Hy frons. "O?" Dus het haar pa niks gesê nie.

Miss Gray klop en bring die tee in. Bernard staan op en neem die skinkbord by haar. "Sal ek skink?" vra Kate.

Sy gooi vir hom twee lepels suiker in sonder dat sy hoef te vra. Toe hy die koppie vat, sien sy sy groot hande, sy lang vingers, die fyn haartjies op sy vingers. Sy drink dit in.

"Dankie," sê hy. "Na watter gebied beplan jy om te gaan?"

"Bosveld toe, daar is baie bywoners. En my ma het mense daar geken by wie ons moontlik kan tuisgaan. Oom Hendrik en tant Hannetjie Steyn."

"H'm."

"Ek sal dit waardeer as jy weer kan saamkom."

Hy frons effens en kyk haar ernstig aan. Byna behoedsaam. "Ek aanvaar Mister Woodroffe weet?"

"Ja, hy weet."

"H'm." Hy dink 'n oomblik na. "Dis net nie nou 'n baie goeie tyd nie, Kate."

"Vir julle mansmense is niks ooit op 'n baie goeie tyd nie," sê sy vererg. Maar dan bedink sy haar. "Jammer. Ek wil net graag hê jy moet saamkom."

'n Oomblik kry hy weer vlekkies in sy oë. Maar dan kyk hy weg, by die venster uit. "Ry ons weer per trein?" vra hy.

Sy voel die vreugde opspring, maar sy bly kalm. "Nee. Per Sophia."

"Ekskuus?"

"Per Sophia. My karretjie."

"Jy het jou eie motor?" Vir die eerste keer vandat sy hom ontmoet het, lyk hy totaal uit die veld geslaan.

"Ja."

"En jý bestuur?" Nou klink hy skepties.

"Ja. Baie goed, al moet ek dit self sê."

Hy kyk oor die breedte van die klein vertrek na haar en skud sy kop. Dan vra hy reguit: "Kate, hoekom gaan ons op hierdie reis? Regtig?"

Sy probeer iets in sy oë lees. Sy lees net erns. "Soos ek gesê het – my ondersoek is nie vol ..."

"Goed," sê hy. "Wanneer wil jy vertrek?"

Sy maak haar mond oop om te antwoord, maar die volgende oomblik word die deur ru oopgeruk. "May I ask, what is the meaning of this?" vra Duncan deur dun lippe.

"Goeiemiddag, Duncan," sê Kate so kalm moontlik, maar dit voel skielik of iemand haar maag met 'n skroewedraaier opskroef. "Ek en Bernard Neethling is in 'n samespreking."

Bernard het opgestaan. Hy staan uitdrukkingloos na Duncan en kyk.

"So kan ek sien, ja. Mag ek ook ingelig word waaroor?" vra Duncan. Hy is woedend, sien Kate, en hy ignoreer Bernard geheel en al.

"Ek moet my ondersoek uitbrei na die bywoners wat op plase in die Bosveld woon," sê Kate. Sy sukkel om haar stem gelykmatig te hou.

"O. Dis nuus," sê Duncan yskoud. "En hierdie ... gorilla weet dit voor ek ingelig word?"

"Duncan, moenie," probeer Kate keer. Sy weet Bernard verstaan elke woord.

"Dink jy ek sien nie deur jou plannetjies nie? Jy gedra jou ..."

"Dis nou genoeg, Duncan," sê Kate ferm. Haar gesig is rooiwarm.

"Ek gaan nou, Miss Woodroffe," sê Bernard en begin deur se kant toe stap. "Laat weet my net wanneer ek gereed moet wees."

"Ek stap saam," sê Kate beslis.

Sy stap saam met hom oor die dik mat, verby Miss Gray en Miss Hoover, hysbak toe. Sy herwin haar kalmte met moeite. "Ek wil graag Maandagoggend ry, vroeg."

"Ek sal vir jou om sesuur wag, hier voor die kantoor?"

"Dankie, Bernard."

By die hysbakdeur draai sy na hom. "Ek is jammer, Bernard. Ek weet nie wat in Duncan ingevaar het nie – hy is werklik 'n fynopgevoede mens. Hy is nooit so nie. Ek verstaan dit nie."

Bernard druk die knoppie van die hysbak. "Hy weet," sê hy kalm.

Sy kyk op na hom. "Hy weet wat?"

Hy kyk af na haar met 'n vreemde uitdrukking in sy oë. Amper onbetrokke. "Hy weet hoe ek oor jou voel, Kate."

Sy voel hoe sy versteen. Sy voel hoe die skrik in haar opstaan, saambondel, op haar wange deurslaan, in haar hart weerklank vind.

Die hysbak stop, Mister Pears maak die traliehek oop. Bernard stap in. Dan draai hy om en kyk reguit na haar. "En hoe jy oor my voel."

Agt

"Ek weet nie waar moet arme Neethling sy goed insit nie," sê John kopskuddend. "You've got everything in here except the kitchen zinc."

"Dis glad nie so erg nie, Dad," verdedig Kate. "Hy het buitendien nie veel goed nie. Laas het hy net so 'n platterige sak gevat."

Jackson kom uitgestap met nog 'n tas, Nellie met die kosmandjie.

"Kate," sê haar pa, "verhuis jy?"

"Ek het drie koffers omdat ek my goed in kleiner koffers gepak het," verdedig Kate. "Want Sophia kan nie groot koffers vat nie."

Haar pa skud net sy kop. "Ek ry agter haar aan tot by die kantoor," sê hy vir sy vrou, "maar ek sal betyds terug wees vir ontbyt."

"Jy moet baie, baie versigtig wees, Kate," sê haar ma sag toe hulle groet.

"Ek weet. Ek sal, ek belowe."

Bernard wag by die tremhalte. "Goeiemôre, Mister Woodroffe, môre, Kate," groet hy toe hulle uitklim. Dan fluit hy deur sy tande. "Is dít jou kar?"

"Sy is pragtig, nè?"

Hy stap om die motortjie, streel oor die seiltentjie, buk af, raak aan die speekwiele, kyk onder die wiele in. "Hy is pragtig," sê Bernard.

"Dis nie 'n hy nie, dis 'n sy," sê Kate.

"It has a 3.3-litre four-cylinder engine," sê John.

"Nie it nie, sý," sê Kate.

"Hoeveel perdekrag stoot hy?" vra Bernard en maak die enjinkap oop.

"Háár naam is Sophia," sê Kate, "en julle kan nie net sommer na haar binnegoed kyk sonder om te vra nie."

"It pushes forty horse power, and it has the new three-speed transmission gearbox. It is an unbelievable little car."

"Hy haal seker maklik vyftig, sestig myl per uur?"

"I think so, yes. I just hope Kate does not try to reach that speed."

"Ek sal 'n oog hou," belowe Bernard.

"It has transverse-leaf suspension, so it should give good performance on the farm tracks."

"Maar Ford het by sy tipiese ontstekingsklos gebly, sien ek," sê Bernard terwyl hy die enjinkap weer toemaak.

"The what?" vra John.

"Coil ignition," sê Bernard. "Goeiemôre, Kate."

"Jy het al gegroet."

"Maar jy nog nie." Hy maak die dicky oop. "Sjoe! Verhuis jy?"

"Nee. Die kitchen zinc het agtergebly."

"H'm. Ek dink ek gaan die kosmandjie op my skoot hou, dan kan ons my sak hier agter sit."

John draai na Kate en maak sy arms oop. "You will come home immediately if you don't feel comfortable?" vra hy sag terwyl hy haar teen hom vasdruk.

"I will, Daddy. I promise."

Hy steek sy hand na Bernard uit. "You will look after my only daughter?"

Bernard kyk hom reguit in die oë. "Ek sal, Mister Woodroffe. Ek sal beslis."

Toe hulle op pad is, streel Bernard met sy hand oor die instrumentepaneel. "Jou pa bederf jou vreeslik," sê hy.

"Nie bederf nie, Bernard. Bederf beteken dat iets sleg word, soos 'n vrot appel, dit laat my pa nie toe nie. Hy gee wel vir my ... vryheid, hy behandel my as 'n gelyke – as ek daarvolgens optree. Ek is nie bederf nie, ek is wel baie geseënd."

"Jy is baie lief vir jou pa, nè?"

"En vir my ma. Ek is die geseëndste meisie in die wêreld."

By die wonderboom, net buite Pretoria, hou Kate stil. "Gaan ons uiteindelik eet?" vra Bernard terwyl hy uitklim en sy bene rek.

"Jy kon lankal geëet het," sê sy. "Jy sit met die kos op jou skoot."

"Kate, ek kan skaars my ore roer. Hier is nie eens plek om die mandjie oop te maak nie."

"Dis jou eie skuld. Dis jou lyf wat so lank is dat dit die hele plek volsit."

Hy sprei eers die reisdeken onder die boom uit en maak dan die mandjie oop. "H'm! Waar gaan ons begin?"

"Bo," sê sy. "En jy kan nie alles nou al opeet nie, dit moet hou tot vanaand. Ons gaan eers vannag daar aankom as ons nie teëspoed kry nie."

Hy pak die toebroodjies uit en neem 'n groot hap. "En as ons teëspoed kry?"

"Dan maak jy dit reg. Jy weet mos nou alles van Sophia se binnegoed af."

Sy het vergeet hoe lekker dit is om by Bernard te wees, dink sy, hoe gemaklik sy by hom voel. Sy moet net nie dink aan sy woorde nie: Hy weet hoe ek oor jou voel ... hoe ek oor jou voel. Sy wonder presies wat ...

Sy stoot dit doelbewus uit haar gedagtes.

Nadat sy geëet het, haal sy die wit stofjas uit haar handtassie en bind die serp om haar hare.

"En dit?" vra Bernard.

"Dis vir die stof. Jy wil tog nie hê ek moet soos 'n stofstorm ruik as ek anderkant aankom nie. Van nou af is dit net grondpad."

"Jy bly maar 'n regte Engelse ladytjie," glimlag hy. "Sal ek vir ons die kappie afslaan?" en hy begin die dak afslaan voordat sy nog kan antwoord.

"Ons gaan uitbraai," waarsku sy, "en albei soos warrelwinde lyk."

Hulle durf die Springbokvlakte aan. Die stof warrel oor hulle, kruip in hul neuse in, vorm modderkoekies aan die kant van hul monde. By die vierde hek sê Bernard: "Dit was nie so 'n goeie idee nie, ek maak maar weer toe."

By die agtste hek sê hy: "Ek wonder of dit nie koeler sal wees as ons die kappie weer afslaan nie?"

"Dan gaan die son ons doodbrand."

"H'm. 'n Mens behoort nie in Desember Bosveld toe te gaan nie."

Toe hy weer in die motor klim nadat hy die veertiende hek – of was dit die vyftiende hek? – toegemaak het, sê hy: "Dis verskriklik droog, Kate. Ek het die Vlakte nog nooit so droog gesien nie."

"En die pad is verskriklik sleg," sê sy. "Arme Sophiatjie, haar gô is seker al losgeskud."

By Warmbad sien sy die vlieënde wit Pegasus van ver af. "Ek gaan maar petrol ingooi," sê sy. "'n Mens weet nie wat lê voor nie."

Net buite Warmbad eet hulle middagete. "Jou karretjie gedra hom baie goed, ons het nog nie 'n stukkie teëspoed gehad nie."

"Gedra háár baie goed," sê Kate.

"H'm. Verbasend goed vir 'n vroumens."

Maar by die eerste hek daarna buk hy af: "Ek het te gou gepraat, Kate. Ons het 'n pap wiel."

Sy klim uit en stap om die motor. "Ag nee, arme Sophiatjie. Maar jy kan dit regmaak, nè?"

Hy kyk op. Sy oë het hul grys vlekkies teruggekry. "Ja, Kate, ek kan."

Dis al byna heeltemal donker toe hulle uiteindelik die dorp binnery. Hulle kry tant Betta se huisie redelik maklik. "Julle slaap vanaand hier," sê sy. "Môre beduie ek julle na die Steyns se plaas, dis te gevaarlik op die plaaspaaie in die nag."

"Gevaarlik?" vra Kate.

"Koedoes, ja. Hulle spring 'n kar flenters," antwoord Bernard.

Hulle eet, dan haal Bernard die sinkbadjie van die haak af en gooi warm water daarin.

"Is hier nie 'n badkamer nie?" fluister Kate.

"Nee, 'n mens bad in die kombuis," sê Bernard.

"Dis baie ... onprivaat."

"Ek kan op die stoep my koffie gaan drink as jy daarop aandring," stel Bernard sedig voor.

"Dis logies," sê Kate. Sy loer na buite. Dis stikdonker. "Watter ander ongediertes is hier?"

Bernard sug. "Ek sal gaan kyk dat alles veilig is," sê hy, "en enige spinnekoppe verjaag. Stadsjapie!"

"Dankie, Bernard."

Ten spyte van die hitte, slaap Kate soos 'n klip. Die geur

van gebraaide uie maak haar wakker. Sy stap kombuis toe. "Skink koffie, kind. Daar, op die stoof. Vat beskuit ook, in die blik."

Hulle is alleen, tog vra tant Betta nie uit na haar ma nie. Óf sy weet nie wie Kate is nie óf sy wil nie inmeng nie. En die tante lyk nie juis na iemand wat nie inmeng nie, dink Kate terwyl sy die lang beskuit in haar koffie week.

Bernard kom van buite af in. "Dis droog, nè, tant Betta?" vra hy.

"Ons het nog nie 'n druppel reën gehad nie, nefie. Die mense sê dit kan die ergste droogte in menseheugenis word." Sy draai terug van die stoof af. "Kom eet. Dan moet julle ry. Die plaas lê 'n entjie en die pad is sleg. Ten minste sal julle gemaklik deur die driwwe kan kom."

Ná ete stap sy saam met hulle uit en begin die pad beduie. Ná die derde draai by die mashatoboom regs weet Kate sy gaan verdwaal. "Wag, dat ek neerskryf," sê sy.

"Nee wat, ek onthou sommer," sê Bernard.

"Weet jy ooit hoe lyk 'n mashatoboom," vra sy skepties.

"Ja, Kate, ek weet." Sy oë, dit maak weer ... sy kyk vinnig weg.

Buite die dorp sê sy: "As ons vandag verdwaal, is dit jou skuld."

"Ons sal nie. Probeer net party van die klippe mis ry. Die patch 'n solution is seker onder al die bagasie ingepak."

Hulle hou by 'n slap hek stil. "Smoelneuker," sê Bernard en klim uit.

"Klink na 'n vloekwoord," sê Kate toe hy weer inklim.

"Is seker een. Moenie dit voor die oom en tante gebruik nie." Ná nog twee hekke en verskeie bome wat almal dieselfde lyk, sê Bernard: "Ons behoort nou naby te wees."

"Dis nie so ver nie," sê Kate verwonderd. "Ons het net 'n halfuur of so gery."

"Ons ry met 'n motor, Kate. Met 'n wa of donkiekar is dit ver."

"Jy is reg, ja. Ek vergeet soms."

In haar voel Kate hoe die opwinding begin groei. Opwinding, ja, maar ook vrees. Sê nou iets loop skeef? Sê nou ... sy stoot die swart gedagtes uit haar kop. Dit moet net werk.

"Daar's hy, daar lê die huis," sê Bernard.

"Ek kan nie glo jy het die plek gekry nie."

"H'm. Moet net nie bo-oor die honde ry nie."

Voor Kate lê 'n groot klipplaashuis met 'n rooi sinkdak. Die huis waarin haar ma grootgeword het. Aan die voorkant is 'n hoë stoep met 'n aantal trappies wat boontoe lei. Sy sien die vensters van die stoepkamer: dis waar haar ma haar pa gesond gedokter het. En lief geword het vir hom. 'n Rokie krul lui uit die skoorsteen en verdamp in die blou lug.

Van agter om die huis kom 'n klein vroutjie aangestap. Haar hare is in 'n bolla vasgemaak, dit blink silwer in die fel sonlig. Sy maak haar hande aan haar voorskoot droog en haal dit af. My ouma, dink Kate. Sy lyk soos 'n ouer weergawe van my ma.

Hulle klim uit die motor en stap haar tegemoet. Die honde blaf om hul voete en draf saam. Bernard vryf met sy groot hand oor die een hond se kop.

"Julle moet Bernard en Katrien wees?" vra sy met 'n vriendelike glimlag. "Ek is tant Hannetjie. Welkom hier by ons." Sy laat nie blyk dat sy Kate ken nie.

Ek is trots op my ouma, dink Kate – ek is onverwags trots op haar.

Hulle stap die huis in. Binne is dit effens skemer en

heerlik koel. In die ruim voorhuis is riempiesmeubels van soliede hout, in die een hoek staan 'n klavier, teen die mure is afbeeldings van die Boereleiers en die Slag van Bloedrivier.

Hulle stap deur na die eetkamer. Daar is 'n lang tafel met twaalf stoele en portrette teen die mure. "Is dit alles familie?" vra Kate. "Tannie moet later vir my sê wie almal is."

"Ek sal. Maar eers kan julle kom hande was en iets koels drink. Dit was seker baie warm in die motor?"

"Dit was. Dis skokkend droog hier by julle, tant Hannetjie," sê Bernard.

"Praat jy! Ons is bang die huiswater hou nie tot dit reën nie, om nie te praat van die water vir die vee nie."

Sy skink vir elkeen 'n glas yskoue gemmerbier.

"Dis absoluut heerlik," sê Kate.

"Dis die lekkerste gemmerbier wat ek nog gedrink het," sê Bernard, "en ek ken gemmerbier."

Tant Hannetjie lag. "Julle is net baie dors," sê sy. "Kom, ek skink vir julle nog, en dan wys ek vir julle waar julle kamers is."

Hulle stap uit op die stoep. Die plaas lê oop voor hulle, ver onder is 'n ry bome. "Dis ons spruit wat daar loop, maar hy is nou droog."

"So het ons gesien toe ons deur die drif gekom het," sê Bernard. "Gebruik julle boorgatwater?"

"Ja-a, maar dit lyk of die gat hier naby die huis aan die opdroog is."

"Is dit brak water?"

"Ja, maar dis goed vir gewone huisgebruik. Ons vang reënwater op in die tenk hier langs die huis vir drinkwater," sê haar ouma. Bernard is baie tuiser hier as ek, besef Kate met 'n stekie pyn. Maar ek wil hierdie mense leer ken en leer liefkry – dis my enigste ouma en oupa.

"Bernard, ek het die stoepkamer vir jou reggemaak. Katrien, jou kamer is in die huis. Kom, stap saam."

"Ek gaan die koffers haal," sê Bernard en stap uit motor toe.

Kate loop agter haar ouma aan, in die gang af tot by die tweede kamer. Haar ouma maak die deur sag agter hulle toe. Sy draai om en maak haar arms oop: "Katrien. Kindjie."

Kate slaan haar arms om haar ouma se klein lyfie. "Ouma," sê sy.

"Dié was jou ma se kamer," fluister haar ouma ná 'n rukkie.

"Dis 'n pragtige kamer," sê Kate en streel oor die kiaathoutkatel en die spierwit, gehekelde deken. "Dankie ... Ouma."

"Noem my liewer tant Hannetjie. Netnou maak ons 'n fout."

Van die voorkamer af roep Bernard: "Katrina! Waar wil jy jou koffers hê?"

"Ons gaan baie kuier as ons alleen is," belowe Kate sag.

Net voor middagete kom oom Hendrik van die lande af in. Hy is 'n korterige, stewig geboude man met 'n netjiese, grys bokbaardjie. Hy haal sy hoed af en gaan was sy hande.

"Hendrik, kom dat ek jou voorstel. Dis nou Katrien en dis Bernard Neethling. En dis oom Hendrik."

"Aangename kennis," groet hy albei met die hand.

"Tag, man, welkom hier by ons," sê oom Hendrik. "Neethling? Neethling? Ek het vanmelewe 'n man geken wat transport gery het in hierdie gewéste. Grootkoos Neethling."

Bernard knik. "Dit was my pa, Oom."

"Ja, dit kan ek sien. Tag, man, kan jy nou meer! Grootkoos Neethling! Hy was die sterkste man wat ek in my dag des lewens teëgekom het – die kontrei se mense vertel nou nog stories van sy krag. Maar kom, staan nader, kom kry koffie. So waar is ou Grootkoos nou?"

"My pa is lankal oorlede, oom Hendrik. Meer as tien jaar gelede reeds."

Dan was hy nog nie twaalf jaar oud toe hy sy pa verloor het nie, werk Kate vinnig uit.

"Tag, man, ja. Ek is nou spytig om dit te hoor. Ja, ek onthou so 'n witkopknapie wat altoos saam met hom was. Dit was dan nou jy gewees?"

"Einste ek, Oom."

"Kan jy nou meer! Maar kom sit, man, kom kry koffie. Ons sal aanstons middagkos eet. Oorle Grootkoos Neethling se seun! Kan jy nou meer!"

Ná ete nooi oom Hendrik: "Nou, Kleinkoos, stap jy saam kraal toe?"

"Nee, ou man, Kleinkoos gaan nie werk vir hierdie grote man nie. Sy naam is Bernard," sê haar ouma beslis.

"Dit sal lekker wees, dankie, oom Hendrik," sê Bernard. "Ek kry net my hoed."

"Wil tant Hannetjie by my kom sit terwyl ek uitpak?" vra Kate.

In die kamer sê haar ouma: "Ai, Katrien, ek kan nie glo jy is hier nie. Vertel vir my van jou ma. Vertel van Susan."

"My ma is pragtig," begin Kate, "en baie gelukkig en baie ... geseënd. Nee, eintlik bederf, want my pa doen vir haar enigiets. Maar nie lelik bederf nie."

"Jou pa is lief vir haar?"

"Tant Hannetjie ... Ouma ... ek ken nie twee mense wat liewer is vir mekaar as my pa en ma nie," sê Kate beslis. "Ek wil tannie Ouma noem, ek sal versigtig wees voor die mansmense."

"Dan is dit goed, kindjie. Jy is so pragtig, ek kan my verkyk aan jou. Jy lyk nie soos jou ma nie."

"Nee, Peter lyk soos my ma. Ek het agtergekom Ouma het nooit my van gesê nie?"

"Nee. Ek twyfel of jou oupa weet wat jou pa se van is, maar ek wil nie 'n kans waag nie."

"Dit was slim van Ouma."

"Vertel my van Peter?" pleit haar ouma en gaan sit op die stoel. "Jy moet sê as jy nog skouertjies nodig het. Jy het pragtige tabberdjies."

"Dankie, Ouma, ek sal. Peter is baie suksesvol en hy is ook baie gelukkig, maar hy het vir hom so 'n smartgatlike askies-lat-ek-leef-vroutjie gekies."

Haar ouma begin onbedaarlik lag. "Katrien!" sê sy tussen haar lag deur, "'n mens kan nie so praat nie!"

"Ouma het haar nog net nie ontmoet nie!"

Dit word 'n saamweesmiddag van vertel en luister en bietjie huil en baie lag. "Ek was jare laas so gelukkig," sê haar ouma net voor die mans terugkom huis toe.

"So, julle twee ondersoek die armblankes?" vra oom Hendrik toe hulle skemeraand op die stoep sit. Die ergste hitte is aan die afneem, maar dis steeds drukkend warm.

"Ja, oom Hendrik," antwoord Kate. "Ons wil eintlik bepaal waarom hulle in 'n kultuur van armoede bly, geslag na geslag."

"Dan is julle op die regte plek," sê oom Hendrik. "Hier is baie behoeftigheid in onse kontrei."

"Dis tog eienaardig dat die armblankes meer as verdubbel het in die afgelope twee, drie dekades," sê Bernard.

Hendrik stop sy kromsteelpyp. Horse Shoe, lees Kate op die twaksakkie. Dan sit hy gemaklik agteroor. "Ek is die mening toegedaan dat onse Romeins-Hollandse erfregstelsel baie daarmee te doene het," sê hy.

Kate spits haar ore. "Hoe so, oom Hendrik?"

"Wel, dit bepaal dat die helfte van die boedel onder die kinders verdeel moet word. Die gevolg is dat die kinders veelal klein lappies grond kry, byvoorbeeld 'n plaas van tienduisend morg hier in onse kontrei word in tien gedeel. Nie een van die kinders kan 'n bestaan maak op duisend morg nie en word so binne een geslag armblankes."

"Maar dan kan party mos iets anders gaan doen, en die res kan voortgaan met boer?" stel Kate voor.

"Daar is ook geen toekoms in die stede nie," sê oom Hendrik.

"Ja, Oom is reg."

"Die hele verarmingsproses was eintlik die onvermydelikste ding ter wêreld," sê haar oupa. "Onse mense hou net aan met neem uit die natuur, maar ons het nooit rekening gehou met die reaksie van die veld nie."

"Doktor Malan glo die trek van die armes na die stede is 'n volkseuwel – hy glo ons moet die armblankes terugkry in die landelike gebiede," sê Bernard.

"Kyk, nefie," sê oom Hendrik, "ek is self 'n Malaniet, maar oor hierdie ding stem ek nie met hom saam nie. Hy is 'n Kolonieman, hy ken nie die toestande in die Bosveld nie."

"Daar stem ek 'n honderd persent met Oom saam," sê Bernard.

"Ons wil graag 'n paar gesinne besoek. Waar sou Oom dink moet ons begin?" vra Kate.

"Ons het self 'n bywonergesin op die plaas," sê oom

Hendrik. "Maar ek dink julle moet by die Pyperse begin – dis nou 'n gebroedsel daardie, hoor! Sleg verby."

"Ag nee, my ou man, hoe kan jy nou so iets van jou medemens sê?" betig tant Hannetjie van die deur se kant af. "Julle kan kom aansit vir aandkos."

Ná ete sê oom Hendrik: "Vrou, gee die Boek. En my bril."

"Nee a, dis mos waarvoor Katrien hier is," sê haar ouma en wys na die sideboard. "In die boonste laai."

Oom Hendrik lees 'n hele hoofstuk uit Amos. Hy lees die Hoog-Hollands stadig en gedrae, maar met gemak. Sy stem klink diep en sterk, sy growwe hande hou die groot Bybel stewig vas. "Kom, laat ons bid," sê hy.

Haar ouma en oupa staan albei op en kniel by hul stoele. Bernard kniel ook reeds, sy volg hul voorbeeld.

En onder die gebed kom lê 'n groot deernis in haar, 'n deernis vir hierdie harde boer, deel van die Afrikaneradel, wat sy afhanklikheid aan die Almagtige kinderlik bely. Dis jammer dat misplaaste volkstrots sy gesin uitmekaargeskeur het, dink sy.

Sy voel ook 'n ander deernis – 'n deernis vir die groot man langs haar wat sy kop in diepe ootmoed buig.

"Jy is seker jy sal die plek kry?" vra Kate skepties.

"Ja, Katrina. Kyk net waar jy ry. Oppas vir daardie klip."

"Ek hou nie daarvan dat jy die hele tyd vir my sê hoe om te bestuur nie."

"En ek is nie lus om in hierdie hitte lekbande te lap nie."

"En my naam is nie Katrina nie."

"Ook nie Katrien nie, Kate."

Hulle ry 'n rukkie in stilte. "Ek wil nie eintlik met jou baklei nie," sê sy.

"Nou moet dan nie. Oppas, hier is 'n drif voor, ry stadig oor die klippe."

Sy trap met mening rem sodat Bernard se kop hard teen die voorruit stamp. "Wil jy kom bestuur?" sê sy kwaad.

"Ek sou graag wou, maar ongelukkig kán ek nie. Tevrede?"

Sy het te ver gegaan, sy besef dit. Sy skakel weer die motor aan en ry versigtig deur die drif. Aan die ander kant sê sy: "Jammer, Bernard."

"Goed. Jy het mooi deur die drif gery."

Sy erken moeilik dat sy verkeerd is, haar lewe lank nog. Wat is dit dan aan hierdie man dat sy vir hom wíl jammer sê? wonder sy. "Hy weet hoe ek oor jou voel..." – hoe voel hy oor haar? En sy oor hom?

"Ek vermoed dit moet hulle wees," wys Bernard.

Sy sien die Pyperse – die hele gebroedsel. Onder 'n boom. Met 'n ossewa wat duidelik nie meer getrek kan word nie. Geen osse nie. 'n Sinkskuiling, nie groter as drie tree by drie tree nie. 'n Paar kinders, halfkaal, met loopneuse en yl hare. 'n Paar langbeenhoenders wat vergeefs skrop. Twee skewe honde, die een se oor is af. 'n Paar boerbokke wat tussen die klippe snuffel. 'n Ongewaste pappot teen die boom.

Sy hou stil.

"Kate?" sê Bernard.

Sy maak haar deur doelgerig oop en klim uit.

Mister Pypers sit op 'n paraffienblik in die yl koelte. Hy sit die knipmes en riempie neer en stap hulle tegemoet. "Ja?" sê hy bruusk. Sy asem ruik bedompig.

"Goeiemôre, meneer Pypers?" vra Bernard en steek sy hand uit.

"Wat soek julle?" Hy ignoreer Bernard se hand, gluur net vir hulle met klein, goor ogies, frommel met sy klouvingers in sy baard.

"Ek is Bernard Neethling. Kan ons bietjie gesels?"

"Nee. Kan jy sien ek is besig, hè?"

'n Vrouefiguur kom uit die skuiling. Patetiese gesig, bleekgeel en vervalle, oë dof en onnosel, baba toegedraai in 'n ou stuk dikgelapte broek. Sy gee hulle een kyk en vlug weer die skuiling binne.

"Katrien sal graag met u vrou wil gesels."

"Maar het julle nie blerrie ore nie!" bulder hy skielik woedend. "Ek seg nou vir jou: trap van my werf af, voor ek julle onder klippe steek," en hy buk af en tel 'n klip op.

Met een beweging gryp Bernard die man se hand vas en ruk sy arm agter sy rug in. "Gaan klim in die kar, Kate," sê hy, "ek kom."

Sy bewe van skrik, maar draai rustig om en stap kar toe. Sy maak die deur oop en klim in. Haar hande bewe so dat sy byna nie die sleutel in die aansitter kan kry nie.

Toe sy opkyk, kom Bernard met lang treë oor die kaal werf aangestap. Sy gesig is kliphard. "Ry maar," sê hy.

Sy skakel die motor aan. Nêrens is 'n kind te sien nie, ook Mister Pypers het in die niet verdwyn. Net die boerbokke in die kliprant bly onversteurd na 'n grassprietjie soek.

Sy ry in die sandpad met sy hoë middelmannetjie. Sy konsentreer op die pad, maar die skrik lê haar hele lyf vol. Toe hulle 'n hele ent weg is, stop sy onder 'n boom en draai na hom. "Ek het nog nooit so 'n mens gesien nie, Bernard."

Hy kyk na haar, sy oë is diepblou, soos 'n diep waterpoel. "Ek wil jou nooit weer in so 'n situasie hê nie, Kate," sê hy. Hy steek sy hand uit en streel oor haar wang. "Ek wou nie gehad het jy moet ooit sulke mense sien nie."

Sonder om te dink, neem sy sy hand en druk dit teen haar wang. "Hoekom nie, Bernard? Dis mense wat deel vorm van my ondersoek."

"Nee, meisiekind, jy hoort nie naby daardie mense nie. Ek moes nooit toegelaat het dat jy daar afklim nie."

Hulle word albei bewus van sy hand teen haar wang. Hy trek sy hand terug. "Is jy reg om te bestuur?" vra hy.

"Ja, ek is." Sy skakel die motor aan. Die oorweldigende vreugde van sy nabyheid het die hele skrik ingesluk.

Hulle ry in stilte.

Dan sien sy 'n geboutjie langs die pad, 'n eenvertrekkamer van gepakte klip. Eenkant is 'n bakoond en 'n lendelam hoenderhok. Op 'n bankie in die skadu van die huisie sit die mense. "Ek wil met daardie mense gaan gesels, Bernard," sê sy.

Hy draai sy kop vinnig na haar. "Gee jy nooit op nie?" vra hy.

"Nooit nie. Wees gewaarsku," glimlag sy.

"Laai my sommer hier by die kraal af, ek sien oom Hendrik is hier," sê Bernard toe hulle naby die huis kom.

"Is julle terug, Katrien?" roep haar ouma van die kombuis se kant af. "Ek sal vir Selina vra om vir jou water in die badjie te gooi."

"Dit sal heerlik wees, dankie," sê Katrien. "Net min water – ek weet mos dis 'n luukse."

Sy was haar hare, draai stringetjie vir stringetjie versigtig in met haar Queen Bess-krullers en wag in die son tot haar hare droog is. Sy trek 'n skoon, koel rokkie aan. Sy kyk na haarself in die spieël in haar kamer – sy weet sy lyk mooi. Toe sy uitstap stoep toe, sit haar grootouers en Bernard reeds elkeen met 'n lang glas gemmerbier.

Bernard staan op toe sy uitkom. Sy sien hoe sy oë 'n oomblik waarderend oor haar gly. Sy voel hoe die vreugde warm deur haar pomp. "Hier is jou gemmerbier," sê hy.

"Dankie."

"Tag, ja, en hoe was julle dag?" vra oom Hendrik. "Het julle altemit die Pyperse opgespoor?"

"Ons het, ja. Hy wou ons onder klippe steek!" sê Kate.

"Ou Skelmpiet Pypers?" vra haar oupa verbaas. "Dis vreemd, hy is nooit aggressief nie?"

"Hulle woon in 'n skuiling van sinkplaat met 'n stukkende ossewa en ... e ... boerbokke tussen die klippe?" probeer Kate verduidelik.

Haar oupa gee 'n snorklaggie. "Jy praat nou van heelwat mense in onse kontrei, Katrina."

"Ou man, het die kinders nie dalk by Willem Viviers en sy gesin opgeënd nie?" vra haar ouma grootoog.

"Tag, ja, jy is waarskynlik in die kol," sê oom Hendrik. "Dit het my skoon ontgaan dat ou Goorwillem en sy gespuis ook in daardie geweste plak."

"Het hy julle met klippe gegooi?" vra haar ouma ontsteld.

"Nee, nee, darem nie regtig nie. Hy het net gedreig," stel Bernard haar gerus. "Toe het ons maar vertrek en op pad terug by 'n Nortier-gesin aangery. Hulle was baie behulpsaam."

"Tag, dis nou jammer, ja." Oom Hendrik klop sy pyp teen die sool van sy skoen en krap met 'n vuurhoutjie die los assies uit. "Maar ek wil hê julle moet tog die Pyperse gaan opsoek – dis vir my 'n tipiese voorbeeld van mense wat goed geleef het, maar metterwoon toetentaal verval het."

Die sterre begin een-een uitkom. "Is dit die aandster daardie?" vra Kate.

Bernard leun agteroor op sy stoel en kyk onder die stoepdak uit. "Einste," sê hy. "Die Suiderkruis kom eers later uit."

"Nou sê my, neef Bernard, in watter kontrei boer jy?" vra oom Hendrik skielik.

"Nee, Oom, ek werk in die stad, in die myne."

"Die myne? Maar jy is handig met die bees?"

"Ek het maar kleintyd geleer, Oom."

"Ja, oorle Grootkoos kon enige los werk aanvat, hy was 'n byderhandse man. En sterk! Ja, dat oorle Grootkoos nou ook oorlede is, nè?" Oom Hendrik suig aan sy pyp.

"Sal ons die aandkos op die tafel sit, Katrien?" vra haar ouma.

"Dis 'n skitterende plan," sê Bernard.

"Ons gaan sawens maar vroeg inkruip," sê haar ouma ná Boekevat. "Maar julle is welkom om nog te kuier. Of te lees, as julle wil. Die nuwe *Huisgenoot* is hier op die rak, en *Die Brandwag*."

"Dankie, tant Hannetjie. Ons sal miskien eers 'n rukkie op die stoep sit," sê Bernard. "Kom jy, Kate?"

"Jy het vergeet om my Katrien te noem," sê sy toe hulle op die stoep staan.

"Ek gaan ook nie meer nie. Jy is Kate," sê hy. Hy steek sy hand uit, asof hy aan haar hare wil vat, maar trek dit dan weer terug. "Wat wil jy môre doen?"

"Net hier bly, werk aan die inligting wat ek vandag ingesamel het."

"H'm."

"Wat gaan jy doen?"

"Ek wil na die windpomp kyk," sê hy. "Ek is seker dis nie die grondwater nie, oom Hendrik sê dit was al die jare nog 'n sterk aar. Ek dink die probleem lê by die feit dat die water brak is, dit vreet mettertyd klein gaatjies in die metaalpype en dan lek die water terug in die grond in."

Sy kyk op na hom. "Kan jy windpompe regmaak?" vra sy.

"Ek kan probeer," glimlag hy. "Ons sal die pype moet uittrek, en as dit wel die probleem is, moet ons dit vervang."

"Dit klink na harde werk?"

"H'm. Ek hoop dis die probleem, en nie die grondwater nie."

"Dink jy die Suiderkruis is al uit?" vra sy.

Hy kyk af na haar. "Ons sal maar moet gaan kyk, nè?"

Toe hulle met die trappies afstap, sit sy haar hand in syne. Sy vingers vou haar hand toe. "Dis 'n pragtige aand," sê sy.

"H'm."

Hulle stap in die pad af. Die honde stap snuffel-snuffel saam.

"Waarheen stap ons?"

"Ek wil vir jou die Suiderkruis gaan pluk," sê hy.

Sy leun met haar kop teen sy skouer. Hulle stap stadig, verby die kraal, verby die plaasdam en die lui windpomp.

"Jy kan nie die Suiderkruis pluk nie," sê sy, "selfs al staan jy op jou tone."

Hulle stap af tot by die drif. Toe draai hulle om.

"Dis nie al wat ek nie kan nie."

Haar hart klop swaar in haar, swaar en driftig. Bang vir wat gaan gebeur. Of vir wat nie gaan gebeur nie.

Hulle loop tot hulle weer voor die stoep staan. Hulle het vergeet van die Suiderkruis.

Sy kyk op na hom. Sy streel oor sy wang. "Bernard, praat met my. Asseblief?"

Hy skud stadig sy kop. "Jy moet lekker slaap."

Sy voel die teleurstelling in haar groei. Sy glimlag vir hom. "Dankie, Bernard. Jy ook." Sy draai om en stap die trappies op. Hy bly onder staan.

Toe sy op die laaste trappie is, sê hy: "Kate?"

Sy draai om.

"Ek is lief vir jou."

Die groot kiaatkatel is te klein vir haar. Sy krul haar op en strek haar uit en rol om en om. In haar is 'n vreugde wat te groot is om binne te bly.

Ek weet, Bernard, dink sy. Ek weet, ek weet, Bernard, want ek weet hoe dit voel om lief te wees vir jou ook.

En in haar is 'n vrees wat oor die vreugde probeer rol.

Ek is bang, bang, Bernard, want ek weet nie wat wag nie, en ek is bang jy praat nie weer met my nie, jy wag weer 'n week voor jy met my praat.

Sy draai op haar ander sy. Sy drink haar kraffie water leeg.

Ek is lief vir hom.

Sy kyk by die venster uit.

En hy is lief vir my.

Sy gaan lê stil op die groot bed. Haar ma het ook op hierdie bed gelê en geweet sy het die verkeerde man liefgekry. Die man in die stoepkamer.

Haar ma was net so bang soos wat sy nou is.

Toe Kate wakker word, is Bernard reeds saam met oom Hendrik krale toe. "Saterdag is vendusie," sê haar ouma. "Jou oupa wil seker 'n paar vee verkoop."

"Vendusie? Dink Ouma ek sal kan saamgaan? Ek was nog nooit op 'n vendusie nie," sê Kate opgewonde.

"Dis maar 'n stowwerige, warm affêre," waarsku haar

ouma, "maar ek kan nie sien hoekom nie. Jy moet maar vir jou oupa vra. Hulle sal nou hier wees vir oggendkos. Kry solank 'n koppie koffie."

"En beskuit," sê Kate. "Ouma moet my asseblief leer sulke beskuite bak."

"Ek sal. Bernard sê julle gaan nie vandag uit nie, jy wil papierwerk doen. En hy wil na die windpomp kyk. Ek is dankbaar – jou oupa klim nog teen die windpomp op, maar ek hou nie daarvan nie."

Aan ontbyttafel sê haar oupa: "Vrou, die huiswater gaan af wees tot vanaand, julle moet emmers volmaak, nou dadelik."

"Gaan julle die pype optrek?" vra haar ouma.

"Neef Bernard gaan. Hy het klaar die kettingtakel opgestel, nou is dit net vir pype uittrek." Hy draai na Bernard: "Maar ons sal ons vat moet ken, neef, anders wetter die pype terug gat af en dan is dit weer 'n hele operasie visvang!"

"Oom moet maar help praat," sê Bernard, "Oom ken mos van."

"Ken van ken ek," knik haar oupa. "Gevaar kom as ons die boonste pyp moet losmaak en die onderste een vasmaak, daardie tyd nodig ons gekoördineerde handewerk. Want boetie, as hy daar gly ..." Hy skud sy kop.

"Ons sal vasvat, oom Hendrik," stel Bernard hom gerus. "Ons sal die bobbejaanspanner inspan."

Sy werk die hele oggend lank. Die son het die vrese verdryf, sy werk met 'n lied in haar hart.

Teen elfuur drink sy tee saam met haar ouma. "Die mans is koöperasie toe, gaan pype koop," sê sy. "Jou oupa wou nog uitstel, maar die Bernard is 'n vasberade mannetjie. Nee, hy wil opsluit dadelik ry, sodat ons teen vanaand weer water het."

Sy voel die trots in haar groei. "Ek is bly, Ouma."

Toe sy baie later sy stem buite hoor, borsel sy haar hare, tik bietjie reukwater agter haar oor en stap uit. "Ek hoor jy werk die ganse oggend," sê hy. "Het jy goed gevorder?" Sy stem klink neutraal, maar sy blou oë is sag.

"Baie goed, dankie. En die windpomp?"

"Ons vorder."

Aan tafel neem sy haar kans waar: "So Oom gaan Saterdag vendusie toe?" vra Kate.

"Tag, ja, niggie. Ek wil gaan vee verkoop terwyl daar nog kopers is. Sake lyk maar baie beroerd."

"Dit lyk oral so sleg, oom Hendrik. Hierdie depressie het die land in 'n wurggreep vas," sê sy.

"Hy't die wêreld in 'n wurggreep vas," sê Bernard.

"En dan nog die droogte bo-op als," sê haar ouma.

"Ek lees in *Die Brandwag* die droogte slaan ook oral uit," sê haar oupa. "Amerika, Duitsland, selfs Rusland."

"Dis werklik op elke uithoek van die aarde," sê Kate verwonderd. Sy het nie besef die droogte is ook 'n wêreldwye verskynsel nie.

"Dit moet iets in die weer wees," sê Bernard, "een of ander stelsel wat die slim mense nog nie ontdek het nie. Die reën kan nie net wég wees nie."

"Eventwel, die veld lyk beroerd. Voor my beeste van die honger vrek, wil ek 'n klompie verkoop," sê oom Hendrik.

"Ek was nog nooit op 'n vendusie nie. Dink Oom ek kan Saterdag saamkom?" vra Kate.

"Tag, ja, hoe interessant jy dit nou sal vind, dié weet ek nie, maar jy is gewis welkom om mee te maak."

Toe oom Hendrik later weer in die huis kom, bruis hy behoorlik van geesdrif. "Vrou, jy sal nie glo wat neef Bernard vermag het nie. Dit was nooit die grondwater wat beginne yl raak het nie, die probleem het by die pype gelê: voos gevreet. Ek moes dit lankal geweet het. Jy moet die stroom water sien wat nou in die dam inloop!"

"Ek is so dankbaar," sê tant Hannetjie.

"Teen laatmiddag gaan die dam al byna vol wees," sê Bernard. "Het jy swemklere hier, Kate?"

Haar hart jubel. Haar lyf spring uit haar vel uit. Maar sy bly kalm.

"Ja-a. Maar is dit nie die huiswater nie?"

"Nie die drinkwater nie, kind," sê haar ouma. "Dié vang ons mos op in die tenk hier buite. Julle kan gerus in die dam gaan afkoel."

"Ek stap kraal toe, sien jou oor sowat 'n uur," sê Bernard.

Sy wag reeds vir hom toe hy terugkom.

By die ronde sementdam trek Bernard sy hemp uit en stoot hom met sy arms teen die hoë damwal op.

Sy het hom nog nooit sonder 'n hemp gesien nie. Sy kan nie ophou kyk nie: sy bolyf is goudbruin en gespierd van jare se fisieke harde werk en die strawwe oefening vir sy sport.

Hy kyk af na haar. "Kom jy?" vra hy en hou sy hand uit om haar op te trek.

Sy glip haar rok oor haar heupe af en kyk op. 'n Oomblik sien sy hoe sy oë vlugtig oor haar lyf streel. Sy sit haar hand in syne. Hy trek haar moeiteloos op tot langs hom op die damwal.

"Jig! Hier is paddas in die water," gril sy.

Hy duik met 'n sierlike boog in die water in en kom 'n entjie verder weer op. Die water maak diamantdruppeltjies op sy bruingebrande gesig, sy blou oë blink, sy kuif hang oor sy voorkop tot byna in sy oë. Sy het nie geweet 'n man kan so mooi wees nie.

"Dis heerlik, spring in!"

Kate knyp haar oë toe en duik in. "Asseblief, Liewe Vader, laat ek net nie teen 'n padda vasswem nie," bid sy.

Sy kom naby Bernard uit die water uit. Hy lag. Selfs sy tande blink. "Lekker, nè?"

"Ja-a. Hoekom is die water so koud?" vra sy.

"Dit kom diep onder die grond uit," sê hy. "Môre sal dit warmer wees."

"Bernard, ek is vreeslik bang ek swem teen 'n padda vas."

Hy lag. "Hier kom een! Grrrr!" storm hy op haar af.

Sy spartel om weg te kom. "Nee, los my!" roep sy benoud.

"Ek raak nie eens aan jou nie!"

"Maar jy maak my bang. Met paddas. Loop! Loop!"

Hy lag en wys sy oop hande vir haar. "Ek het nie eens iets in my hande nie." Dan draai hy op sy rug en dryf op die water. "Jy bly maar 'n regte Engelse stadsjapie," sê hy.

Sy draai ook op haar rug en kyk na die lug bo hulle. "Die lug is baie skoon, nè?"

"H'm. Dis jammer hier is nie wolke nie. Dit beteken geen reën nie."

"Is die Bosveld nie altyd so droog nie?" vra sy. Sy is intens bewus van sy sterk liggaam in die water langs haar.

"Nee. Die Bosveld kan pragtig ook wees."

"Dink jy oom Hendrik-hulle kan 'n goeie bestaan hier maak?"

"Ja, Kate, hulle kan beslis, in goeie jare. Ek dink oom Hendrik is 'n welgestelde boer. Hulle verkies net 'n eenvoudige lewe, dis hoe hulle gelukkig is. Maar hy word oud, dis jammer hy het nie 'n seun wat kan oorneem nie." Dan draai hy om en swem kant toe. "Ek gaan uitklim en in die laaste bietjie son lê, hy gaan nou verdwyn."

Kate swem nog 'n rukkie, toe begin sy koud kry. Sy klim uit en kyk vies na haar handdoek wat in 'n poeletjie modder lê. "Jy het my handdoek natgespat," sê sy, "nou gaan ek verkluim." Sy draai haar halfnat handdoek om haar.

Hy kom lui orent en kyk na haar. Sy oë is baie sag. "Kry jy regtig koud?" vra hy.

"Nogal. Ek het nie gedink ek kan ooit koud kry in die Bosveld nie."

"Kom sit hier by my, dan hou ek jou warm."

Hy lig sy arm op en wink met sy kop. Sy kyk hom 'n oomblik stil aan. Dan gaan sit sy styf teen hom, kruip half onder sy arm in. Hy het steeds nie sy hemp aan nie, maar sy lyf is warm teen hare. Hy vou sy arm om haar skouer, hou haar teen hom vas.

"Beter?"

"Baie."

Hulle sit lank so. Hulle sit stil by mekaar. Sy haal skaars asem.

Ek is verlore verlief op hierdie man, weet sy. Ek kan amper nie asem kry verby die opwinding in my nie.

Maar dan leun Bernard terug, weg van haar af, en maak sy oë toe. "Ons moenie, Kate."

Sy draai na hom. "Hoekom nie, Bernard? Maak oop jou oë."

Hy antwoord haar nie, staan net op en begin sy hemp aantrek.

Sy trek haar klere oor haar klam swembroek aan. Hulle begin terugstap huis toe. "Omdat ek uit 'n ryk huis kom en jy nie?"

"Onder meer, Kate. Jy kom uit 'n hele kultuur van rykdom, ek uit 'n kultuur van armoede."

"Dit is so. Maar daar is tog ander dinge wat ook tel?"

"Ek weet nie. Kom ons los dit net? Dis ... lekker om by jou te wees. Kom ons hou dit so."

Hulle ry Saterdagoggend baie vroeg vendusie toe met haar oupa se pick-up: 'n omgeboude Model T Ford met 'n houtbak agter.

"Het oom Hendrik self die ombouing gedoen?" vra Bernard. Kate sit op die bank tussen hulle, die kosmandjie is op die bak agter vasgemaak. Die werkers het gister al met die beeste getrek.

"Ja, neef," antwoord haar oupa terwyl hy behendig op die sandpad bestuur. "Verlede jaar, toe ek vir my 'n nuwe Opel gekoop het. Die ou Ford was nog goed. En dis handig met die bak, vir die oplaaislag."

"Oom het 'n netjiese stukkie werk gedoen," sê Bernard met waardering.

"Tag, ja, 'n man doen maar jou bes, nè? Wil jy voel hoe dryf hy?"

Kate voel hoe Bernard sy asem intrek. "Ek het nie 'n lisensie nie, dankie, Oom."

"Nee, maar dan moet ons plan maak. Ek sal Maandag reël, ek ken ou Lampies Liksens goed."

"Ons wil Maandag die Pyperse gaan opsoek, oom Hendrik. Kan julle dalk Dinsdag gaan?" gryp Kate in.

"Ja-nee, Dinsdag is in die haak."

Toe hulle uitklim, sê Bernard: "Dankie, Kate."

Oral is stof. En beesmis. En min ander vroue. Die manne lig die hoed en groet mekaar met die hand. Party het 'n kierie wat kan oopvou in 'n hoë stoeltjie, ander sit op die dwarspale van die vendusiekraal. Hier en daar stel haar oupa hulle voor. "Oorle Grootkoos se seun," verduidelik hy. Die arbeiders fluit en skree, die beeste bulk en draai in sirkels in die klipkrale.

"Staan nader, vrinne, staan nader. Lat ons beginne voor die son te gjeeftig raak!" Die afslaer is 'n dik, rooi man met 'n blink bles en 'n beaarde neus. Sy assistent is dun en bebril – hy skryf.

Die boere staan nader. Ook 'n paar manne in donker pakke. "Jode," wys Bernard, "hulle is dié tyd van die jaar die kopers. Van die stad af, voor Kersfees."

Die werkers begin die beeste indryf. Party beeste word benoud in die voorgekeerde noute, hulle spring om, verdring mekaar, gaffel met hul horings. "Wie sê vyf pond?" begin die afslaer.

"Hy sit hoog in," sê Bernard.

Die afslaer rammel ponde, sjielings en pennies af. Die boere kyk, hier en daar knik iemand. Van die werkers begin die vee aandryf huis toe. Of stasie toe om getrok te word.

Voor twaalfuur vat hulle die pad terug huis toe. "Ek is tevrede met die pryse in die omstandighede," sê haar oupa.

"H'm. Oom was slim om nou te verkoop," sê Bernard.

"Hoe was dit?" vra haar ouma toe hulle tuiskom.

"'n Stowwerige, warm affêre," glimlag Kate.

Maar sy was die hele oggend lank langs hom. Sy het sy hand op haar rug gevoel tussen die mense, sy arm agter haar skouers verby in die Fordjie. Sy kon na sy stem luister, kyk na die haartjies op sy vingers wat blink in die sonlig, saam met hom smul aan die mandjiekos. En sy het die hele tyd gewéét: aan haar sy is 'n mán.

Dit was 'n perfekte oggend.

"Ons ry halfnege kerk toe," het haar ouma gisteraand

al gewaarsku. "Oom Hendrik hou daarvan om met die tweede gelui reeds te sit."

Nou sít hulle. Hulle wag vir die tweede gelui. Dis die vroegste wat sy nog ooit in die kerk was.

"Ek het nie so 'n singboekie nie," het sy benoud vir Bernard gefluister voor hulle gery het.

"Gaan jy dan nie kerk toe nie?" het hy verstom gevra.

"Engelse kerk toe, Bernard."

Hy het gefrons. "Is julle Rooms?"

Sy het gelag. "Nee, Methodists."

"H'm. Jy kan saam met my sing. Het jy 'n Bybel?"

"Natuurlik. Maar dis ook Engels."

"H'm. Dit sal nie werk nie. Daar is een in die rak in die eetkamer, kry dit."

Nou sit sy met die vreemde, Nederlandse Bijbel in haar hande. Voor in staan "Susan Steyn. Januarie 1893" in 'n ronde kinderhandskrif. Haar ma moes omtrent tien jaar oud gewees het.

Die preek in Hoog-Hollands val vreemd op haar ore. "Is die kerk altyd in Hollands?" vra sy buite vir Bernard.

"Ons dominee in die stad praat meestal Afrikaans, maar die Skriflesing en gebed is natuurlik Hoog-Hollands," sê hy.

Haar ouma en oupa kuier lank saam met die mense voor die kerk. Almal kom groet hulle, maak 'n praatjie. Sy en Bernard drentel later weg motor toe. "Pragtige motor wat oom Hendrik vir hom gekoop het," merk Bernard op.

Op pad terug sê sy: "Die Afrikaanse vertaling van die Bybel behoort volgende jaar gereed te wees."

"'n Totale onding," sê haar oupa beslis. "Hoe kan 'n mens die Almagtige aanspreek in die gewone taal wat ons nietige mense elke dag besig?"

Ná ete gaan haar oupa en ouma bietjie skuinslê. "Is jy lus vir rus?" vra Bernard.

"Glad nie! Dis te warm."

"Sal ons dan bietjie afstap spruit toe?" stel hy voor. "Dalk is daar 'n luggie wat trek."

By die droë spruit gaan sit hulle in die skadu van 'n verlepte vaarlandswilg. "Volgende week hierdie tyd is ons al byna op pad terug," sê hy.

"Ek wil nie daaraan dink nie, Bernard. Ek wens ons kan hier bly."

"Ons kan nie, Kate. Ons regte lewe wag vir ons in die stad." Hy streel oor haar hare. "Jy is baie pragtig, weet jy dit?"

Sy leun terug teen sy arm en glimlag op na hom. "Nee. Sê dit weer?"

"Dit help tog nie, Kate."

Hulle sit lank stil. 'n Duif bo hul koppe roep: "Dit is die Lim-po-po, dit is die Lim-po-po."

"Ek gaan nie met Duncan trou nie," sê sy.

Hy kyk haar stil aan. "Weet hy dit?"

"Nee."

"Dis nie baie eerlik nie, Kate."

"Ek het dit ook nie geweet nie."

"Tot?"

"Tot nou. Tot hierdie week."

Hy kyk nie na haar nie. Hy sit ver oor die veld en uitkyk. "Dan moet jy maar eers baie mooi gaan nadink," sê hy rustig.

"Eintlik weet ek al lankal. Ek het net nie regtig geweet nie, jy weet?"

"H'm."

"Dit voel skielik soos 'n gewig wat van my afgerol het. Nadat ek besluit het."

"H'm. Jy moet maar nogtans eers goed nadink."

"Ja, baas."

"Ek is ernstig, Kate."

"H'm," sê sy.

Hy begin stadig glimlag. "Dis mý woord," waarsku hy.

"Dis nie 'n woord nie, ek sê jou lankal."

"Maar dit werk lekker, nè?"

"H'm," sê sy, "baie lekker."

Ná 'n rukkie staan hy op. "Blommie het gisternag gekalf. Wil jy die kalfie sien?" Hy hou sy hand na haar uit om haar op te trek.

"O ja, Bernard, asseblief? 'n Ou kalfie?"

By die kalwerkraal spring hy oor die muur, sy bly aan die ander kant. "Hulle is pragtig!" sê sy.

"Kyk, hier is die klein nuweling. Gee jou hand, dan voel jy hoe suig hy aan jou vingers." Hy sit drie van haar vingers in die warm bekkie.

"O! Sy tongetjie voel snaaks! So ... growwerig."

"Oulik, nè?"

Die volgende oomblik skiet 'n brandpyn deur haar wang tot in haar kop. "Ouch! Eina! Eina!"

"Kate?"

"Ek dink 'n spinnekop of iets het my gebyt, op my wang," sê sy. "Dit brand verskriklik."

Binne oomblikke is hy oor die kraalmuur en langs haar. "Wag, laat ek sien."

Hy sit sy groot hand agter haar kop, draai haar gesig op na hom. Sy staan teenaan sy bors, voel hoe sy hart deur sy kakiehemp klop. Hy buig sy kop oor haar om te probeer sien wat aangaan.

Sy staan doodstil. Hy is baie naby.

"H'm, dit was gelukkig net 'n by, hier sit die angel. Ek gaan probeer om dit uit te kry."

Hy hou steeds haar kop styf teen hom vas. Met sy

ander hand haal hy sy knipmes uit sy broeksak en knip dit oop. "Jy moet doodstil staan, dis hier by jou oog."

Sy staan doodstil. Sy voel sy hartklop deur haar wang tot in haar eie hart.

Met die mes haal hy die angel versigtig uit en druk 'n rukkie met sy vinger hard op die steekplek. "Brand dit baie?" vra hy. Sy stem is sag, sagter as wat sy dit nog gehoor het.

Sy is te bang om te antwoord, knik net.

"Dit sal nou-nou beter voel."

Sy knik.

Hy streel oor haar sygladde hare. Sy een arm trek haar teen hom vas. Sy hand vou om haar kop.

Sy weet wat kom voor dit gebeur. Sy maak haar oë toe. Sy voel sy lippe vlugtig op haar mond rus. Haar lippe gaan vanself effens oop. Sy voel skielik die krag in sy arms, voel hoe die bloed deur haar are jaag, voel die dringendheid in hom toe sy mond harder oor hare sluit.

Dan los hy haar skielik. "Hemel, Kate!" sê hy. Sy blou oë brand in hare.

Sy glimlag op na hom, sit haar arms om sy nek, trek hom af na haar toe. Hy kreun sag, maar vou haar toe. Sy lippe streel oor haar gesig, oor haar nek. Hy soen haar oë, hy skulp sy hande om haar gesig. Sy mond sluit oor hare – eers sag, soekend, maar dan harder, hongerig. Diep in haar groei 'n vreugde soos sy nog nooit ervaar het nie.

"Kate?" sê hy sag.

Sy maak haar oë stadig oop. Sy oë is baie blou. Met duisende vlekkies in.

"Wat het met ons gebeur, Kate?"

Sy steek haar hand uit en streel oor sy wang.

Die oeroue begeerte tussen man en vrou lê oopgevlek tussen hulle.

Nege

Toe hulle Maandagoggend deur die plaashek ry, sê Bernard: "Nou ja, laat ons kyk of ons die Pyperse vandag kan opspoor." Nie een het nog 'n woord oor gister gesê nie, maar die wete vou koesterend om hulle binne die klein ruimte van die motortjie.

Buite sig van die opstal hou Kate stil en klim uit. "En nou?" vra Bernard. Sy blou oë vonkel. "Gaan jy my weer verlei?"

"Ek het jou g'n verlei nie!" sê Kate verontwaardig. "Kom, klim in, jy gaan nou ry."

"Kate?"

"Wel, hoe anders dink jy gaan jy môre jou lisensie kry? Los net die koppelaar stadig en gee min petrol en rem betyds," sê sy. "En pas op vir die klippe, want ek weet niks van lekbande nie."

Hy skuif aan die bestuurderskant in en streel met sy groot hande oor die houtstuurwiel. "Ek het jou werklik lief, Kate," sê hy. "En jy sal nooit weet wat jy vir my beteken het nie."

Die warmte in haar blom oop. "Ek is lief vir jou ook, Bernard Neethling. Ek is baie lief vir jou."

"Dis die eerste keer dat jy dit sê," sê hy met verwondering. Dan trap hy die koppelaar in en sluit die motor aan. Binne die eerste halfmyl het hy reeds die voertuig totaal onder beheer.

"Het jy regtig nog nooit bestuur nie?" vra Kate. "Ek het omtrent 'n jaar geneem voor ek kon wegtrek sonder dat die motor wil vrek."

"Jy is 'n meisietjie," sê hy.

"Nou?"

"Dis hoekom. Gaan jy vir my die pad beduie?"

"Nee, jy is 'n man, jy kan alles doen," sê sy en vou haar lang bene gemaklik oor mekaar.

Hulle kry die Pyperse, die régte Pyperse. Piet Pypers is die pa: seningmaer, gelooi deur die son tot sy vel soos ou leer lyk. Hy dra 'n verslete kortbroek, 'n groot onderhemp wat eens wit was en die aardigste skoene wat Kate nog ooit gesien het. Om hom is 'n sterk twakwalm – hy stop sy kortsteelpyp met fyngefrommelde, vrot tabakblare.

Kassie Pypers is sy oudste seun: ongekam, ongewas, ongeskeer, met 'n vrypostige houding en 'n brutale uitdrukking in die klein, swart ogies. Hy kyk Kate se klere van haar lyf af.

Tys Pypers is stadig. Maar musikaal, hoor, verseker ou Piet hulle. Hy sit eenkant en tokkel wysieloos op 'n tuisgemaakte kitaar: 'n eengelling-paraffienblik met 'n ronde gat in sy pens en 'n drie duim breë kasplank daarop vasgeslaan. Die snare is binddraad en koperdraad en word deur houtpenne styf gehou. Toe sy pa hom nader roep, groet hy hulle met 'n slap, vuil hand en 'n skaapagtige laggie.

"Kom ons stap in, die vrou is binne," nooi ou Piet Pypers gul.

Die huisie is 'n krot met twee vertrekke. Die voordeur

hang lendelam aan een skarnier. Teen die muur langs die voordeur gloei 'n paar kole in 'n konka, Kate ruik pap wat net-net besig is om aan te brand. Bernard moet buk om by die lae deurtjie in te kom. Binne is die lug benoud, die grondvloer hol gate uitgetrap. Daar is twee stoele en een wakis. In die een hoek is 'n omgekeerde teekis met 'n primusstofie. En baie ongewaste skottelgoed. 'n Dun gewaste gordyn skei die voorkamer en die slaapkamer. 'n Kind kruip rond agter 'n maer kat aan.

"Kom vat die baby, Mirjam," gil die dun vrou skel na buite.

"Wat het die oom aan sy voete gehad?" vra Kate toe hulle ry.

"Rampatjaans. Dis sandale wat hulle uit 'n ou motorband sny." Hy draai na haar. "Kate?"

"Kyk in die pad!"

Hy kyk terug. "Ek wil jou regtig nie verder tussen hierdie mense hê nie."

Sy leun teen sy skouer aan. "Hoekom nie?"

"Omdat ek lief is vir jou, meisiekind. Omdat jy vir my kosbaar is."

"Bernard, ek is so gelukkig. Sê dit weer, toe?"

"Ek is ernstig, Kate."

"H'm. Ek het heeltemal genoeg inligting, ons hoef nie weer mense te besoek nie," stel sy hom gerus. Dan glimlag sy op na hom. "Ek het eintlik al genoeg inligting gehad voor ons Bosveld toe gekom het."

Hy sit sy arm om haar en druk haar teen hom vas. "Ek het dit van die begin af geweet, weet jy?" sê hy.

"Jy moet albei jou hande op die stuurwiel hou en al twee jou oë op die pad," maan sy.

"H'm," sê hy, maar hy los haar nie.

"So, julle kry toe die Pypers-gespuis?" vra oom Hendrik terwyl hulle skemeraand hul gemmerbier op die stoep sit en drink.

"Ja, dankie, Oom. Hulle was baie behulpsaam."

"Oorbehulpsaam," voeg Bernard by.

"Piet Pypers sê sy pa was 'n gesiene man, hy ook, voor die runderpes hul hele veestapel uitgewis het," vertel Kate.

"Sy pa was, ja. Skelmpiet was nagenoeg ses jaar oud ten tyde van die runderpes," merk oom Hendrik droog op.

"Hy sê en toe, met die Anglo-Boereoorlog en Verskroeide Aarde-beleid, toe is hul ganse plaas afgebrand."

"So was dit, ja. Met ons almal."

"En toe kom die Rebellie, en hulle verloor alles wat hulle met moeite opgebou het omdat hulle hul volkstrots gaan verdedig het."

"Skelmpiet Pypers lieg soos 'n tandetrekker," sê haar oupa driftig. "In 1914 had hy 'n lap van bo tot onder om sy been gebind, van puur bangheid vir op kommando gaan. Hanskakie!"

"Moet jou nie so ontstel nie, my man," paai tant Hannetjie. "Laat die verlede tog maar rus."

"Jy is reg, vrou," sug oom Hendrik. "Maar dat sy pa 'n gesiene man was, dié is waar, ja. 'n Soort siener ook, was hy."

"Oom Hendrik, in hierdie kontrei is die ergste armoede, die ergste toestande wat ons nog teëgekom het," sê Kate.

"Tag, ja. Die dilemma in die Bosveld is juis dat 'n man met skamele middele kan oorleef," antwoord hy. Hy suig eers aan sy pyp en praat dan voort: "Dit word nooit regtig koud nie, dit reent nie veel nie, as 'n mens 'n paar jaarts sinkplaat het, is dit skuiling genoeg. En as jy goed met 'n klip kan gooi, kry jy so nu en dan 'n haas of voël vir 'n vleiskos. Hulle leef van veldkos: plantwortels en wildevrugte soos moepels en klappers, stamvrug, mispels, maroelas. Die Bosveld is geil aan veldkos."

"Nie een van daardie kinders gaan skool nie, nie by die – wie was hulle nou weer? – Vivierse nie, ook nie die Nortiers of die Pypers-kinders nie," sê Kate.

"Nee," sug oom Hendrik. "In my tyd het ons ook nie veel skoolgegaan nie – boerematriek was die vernaamste. Maar tye het verander." Hy suig aan sy pyp. "Baie boere onderskat die waarde van 'n edukasie, hulle dink dis 'n skande om nywerheidskool toe te gaan. Die bywoners oorweë dit hoegenaamd nie. Hul seuns wil nie gasie as plaaswerkers verdien nie, maar hulle kan ook maar nie iets anders doen nie."

"Die siklus kan net verbreek word as die kinders opgevoed en opgelei word," sê Bernard.

"Dis mense soos julle twee, jong Afrikaners met gelerentheid, wat ons volk nodig het," sê oom Hendrik ernstig. "Ek is bly julle het kom besoek aflê – julle gee my moed vir die toekoms."

"Vandag gaan tant Hannetjie my leer beskuit bak," sê Kate aan ontbyttafel, "vir die naweek, as ons op die Dingaansfeesterrein gaan kampeer."

"So, nè?" sê Bernard.

"Tag, niggie, 'n beter leermeester sal jy waaragtig nie kry nie," sê haar oupa tevrede. "'n Vrou moet kan regstaan in die kombuis, dis nie altemit nie!"

"Ek is dit roerend met Oom eens," sê Bernard. "Dis waar hulle hoort: agter die kospotte."

Kate se mond gaan vanself oop om te protesteer, maar dan kyk sy vas in Bernard se tergende blou oë. Vir jou kry ek! waarsku haar oë. Lekker! terg sy oë terug.

"Vrou, het jy die notisie vir die dorp reg? Met die kosgoed vir die naweek?" vra oom Hendrik. "Ek en Bernard moet aanstons ry."

"Gaan julle met die Opel ry?" vra Kate.

Haar oupa kyk haar verbaas aan. "Nee. Ons ry net Sondae met die Opel."

Hulle is lank ná middagete eers terug. "Wys," sê Kate.

Bernard haal sy hand uit sy sak, maar steek dit eers agter sy rug weg.

"Wys, wys," sê Kate ongeduldig.

"Gee eers 'n soentjie?" sê hy.

"Bernard! Nie hier nie! Sê nou die oom en tannie sien?"

Hy lag en vou sy rybewys trots oop. "En weet jy wat? Ek het nooit eens bestuur of een padteken geïdentifiseer nie. Oom Lampies Liksens het net gevra: 'Slimhennerik, kan dié kêrel dryf?' en toe sê oom Hendrik: 'Hoe vra jy? Anders sou ek hom mos nie kom aanpresenteer het nie.' En toe skryf hy my lisensie uit en tjap hom amptelik en siedaar!"

"Wat het julle dan so lank op die dorp gemaak?"

"Ons was koöperasie toe, en na die Cohen Crown vir die kosgoed, en meule toe, en stasie toe. Ons het ons hare laat sny by Ben Kophare en koffie gedrink in die Boerekoffiehuis. En ons het oral lang diskussie gevoer."

"Waaroor praat die mense, Bernard?"

"Boerdery. Beeste, mielies, die droogte. Produentepryse ook. Daar gaan blykbaar by die feesnaweek 'n debat wees oor die vraag of die regering rade moet instel wat produentepryse beheer en stabiliseer."

"Dit sal seker 'n goeie ding wees?" vra sy.

"Oom Hendrik dink so. Ek ook. Maar die meerderheid boere is reg vir oorlog – geen goewermentsamptenaartjie sal vir hulle kom voorskryf wat om wanneer te plant en waar om te verkoop nie!" Hy lag. "Ek sien nogal uit na die debat."

"Ek ook," sê sy.

"Vergeet dit, Kate. Dis een vergadering wat jy nie kan bywoon nie, nie eens al vermom jy jou soos 'n man nie. Jy sal maar by die tante moet bly en sokkies brei."

"'n Mens kan sokkies brei by 'n vergadering ook," sê sy bitter. "Daar is soms baie diskriminasie teen ons vrouegeslag."

Hulle het ná Boekevat weer die Suiderkruis gaan soek. Maar vanaand is die sterre nie so helder nie, want die maan is aan die volloop en baai die hele Bosveld in sy sagte lig. By die spruit gooi die dun bome spookagtige skaduwees op die grond.

Hy lê met sy kop op haar skoot. Sy volg die lyne van sy gesig met haar vinger, stoot haar vingers deur sy dik, blonde hare. "Jy is onregverdig aantreklik, weet jy dit?"

"H'm."

"Jy mag nie aan die slaap raak nie, hoor?"

"H'm."

"Bernard?"

"H'm?"

"Vertel my van jouself. Asseblief?"

Hy maak sy oë stadig oop, bring haar vingers tot by sy lippe en soen hulle sag. "Daar is niks om te vertel nie. Ek is 'n myner en ek het verlief geraak op die mooiste meisie in die wêreld. Teen my beterwete."

"Vertel waar jy grootgeword het, en van jou pa. Hy klink vir my na 'n mens rondom wie legendes gebou word."

"Vertel my eerder van jouself, Kate. Dit sal 'n baie mooier storie wees as myne."

"Sal jy dan vir my van jouself ook vertel?"

"Miskien."

"Ek is gebore in 1910, ek is 'n Uniebaba," sê sy.

"H'm. Ek ook."

"Wys jou nou net. Ons is toe al vir mekaar bedoel."

"Daarvan is ek nie so seker nie, Kate."

"Ek het 'n pa en 'n ma gehad ..."

"H'm?"

"En 'n broer ..."

Stilte. "Jy moet sê of jy ook 'n broer gehad het," sê sy.

"H'm. Baie."

"Jy moet meer spesifiek wees."

"Vertel maar eers jou storie," sê hy en streel oor haar arm.

"Ek weet nie wat jy wil hoor nie, Bernard. Jy ken my pa en my broer, jy het al my ma ontmoet."

"Jou ma is pragtig," sê hy, "maar u, o prinses, is die mooiste in die ..."

"Ek is nie 'n prinses nie, Bernard."

"Ag nee, en jy sê my nou eers!" Hy lag sag en druk weer haar hand teen sy mond. "Vertel nog, mooiste meisie."

"Ons woon in 'n kliphuis in Parktown Ridge." Sy wil nie vertel van die huis nie: die dubbelverdieping en swembad en tennisbaan en groen tuin staan tussen hulle. "Ek het na 'n Engelse skool gegaan."

"'n Privaat Engelse meisieskool? In Johannesburg?"

"Ja, Bernard."

"En ná skool?"

"Toe is ek vir 'n jaar na 'n Switserse afrondingskool, die Madame Bonnard Internaat in Genève. Daar het ek onder meer leer harp speel, van alle onbruikbare goed! En Duits en Frans leer praat."

Hy glimlag. "En allerlei fensie maniertjies, seker. Het jy ook leer ski?"

"Ja, ek het in die Alpe geski en aan die einde van daardie jaar saam met my ouers deur Europa gereis. En 'n wit Kersfees beleef.

"En toe is ek Wits toe en ek het my B.A. gekry en nou is ek besig met my meestersgraad onder 'n dierbare, verstrooide professor wat verslaaf is aan sy pyp." Sy glimlag breed. "En toe raak ek verlief op my prins en fluit-fluit, my storie is uit, jou beurt."

Hy skud sy kop stadig. "Ons kom uit twee wêrelde."

"Bernard," pleit sy, "ek weet dit. Moenie dat dit tussen ons inkom nie?"

"Dis nie iets wat 'n mens kan wegneem nie, Kate. Jou agtergrond is vir altyd deel van jou, soos my storie deel van my is."

"Vertel my dan, alles, want ek wil elke deel van jou ook leer ken."

"Dis nie moontlik om mekaar ten volle te ken nie," sê hy.

"Moenie afdraaipaadjies probeer loop nie, vertel," maan sy streng.

"H'm. Goed. Ek is die jongste van twaalf kinders, maar ek ken hulle nie eintlik nie. Dis baie ingewikkeld, Kate."

"Vertel nogtans, ek sal wel verstaan," glimlag sy.

"H'm. My ma was 'n weduwee met vier kinders, my pa 'n wewenaar met sewe kinders, maar die meeste was al groot. My ma was sy derde vrou. Kate, dis ... deurmekaar."

"Dis nie so moeilik nie. Jou ouers is met mekaar getroud toe hulle gedink het hulle is verby sulke dinge, en toe kom jy?"

Hy begin lag. "Ai, Kate! So iets, ja. Ek dink hulle het toe op my ma se plaas gewoon, maar ek weet nie. My pa het altyd maar transport gery."

"Ja?"

"Toe is my ma dood toe ek drie of vier was. Al die ander kinders was teen daardie tyd al weg, net Bybie nie – sy was my ma se jongste kind. Sy was toe twaalf, of so."

"Ja?"

"En op 'n manier is sy toe ook later weg. Toe is dit net ek en my pa."

"En toe trek jy saam met hom rond en hy leer jou alles wat jy weet, sodat jy vandag in enige geselskap kan inpas en saampraat."

"Dis nie heeltemal waar nie, Kate."

"Dit is, en jy weet dit. My pa het 'n goeie uitdrukking: you are a man amongst men, Bernard Neethling."

Hy skud sy kop. "Jy het skille voor jou oë, meisiekind."

"Vertel nog?"

"Ek het van tyd tot tyd skoolgegaan, maar nie baie gereeld nie." Hy bly stil.

"Jou pa is oorlede toe jy nog nie twaalf jaar oud was nie, nè, Bernard?"

"H'm."

Sy streel oor sy gesig. "Wat het toe van jou geword?"

"Ta' Gertjie en oom Doors het my kom haal. Ek weet vandag nog nie presies waar hulle in die prentjie ingepas het nie, maar hulle was baie oud. Toe het ek vir 'n jaar of so by hulle gebly, en ek het op 'n manier standerd ses gemaak. Maar toe sterf ta' Gertjie, en oom Doors se oudste dogter kom haal hom, ek weet nie waarheen nie."

Sy druk sy groot kop teen haar vas, soen sy voorkop, sy oë. "Bernard?"

"Ek was nog nie veertien nie, maar ek was groot gebou. Toe lieg ek oor my ouderdom en ek kry werk op die spoorweë en twee jaar later op die myne. En dis waar ek vandag nog sit."

Sy skud haar kop. "Ek is so trots op jou. Ek is so oneindig trots op jou."

Sy oë is toe, maar hy skud sy kop. Sy kry 'n koue gevoel langs haar ruggraat af. "Is jy regtig lief vir my?" vra sy.

Hy maak sy blou oë oop en kyk reguit na haar. "Ek dink nie ek sal ooit weer vir iemand so lief kan word soos wat ek jou het nie, Kate."

"Ek hoop nie dit sal ooit nodig wees om vir iemand anders lief te word nie. Ek hoop ons kan net vir ewig en ewig lief bly vir mekaar."

"Ja, Kate," sê hy stil. Dan sit hy regop, trek haar teen hom vas en soen haar sag. "Ons moet seker maar ingaan. Ek dink die tante lê en luister wanneer jy inkom. Sy is baie erg oor jou, weet jy?"

"Ja, Bernard."

Miskien moet sy hom vertel dat dit haar grootouers is, dink sy toe sy in haar bed lê. Aan die ander kant, dit kan sake dalk net verder kompliseer. En nog meer intriges het hulle nie nodig nie.

Môre moet sy haar aantekeninge op datum probeer kry, dink sy lomerig, want Donderdag gaan hulle pak en Vrydag voordag in die pad val. En wanneer hulle terugkom ná die naweek, moet sy en Bernard terug Johannesburg toe, na die ander wêreld van toringgeboue en myntonnels.

Sy draai op haar sy en slaap.

Van voordag af Donderdag werskaf en skarrel hulle om alles gereed te kry vir die naweek: tente vir haar grootouers en vir haar – Bernard slaap sommer langs die vuur, sê hy – beddegoed, kookgereedskap, proviand vir die naweek, selfs die klein sinkbadjie. Sy help haar ouma in die kombuis: hulle pak gesoute skaapribbetjie en biltong en droëwors in, mieliemeel en broodmeel en koekmeel, bottels ingelegde vrugte en kerrieboontjies, pakke lang, wit beskuit en gemmerkoekies. "Dit lyk of ons vir 'n maand gaan," sê Kate.

"Ons wil darem nie tekort hê nie," sê haar ouma.

Kate stap later met 'n beker yskoue lemoenstroop waenhuis toe. Sy staan en kyk hoe Bernard die swaar tente en katels op die wa laai, dit behendig met rieme vaswoel. "Ek het nog nooit met 'n ossewa gery nie," sê sy opgewonde.

"Ek het op 'n ossewa grootgeword," sê Bernard.

"Vat ons álles saam?"

"H'm. Ook die kitchen zinc."

"Jy klink soos my pa," lag Kate. "Ek het ook nog nooit in 'n tent geslaap nie, Bernard. Maar gelukkig darem al in die veld, so ek is nie heeltemal onervare nie."

"H'm. Julle gaan buite kook ook."

"Nes die ou Voortrekkers. Ek is vreeslik opgewonde."

"H'm." Maar hy gesels nie verder nie.

Toe hy klaar gelaai het, sê sy: "Kom ons gaan koel in die dam af."

Hy kyk na haar. Iets in sy oë lyk vreemd, byna onbetrokke. "Nie vandag nie, Kate."

"Stap dan saam met my af spruit toe?" vra sy.

"Goed."

Langs die pad vra sy: "Bernard, praat met my. Iets pla jou. Het ek iets verkeerd gesê? Of gedoen?"

"Nee, Kate, jy is pragtig. En baie, baie begeerlik." Hy sug, kyk dan na haar met 'n effense glimlag. "Dis hoekom ek nie wil gaan swem nie. Jy sal nooit weet hoe lief het ek jou nie."

Sy voel hoe die vreugde oopbars en uitloop, haar hele lyf vol. "Ek weet. Ek is so lief vir jou ook, Bernard. Glo dit, asseblief?"

Hy skud sy kop. "Hoe kan dit wees, Kate? Jy is 'n ... prinses wat in 'n kasteel moet woon, jy's 'n vertroetelde orgidee wat in 'n glaskas grootgeword het. Ons ... hoort net nie by mekaar nie."

"Ek is nie, Bernard. Ek is 'n gewone stadsmeisie wat verlief geraak het op die wonderlikste, manlikste mens op aarde."

Hy glimlag. "Jy ís baie verlief. Maar dit gaan nie werk nie."

'n Koue hand vou oor die vreugde. "Dit hang van jou en my af of dit gaan werk."

"Dis nie so eenvoudig nie, my meisie."

"Dis so lekker as jy my jou meisie noem."

Hy trek haar teen hom vas. "My liefling. My liefsteling."

Hulle praat nie verder daaroor nie. Maar daardie nag kom lê die yshand haar hele lyf vol.

Voordag pak sy en haar ouma die padkosmandjie. "Gaan kyk gerus hoe span hulle in," sê tant Hannetjie. "Jy sê jy ken nie 'n wa en osse nie?"

"Glad nie, Ouma. Ook nie kampeer in tente nie. Ek kon gisteraand nie slaap nie, so opgewonde is ek."

Haar ouma glimlag. "Dis maar 'n ruwerige lewe, Katrien, maar ons kuier altyd baie lekker. Vanmiddag is die debat, vanaand die kampvuur met lekker sing en baie stories, hoor! Môre is Dingaansdag, ons gedenk dit soos 'n Sabbat. Daar sal 'n diens wees, maar ook voordragte en tablo's – jy en Bernard sal ook nog ingespan word vir 'n tablo. Mevrou Dominee en die magistraat se vrou, Hettie Pieters, reël dit. En die hoogtepunt is natuurlik die lees van die Gelofte. Dit stem my altoos so trots om te hoor van ons voorvaders se vertroue in die Almagtige."

My ma het ook in 'n ander wêreld grootgeword as my pa, in 'n totaal ander wêreld as dié een waarin sy tans lewe, dink Kate. En vir haar hét dit uitgewerk – baie goed uitgewerk. Buiten die breuk met haar pa. Maar dit, besluit Kate, gaan sy oorbrug, sy wat Kate is.

Sy stap uit. Die honde blaf opgewonde, die osse bulk, staan dan geduldig dat die jukke oor hul skowwe gesit kan word. Die touleiertjie moet spring onder Jafta se bevele. Eindelik staan die grote wa gereed voor die huis, die rooispan reg om te trek as die sweep klap.

Dis nie ver feesterrein toe nie, hulle is lank voor middagkos reeds daar. Die boeresport is in volle gang, maar Bernard help eers om hul kamp gereed te kry voordat hulle oorstap daarheen. Hulle is net betyds om die finale ronde van die jukskeikampioenskappe te sien.

"Dis jammer ons was nie vroeër hier nie," sê Bernard. "Ek dink die meeste mense het gister al gekom."

Ná middagkos staan al die mans feessaal se kant toe – die opwinding is voelbaar in die lug. "Vandag waai die hare," sê oom Hendrik.

Tant Hannetjie gaan stel Kate aan van die ander vroue voor. Mevrou Dominee is dadelik vuur en vlam: "Dié mooie dogter moet Debora Retief wees, wat haar vader se naam op die klip by Kerkenberg verewig," sê sy. "Het jy Voortrekkerklere, niggie?"

"Ek het vir haar 'n nekdoek en 'n kappie gebring," sê haar ouma. "Maar ons sal moet hoor of Leonora dalk 'n skirt het – sy is al een wat lank genoeg is."

Leonora het meer as dit: sy het 'n hele Voortrekkerrok. Dis bietjie wyd vir Kate, maar toe haar ouma die voorskootjie styf om haar middeltjie gebind het, lyk sy piekfyn. "Dis jammer ons kan nie vir jou vlegsels maak nie, ons druk maar die hare onder jou kappie in. So, nou's jy 'n regte Voortrekkernooi," sê mevrou Dominee. Toe moet sy eers oefen om te staan soos hulle beduie.

Teen die tyd dat hulle by die tente terugkom, wag

oom Hendrik en Bernard reeds, elk met 'n beker koffie in die hand. Bernard skink vir hulle ook koffie.

Oom Hendrik trap rond van ongedurigheid om te vertel. "Tag, vrou, daar was mos nou so 'n kêreltjie wat op daardie verhoog geklim het vanmiddag en die grootste klomp kluitjies verkoop het wat jy in jou dag des lewens nog aanskou het. Nee, wat praat ek, hy het suiwere twak gepraat. Hy staan daar, kakebeen soos 'n disselboom, en hy gooi die feite teen die dak vas en hy spoeg die syfers uit en hy moker sy standpunte in. En Gladbekgert was toetentaal net nie opgewasse teen hom nie."

"My man! Glad nie?"

"Geheel nie. Ewenwel, toe die debat oopgestel word vir die toehoorders, ontstaan daar 'n redetwis wat die goewerment se taaldebat soos 'n Sondagskoolpiekniek laat lyk. En die manne word warm onder die kraag, en die hele strydvraag raak skoon vergete, en horingou koeie word uitgegrou. Die manne gaan haal die griewe by oom Daantjie in die kalwerhok – nee, seg een, die boere suig mos altoos aan die agterspeen, en dis sus en dis so. En die ander span pak die bul by die horings en dis hierheen en dis daarheen en die manne begint moue oprol."

"Hendrik! Wat vertel jy my! So helder oordag?"

"So helder oordag. En ek sien: hierdie debat ontaard nou in 'n strawasie – in 'n toetentale debakel."

"Ag nee, my man!"

"So wie so staan hierdie Bernard toe mos nou op uit sy gestoelte. En hy staan daar, ses voet agt en 'n half in sy sokkies, twee veertig pond skoon aan die haak. En die manne swyg. En toe praat hierdie man mos nou. En die manne luister. Want sien, hy praat feite. En hy seg ons moet 'n unie stig vir die boere, sodat ons uit een mond met die goewerment kan praat. En die manne sien: die man wéét van. En die kêreltjie op die verhoog wil nog redekawel, maar die manne skaar hulle soos een man agter Bernard en ons maak korte mette met die voorbarige kêreltjie."

"Hendrik! Net so?"

"Net so! En toe dink ek by my sigselwers: boekgelerentheid is belangrik in nou se dae. Want jy kon sien: hierdie Bernard staan kop en skouers uit bo die jafels wat alles op hoorsê vat en pêredrolle vir soetkoek ..."

"Hendrik! Voor die kinders!"

"Oom Hendrik," keer Bernard, "ek het regtig nie boekgeleerdheid ..."

"Dis nie iets om jou oor te skaam nie, neef," sê oom Hendrik.

"Oom is reg. Maar ek is nog besig met my ..."

"Maar dis mos presies my punt, neef! Nee, julle jongmense is reg, julle twee is reg. Vrou, ek is puur poubors vanaand, trots, seg ek vir jou."

"Dan is ek baie bly, my man. Maar nou moet ons regmaak en aanstap kampvuur toe. Ek sien hoeka die mopanietakke wag al vir die vuurwerke later."

"Ek gaan môre Debora Retief wees," vertel Kate toe sy en Bernard aanstap vuur toe. Hy dra twee stoele vir haar grootouers, sy dra 'n kombers waarop hulle gaan sit. "Ek moet met my arm so staan, asof ek my pa se naam op 'n hoë rots skryf. En jy moet Marthinus Oosthuizen wees, maar ek weet nie wat jy moet doen nie."

"Dink jy ek kan met my perd op die verhoog jaag?" vra Bernard, maar sy sien hoe vonkel sy oë.

"Nee, man, dis tablo's, nie konsert nie!"

"H'm. Dan sal ek maar net daar staan met die sakkie kruit in my hand."

"Hoe weet jy?"

"Ek het op Dingaansfeeste grootgeword, Kate."

Toe die hardekoolstompe al laag brand en die meeste mense al gaan slaap het, sê Bernard: "Kom ons stap 'n entjie in die pad af, ek het jou nou lank genoeg met die ganse Bosveld se inwoners gedeel."

"Dis ek wat jóú moes deel," maak sy kapsie. "Hier is nie een oom wat nie kom geselsies maak het nie, en nie een tante wat nie haar dogter of niggie of agterkleinkind kom voorstel het nie!"

Hy lag en trek haar arm deur syne. "Dis volmaan vanaand," sê hy.

"Dis 'n perfekte aand, Bernard."

Op 'n lappie gras 'n hele ent buite die kamp gaan hulle sit. Hulle sit lank en kyk na die Bosveld wat rustig en vredig om hulle lê. Die veld slaap. Die maan is 'n vierpondkaas, die sagte lig spoel oor die paadjie en die gras en struike en oor die geel blommetjies van die soetdoringbome. Haar hart klop onbedaarlik, die mooi van die lewe maak byna te seer.

"Dis mooi, nè, Bernard?"

"H'm." Hy staan op. "Kom dans met my?" Hy hou sy twee hande uit na haar. Hy trek haar op, styf teen sy lyf vas.

"Gaan jy die orkes wees?" vra sy met 'n sagte glimlag.

"H'm." Hy vou haar toe in sy lang lyf, hy begin saggies neurie, begin ritmies beweeg. Hy hou haar styf in die ronding van sy arms, hulle beweeg oor die ongelyk lappie gras.

Dan vou hy sy groot hande om haar gesig, draai dit dat sy opkyk na hom. "Ek is so lief vir jou, Kate," sê hy. Sy blou oë is ernstig, intens, sy woorde trek deur haar liggaam in haar hart in.

Sy voel sy lippe op haar mond, sag. Sy voel die begeerte diep in haar. Haar vingers kruip agter sy nek om.

Sy voel sy hande op haar rug, hy trek haar stewig teen sy harde lyf vas. Haar pols jaag, sy lippe soek oor haar nek, dit skroei haar vel. Haar asem snak in haar keel, sy skrik vir die intensiteit van haar eie begeerte. "Bernard?" fluister sy.

Sy asem jaag ook. Hy maak sy oë oop – sy blou oë is weerloos sag.

Hy vou haar toe in die waai van sy arm en trek haar sag op die kweekgras neer. Sy een arm is onder haar, sy ander hand vee die hare wat losgekom het uit haar gesig. Hy buk oor haar, sy hande klem om haar gesig. Dan sluit sy mond oor hare – hierdie keer dringender, eisender. Sy hande gly oor haar liggaam, sy voel elke beweging deur die dun lap van haar rokkie, voel die warmte in haar lyf opstoot. Sy stoot haar hande onder sy hemp in, sy streel oor die klipharde spiere van sy rug.

"Hemel, Kate," kreun hy. Die verlange maak sy stem dik.

Hy rol om en gaan lê plat op die kweek langs haar. Hy vou haar toe met sy arms, sy hande streel oor haar rug, oor haar nek, oor haar lang, los hare. Sy lê met haar kop teen sy bors, in die nes van sy arms. Sy hoor sy wilde hartklop, voel dit deur die dun lap van sy hemp.

Dan sit hy regop. "Vanaand moet jý koelkop bly, meisie," sê hy, "want ek kan nie." Sy mond is droog, sy asemhaling vlak. Hy streel oor haar kaal arms. "Kate, jou sprankel het 'n vuur in my aangesteek wat vanaand buite beheer vlam."

Sy kom ook regop, gaan sit in die kromming van sy arms, nestel teen hom met haar kop op sy bors. Hy vou haar toe, soen haar hare, haar voorkop, sy voel hoe sy hart wild teen haar wang klop.

"Kate." Hy sug, hy klink ernstig. Dan draai hy haar

gesig op na hom, soen haar sag op haar vol lippe. "Dis oomblikke soos dié wat my lewe weer die moeite werd maak. Dankie, Kate."

Toe sy later deur die oop tentklap lê en kyk na die maan wat al 'n ver paadjie deur die sterrehemel geloop het, is haar hart vol. Byna te vol om te dra. Van vreugde – én van vrees.

Die feesprogram verloop vlot: die diens, die voordragte en tablo's, die plegtige heraflegging van die Gelofte. Hulle eet koue skaapboud en groenmielies vir middagkos, toe gaan hulle 'n rukkie skuinslê.

Teen laatmiddag sê oom Hendrik: "Vrou, ek en Bernard stap 'n wyle oor. Ou Skeelabram het sy draadloos opgestel, hulle sê daar kom 'n vername aankondiging oor die sesuurnuus."

"Ek wens ek kon saamstap," sê Kate toe die mans 'n entjie weg is.

"Dit sal nie deug nie," sê haar ouma, "dis maar 'n mansding. Kom, knie jy vir ons die askoeke in."

Toe hulle ná byna 'n uur terug is, knetter die vuurtjie reeds gesellig. "Katrien het solank die vuur brand gemaak, julle kan maar die ribbetjie op die kole gooi," sê tant Hannetjie.

"Wat was die aankondiging?" vra Kate.

"Vra jy!" sê haar oupa driftig. "Die maaifoerie van 'n Tielman Roos presenteer mos vandag die feesboodskap by Haakboslaagte. Kondig toe mos sy hertoetrede tot die politiek aan! Éis, seg ek jou, éis dat die Nasionale Party in 'n koalisie met daardie swerkaterse hanskakie van 'n Jannie Smuts se Sappe gaan! Vrou, as Hertzog dít doen, hoor nou wat Hendrik Steyn seg, as Hertzog dít doen, bedank ek summier uit die Nasionale Party. Ná agttien jaar van lojale onderskraging skeur ek my ledekaart op. Want Malan sal nie met die Kakies saamwerk nie. Dit weet ek."

Tant Hannetjie streel oor haar man se arm. "Drink maar eers 'n beker koffie, ou man," sê sy rustig.

"Hy het ook geëis dat die regering van die goudstandaard afklim," sê Bernard onderlangs vir Kate. "Ek dink hier kom 'n ding." Sy gesig helder op. "Het tant Hannetjie askoek ingeknie?"

"Nie sy nie, ék!" sê Kate trots. Dan trek sy haar mond op 'n tuit. "Wat is askoeke?"

Hulle val Sondagoggend net ná die diens in die pad. Tuis help Kate eers om die kampgoed weer weg te pak, dan gaan sy na haar kamer om haar eie goed te begin inpak. Haar ouma bring vir elkeen 'n beker koffie en kom sit dan op die stoeltjie voor die spieëlkas. "Ai, Katrien, ek kan nie glo jou kuiertjie is verby nie," sê sy weemoedig.

"Ek kom weer kuier, Ouma. Ek belowe."

"Dis goed, my kind."

"Oupa haat steeds die Engelse, nè, Ouma?"

Haar ouma se mooi, blou oë word baie troebel. "Hy het sy twee seuns verloor, Katrientjie. Hulle was sy rykdom, sy toekoms."

"Deur sy haat het hy ook sy dogter verloor, en sy enigste kleinseun."

Haar ouma knik stadig. "Ek bid nou al byna dertig jaar dat daar vergifnis in sy hart sal kom. Ek weet dit sal gebeur. Maar ons tyd is nie altyd die Here se tyd nie."

Kate vat haar ouma se hande. "Ek sal terugkom, Ouma," belowe sy. "Ek weet nie wanneer nie, maar ek sal terugkom en sake met Oupa kom regmaak. My ma kry ook swaar onder hierdie ding, en Ouma, en my pa, want hy wil ons altyd gelukkig sien."

"Dis goed, my kind. Ek wag vir jou. Maar jy sal baie

versigtig moet wees, want hierdie ding het al baie hartseer gebring."

Dis nog donker buite toe sy en Bernard die terugreis aanpak. Bernard bestuur, sy sit met die kosmandjie op haar skoot. Dit bly vol, nie eens Bernard is vandag honger nie.

Saterdagaand was volmaan. Die maan wat nou laag in die weste hang, is reeds besig om leeg te loop.

"Die maan sal weer vol word," sê sy.

"Ja, Kate."

"Moenie net 'ja, Kate' nie, glo dit."

"H'm. Tant Hannetjie het swaar afskeid geneem."

"Oom Hendrik eintlik ook," sê sy. "Hulle is seker maar eensaam daar."

Hulle ry lang ente in stilte. "Bernard, praat met my?" sê sy later. "Sê vir my wat gaan ons volgende naweek doen?"

"Kom ons hou maar eers stil en eet. Onder daardie boom, wat dink jy?" Die gekookte eier en koue wors en toebroodjie stol in haar keel.

Die son bak oor die Springbokvlakte. "Die wêreld het reën dringend nodig," sê hy.

Dan kan dit nie meer langer binne bly nie. "Bernard, sal jy Kersfees saam met my en my gesin kom deurbring?"

"Nee, Kate." Hy het nie eens daaroor nagedink nie.

"Jy't nie eens daaroor nagedink nie," sê sy bitter.

"Ek het. Baie."

"Wil jy hê ons moet Kersfees alleen iets doen?"

"In die regte lewe is daar nie 'n 'ons' nie, Kate. Die reënboogkleurige borrel waarin ons die laaste paar weke geleef het, kon nie vir ewig hou nie – ons het dit tog geweet," sê hy.

"Die liefde tussen ons is nie 'n lugborrel nie," sê sy.

"Nee," stem hy saam, "dis 'n werklikheid. Maar ek het al gesien hoe selfs die sterkste liefde sekere omstandighede nie kan oorleef nie."

Dis drukkend warm in die motortjie, selfs die wind wat by die oop vensters inwaai, brand haar vel. Maar die koue van binne slaan hoendervel op haar arms uit. Sy skuif tot teen hom. Hy slaan sy een arm om haar en hou haar styf teen sy warm lyf vas. Die koue bly.

Net buite Johannesburg hou hy stil. "Bestuur jy van hier af," sê hy. Sy verstaan: dis stadsbestuur wat voorlê. Nou is die beskutting van sy warm lyf ook weg.

"Dis vir my ook swaar, Kate," sê hy.

"Moet dan nie?"

"Ek wil hê jy moet verstaan: selfs al word ek mynbestuurder, sal ek in 'n leeftyd nie kan verdien wat jou pa of jou broer of Duncan in 'n maand verdien nie. Jy is gewoond aan die beste, Kate."

"En jy is die beste ding wat ooit met my gebeur het," troef sy. "Jy het my volledig mens gemaak."

"Ek het maar net vir jou 'n deel van die lewe gewys wat jy nog nie geken het nie. Soos jy vir my ook."

"Jy weet dis nie waar nie, Bernard. Ja, dis ook waar, maar daar is soveel meer, en jy weet dit."

Sy vleg tussen motors en trems deur. Die vyfuurverkeer druk hulle vas. "Jy moet my maar by die tremhalte voor jou pa se kantoorgebou aflaai," sê hy.

"Kan ek jou nie by jou woonplek gaan aflaai nie?" gryp sy na 'n strooihalmpie.

"Nee, Kate."

Sy draai in Commissionerstraat in. Die stadsverkeer vervaag rondom haar – sy beweeg in 'n pikswart vakuum. Sy hou voor Rand Consolidated se toringgebou stil.

Dan draai sy skuins en kyk reguit na hom. "Ek is lief vir jou, Bernard Neethling, lief vir jou soos ek nooit weer kan liefkry nie."

"Moenie, Kate."

"En jy is lief vir my."

"Los dit, Kate."

"Ek weet jy is. Sê dit!"

Sy kop sak in sy hande. "Jy weet dit, Kate. Maar jy weet ook dit kan nie werk nie."

"Jy is die een wat my geleer het dat 'n mens nie noodwendig geld nodig het om gelukkig te wees nie, dat geld 'n noodsaaklikheid is om te kan oorleef."

"Teoreties, ja."

Sy voel hoe die desperaatheid oorneem. "As jy regtig lief is vir my, sal jy nie toelaat dat iets soos geld tussen ons kom nie!"

"Dis nie heeltemal so eenvoudig nie," sê hy. "Kate, jy het nie 'n idee wat dit is om arm te wees nie. Jy het nie 'n idee waar ek woon, in watter omstandighede ek werk nie, watter ure ek werk nie. Hoe laat ek opstaan om betyds te wees, of hoe fyn ek moet bereken om aan die einde van die maand nog kos te hê om te eet nie. Jy weet nie hoe arm mense doodgaan omdat hulle nie 'n dokter kan bekostig nie, nie medisyne kan koop nie. Hoe hulle in die winter siek word van die koue, hoe dit is om nooit in 'n warm bad te kan lê nie. Daar is nooit stilte in ons buurt nie, nooit privaatheid nie. Ons kleinhuisies is buite, Kate, ons wasplek in ons kombuise, die strate is ons kinders se speelplek." Hy skud sy kop. "Ek wil jou nie eens vir een enkele nag daar hê nie."

Sy wil nie, maar sy begin verstaan. "Bernard, daar is mos ander opsies ook?"

"Ek kan nooit geld van jou pa aanvaar nie, nie eens

'n bevoorregte pos in sy organisasie of 'n woonplek as geskenk vir sy enigste dogter nie."

Sy knik. "Dit het ek nie eens oorweeg nie, Bernard, want ek ken jou, en ek respekteer jou. Maar saam kan ons meer as dubbel verdien wat jy nou verdien. Ek wil buitendien gaan les gee by die universiteit – dit was lank reeds 'n heimlike droom. Hulle betaal goed."

"En as jy met 'n familie begin? Antwoord my eerlik, Kate, ken jy een enkele vrou in jou klas wat werk nadat sy getroud is? Ons praat van die volgende tien of twintig jaar, nie van 'n jaar of twee nie."

As sy net nie so goed verstaan het wat hy sê nie! "Ek sal enigiets opoffer om by jou te wees," sê sy gesmoord.

"Kate."

'n Trem kom om die hoek gerammel.

Sy wíl nie verstaan nie. "As jy regtig lief is vir my, sal niks in jou pad staan nie," sê sy bitter.

"Ek sal nooit weer vir iemand so lief kan word soos wat ek jou het nie, Kate."

"Maar dis mos genoeg, Bernard!" Sy voel hoe haar keel dikker en dikker word, hoe die huil begin opstoot.

"Moet net nie huil nie, asseblief, Kate?"

"Ek kan dit nie help nie, dit loop vanself oor." Sy haal diep asem, kry haar stem terug. "Assebliéf, Bernard, moenie gaan nie."

Die trem hou by die halte stil.

"Hemel, Kate! Jy maak dit vir my byna onmoontlik." Hy maak die deur oop en klim uit. "Ek is jammer." Dit lyk of hy nog iets wil sê, maar dan maak hy die motordeur sag toe.

Hy stap oor die straat en klim in die trem. Hy ry weg sonder om eens te waai.

Tien

Sy sit lank en kyk na waar die trem straataf in die rigting van Fordsburg verdwyn het. Dan skakel sy haar motor aan en draai om na die bekende pad, terug Parktown Ridge toe. Haar kop dink nie, haar hande vleg deur die verkeer. Haar oë sien net die pad voor haar, haar hart verrig net die noodsaaklike biologiese funksie om haar aan die lewe te hou.

Sy kry dit reg om normaal op te tree. Sy groet Nellie en haar ma. Sy gesels aan tafel met haar pa, vra uit oor die moontlike konsekwensies as die regering wel besluit om van die goudstandaard af te stap. Sy vertel van haar ondersoek, van veral die politieke klimaat op die platteland. Ná ete gaan sy reguit kamer toe, sy is baie moeg, sy gaan maar vroeg inkruip.

Maar binne minute stoot haar ma haar kamerdeur oop. "Ek het vir jou tee gebring," sê sy.

"Dankie, Mamma."

Susan gaan sit op die kant van die bed. "Vertel vir my, Kate?" vra sy.

"Ek wens ek kon vir Mamma vertel, maar ek kan regtig nie. Ek is heeltemal seer."

"Dit het nie met Oupa te doen nie, nè? Dis Bernard?"

"Ja, Mamma. Oupa is 'n slim, interessante mens met verstommende insig. En 'n unieke taalgebruik. Ek is bly ek kon hom leer ken, maar ek kon nog nie vir hom die waarheid vertel nie."

"En Bernard?"

"Niks. Moenie nog vra nie, asseblief?"

"Ek sal nie. Vertel vir my, hoe gaan dit met Ouma?"

Elke dag is gegewens en analises wat op papier getik word, elke nag 'n donker gat.

Teen die einde van die week gaan sy na professor Williams se huis toe – die universiteit het weke gelede al gesluit.

"Ja?" sê professor Williams. "So jou veldwerk is geheel afgehandel?"

"Heeltemal, Professor. Ek wil teen einde Januarie my finale skripsie indien."

"Ja? Hoekom so haastig?" vra hy en haal sy pyp uit.

"Professor, gaan doktor Solomon nog Yale toe vir 'n jaar?"

"Ja." Hy skil 'n ronde papiertjie van die res af.

"Wie gaan in sy plek vir die voorgraadse studente klas gee?"

Hy meet die tabak af. "Ja. Dis 'n uitruil, die Yale-lektor moet kom. Maar lyk vir my hy wil eerder Ikeys toe."

"As hy nie kom nie, sou ek graag vir die pos wou aansoek doen."

Amper beland die tabak op die vloer. "Ja? Jy?"

"Ja, Professor. As dit moontlik is."

Die balletjie is veilig in die bek van die pyp. "Ja? En wat sê jou pa daarvan?"

"Ek het dit nog nie met hom bespreek nie. Maar ek is seker hy sal my ondersteun."

"Ja. Hy doen dit altyd." Die vuurhoutjie knars, hy leun agteroor. "Dan sal ek jou ook ondersteun."

Saterdagmiddag sê sy: "Ek gaan vanaand saam met Duncan eet."

Haar ma kyk verras op. "Ek is bly, Kate."

"Ek gaan vanaand die verhouding finaal verbreek." Haar stem klink plat in haar eie ore.

"Kate? Is jy seker? Het jy baie goed gedink?"

"Ja, ek is seker. Ek dink ek het net nog nie die moed gehad om dit te doen nie, want ons kom al so 'n lang pad saam. En ek is tog lief vir hom. Maar ek weet nou: dit sal oneerlik wees teenoor Duncan as ek nie vir hom 'n finale antwoord gee nie. Ek kan nie met hom trou nie, Mamma. Ek weet dit."

"Selfs al werk dit nie met Bernard uit nie?"

"Dít gaan buitendien ook nie uitwerk nie, Mamma, dit verstaan my kop nou."

"Maar nie jou hart nie?"

"My hart sal wel leer," sê Kate. Maar glo haarself nie.

Kersfees bekruip haar soos 'n dief in die nag. "Ek het nie iets vir Diana nie, ook nie vir Nellie nie," sê sy Sondag desperaat.

"Ek het baie ekstra geskenkies," stel haar ma haar gerus. "Kom kamer toe, dan kyk ons." In die kamer sê sy: "Duncan het gebel, hy kom nie meer Kersdag hier eet nie."

"Ek is jammer, Mamma. Ek krap almal se lewe om, nè? Wat sê Daddy?"

"Hy wil net hê jy moet weer gelukkig wees, Kate, ons almal is bekommerd oor jou."

Kersdag weet sy: sy sal sekerlik weer gelukkig wees, eendag, net nie nou nie.

Sy haal net betyds haar slaapkamer.

Teen die middel van Januarie dien sy reeds haar finale skripsie in. Sy het dag en nag gewerk – dit was beter as om te moet dink.

Nou is die nag nie meer net 'n leë, swart gat nie. Onderin lê 'n verlange wat haar vasgryp, 'n eensaamheid wat haar aan die bodem geketting hou. Sy gaan staan later by haar kamervenster en kyk uit oor Johannesburg. Die stad slaap ook nie – ver weg beweeg ligte, beweeg mense. Arm mense werk nagskofte in fabrieke wat rook blaas, of in donker, nou myntonnels.

Sy sug. Die dink kom vanself, sonder keer. Dit breek deur haar en slaan haar plat.

Miskien is dit soos rou, dink sy. Miskien, as ek my oorgee aan die dink, die onthou, word dit later beter.

Bernard, wat in die ooptes grootgeword het, wat buite slaap en die veld en die sterre ken, werk soos 'n mol in 'n diep tonnel.

Sy moes seker besef het dit kan nooit werk nie – sy, van alle mense, wéét hoe wyd hul wêrelde van mekaar lê.

Sy klim terug in haar bed.

As hy net gouer gepraat het. Maar hy het gewag tot hulle in Johannesburg was. Sy het nog nie kans gehad om met hom te redeneer nie, om ... om te wat? Haarself te oortuig dat dit nie kan werk nie?

Hy hét vroeër gepraat. Sy weet. Maar sy het dit telkens weggeredeneer.

Sy staan later op en drink 'n hoofpynpoeier. Dalk help dit om haar te laat slaap.

"Kate?" roep haar ma van die studeerkamer af. "Hier is 'n telefoonoproep vir jou."

Haar hart bons, haar asem haak uit.

"Dis professor Williams," sê haar ma toe sy in die studeerkamerdeur kom. "Dis seker oor jou skripsie."

Die teleurstelling spoel bitter deur haar, maak lêplek in haar maag.

"Ja, goeiemôre," sê hy. "Het jy al die moontlikheid van 'n pos by die universiteit met jou pa bespreek?"

Sy het nie. Of as sy het, kan sy dit nie meer onthou nie. "Hoekom, Professor?"

"Ja. Jy kan môre inkom vir 'n onderhoud as jy die pos wil hê."

Vir die eerste keer in weke skiet die kettings effens, is daar êrens in die toekoms 'n flikkerliggie. "Professor? Regtig?"

"Is jou skripsie aanvaar?" vra haar ma angstig toe sy die gehoorstuk weer aan sy mikkie hang.

"Nee. Wel seker, ja, maar dis nie waaroor professor Williams gebel het nie."

"En?"

"Hy het my 'n pos aangebied as lektrise. Vir die hele jaar. Dis nou as Daddy sy toestemming gee," glimlag Kate.

"En dis wat jy wil doen?" vra Susan Woodroffe bietjie verbaas.

"Ja, Mamma, dis wat ek wil doen."

Aan die begin vind sy die werk vreemd: die massa onbetrokke gesigte wat haar uitdrukkingloos aanstaar en in 'n skryfmodus ingaan sodra sy haar mond oopmaak. Sy self vind die leerstof baie interessant – die leë oë voor haar sukkel om wakker te bly.

"Ek het my roeping gemis," sê sy teetyd vir professor

Williams. "Ek moes in 'n kindergarten gaan slaaptydstories vertel het."

"Ja," sê die professor, "jy moet maar interessanter klas gee."

Die dae is vol studente en vergaderings en naslaanwerk, saans is die ure byna te min vir haar voorbereiding en leeswerk. Maar die nagte bly leeg.

Want in die nag kom die donker, kom die onthou – ongenooi. En saam met die onthou kom die verlange, fel en seer. En dit word nie makliker nie. Eerder feller, seerder.

Sy onthou die gevoel van sy klipharde rugspiere onder haar hande, die lyne van sy gesig onder haar vingerpunte. Sy sien, met haar toe oë in die donker kamer, die veerkrag in sy treë, die kuite wat bult as hy stap, die kakiehemp wat span oor sy breë skouers.

Sy proe sy lippe op hare: soms sag, soekend. Gewoonlik hard, hongerig. Sodat die vuur diep in haar seer opvlam.

Sy skakel haar bedliggie aan en lees verder in haar boek. Arm mense het nie bedliggies om aan te skakel nie, hulle werk spaarsaam met 'n kers.

Een warm middag aan die einde van Februarie ry sy na haar pa se kantoorgebou toe. Op die tiende verdieping stap sy uit die hysbak. "Thank you, Mister Pears. Good afternoon, Miss Hoover, good afternoon, Miss Gray," sê sy en stap deur. Daar is altyd dinge wat dieselfde bly, selfs al stort jou wêreld stuk-stuk inmekaar, dink sy.

Haar pa staan verras op toe sy die deur van sy kantoor oopstoot: haar mooi, galante pa. Sy veg teen die weekheid wat haar skielik oorval.

Hy trek vir haar 'n stoel uit. "Kate, dis 'n lekker verrassing! Sal ek vir ons tee bestel?"

Sy glimlag. "Ek is seker Miss Gray gaan dit binne baie kort hier aanbring – sy's op outomaties."

"Jy is reg," knik hy. "Hoe was jou dag by die universiteit? Het hulle jou al 'n professoraat aangebied?"

"Nee, maar vandag het net een student aan die slaap geraak."

"Dis beslis 'n rekord," stem hy saam.

Miss Gray bring die tee, Kate skink. Die telefoon lui, John Woodroffe luister meer as wat hy praat. Toe hy die gehoorstuk ophang, sê Kate: "Daddy, ek moet iets met Bernard bespreek. Kan Dad my laat weet as hy weer inkom kantoor toe?" Dit kom neutraal uit, saaklik, onbetrokke.

Sy sien haar pa se oë: hulle word donkerder, hulle kyk by die venster uit. "Neethling werk nie meer by ons nie, Kate. Hy het bedank, hy is einde Januarie al weg."

"Weg? Hoe ... weg?" Die woorde wil nie by haar ore ingaan na haar verstand toe nie.

"Ek weet nie waarheen nie, Kate. Ek dink Peter het gesê Kaap toe, dalk dokke toe. Of miskien het hy werk op 'n skip gekry."

En skielik móét sy hom opspoor.

"Kate, miskien moet jy nie probeer nie," sê haar ma. "Hy weet goed waar om jou te kry."

"Hy sal nooit hierheen kom nie. Of vir Daddy kontak nie, ek weet."

"Jy weet ook dat dit finaal is?"

"Ja, Mamma, ek weet. Ek wil net nog een maal met hom praat, 'n soort afsluiting kry."

Haar ma dink lank. "Miskien weet Nanna."

Die diep gat vul met water, sodat sy kant toe kan swem. "Mamma is reg! Nanna sal weet. Hoekom het ek nie self daaraan gedink nie?" sê sy bly.

"Moet net nie alleen daarheen gaan nie, Kate. Laat Jackson jou neem." Ná 'n oomblik voeg haar ma by: "En moenie te veel verwag nie."

Sy gaan eers na die kruidenier onder in Parktown. Sy gebruik byna die helfte van haar eerste salaristjek. Sy koop mieliemeel en koffie, tee, suiker, koekmeel, 'n klompie blikkieskos. "Wat gebruik arm mense nog?" vra sy.

"Paraffien," sê hy en haal weer die kort potloodjie agter sy oor uit. "Olie, broodmeel, jam, sout, kerse."

"Sit 'n kardoes drop ook by," sê sy.

Daarna gaan sy na die slaghuis. Sy was nog nooit in 'n slaghuis nie – haar ma bestel daagliks vleis met die boekie en dan kom lewer die bode met die mandjiefiets dit af. "Ek soek baie vleis," sê sy. "E … ek bedoel vleis wat baie word as 'n mens dit kook. En 'n skaapboud." Toe is haar geld byna gedaan.

Op pad terug huis toe stop sy by die Portugees se groentewinkel. Dit ruik na vars wortels en uie en knoffel. "Ek soek wortels en uie en knoffel," sê sy. Sy probeer dink. "En kool. En seker aartappels."

By die huis pak hulle dit oor in die Packard – Jackson ry nie met Sophia nie. Eintlik ry Jackson nie in daardie gebied in nie, maar sy steur haar nie aan hom nie.

In die smal straatjie voor Nanna se huis hou hulle stil. Haar hart klop in haar keel. Sy haal diep asem. "Bring die kos in, asseblief, Jackson?" vra sy.

Nanna is bly om haar te sien, maar daar is tog 'n vreemdheid tussen hulle. Nanna prys die Here vir die kos: Kate sal nog baie geseënd wees. Lady gaan binnekort weer kleintjies kry, sy weet nie hóé gaan sy weer 'n span hondjies grootkry nie. Maar die Here sal voorsien, dit weet sy.

"Weet Nanna waar Bernard is?" vra sy toe haar koffiekoppie leeg is. Sy het vergeet om kondensmelk te koop, dink sy vlugtig.

"Bernard nee kind hy is mos hier weg sonder adres die wêreld in," sê Nanna. "Maar hy betaal elke maand iets in my rekening by die bank in prys die Here."

"Kan 'n mens nie vasstel van waar hy dit inbetaal nie?" pleit Kate byna.

"Nee kind hy het gesê ons moet hom nie probeer opspoor nie ek is ook ..." Sy gryp vinnig 'n asemteug voor sy voortgaan: "... bekommerd maar die Here sal vir hom sorg."

Susan wag in die portaal. "Reggekom?"

Kate skud haar kop en stap op kamer toe.

Daardie nag word die swart gat 'n reënboogkleurige borrel waarin sy sweef. Sy sien Bernard se rug duidelik voor haar, sy weet dis hy, sy sal hom enige plek herken. Maar toe sy haar hand uitsteek om aan hom te raak, bars die borrel. Sy skrik wakker.

Sy stap met die trap af kombuis toe en maak vir haar warm melk om te drink. Arm mense drink swart koffie omdat hulle nie melk het nie.

Sy raak nie weer aan die slaap nie.

Sondagmiddag hoor sy haar pa se gunstelingmusiek uit die studeerkamer opklink: Galli-Curci se *Il dolce suono,* Caruso se *La donna è mobile*. Sy stap met die trap af en stoot die deur saggies oop. John Woodroffe sit diep in die sagte leerstoel, sy bene lank uitgestrek, sy oë toe, 'n effense glimlag om sy mond. Op die tafeltjie langs hom maak die whiskeyglas druppeltjies aan die buitekant, die reuk van 'n Kubaanse sigaar hang soet in die lug. Sy maak die deur saggies agter haar toe en gaan sit op die ander leerstoel.

Die musiek vou oop, meng met die nostalgie van 'n soel Sondagmiddag, vou om haar soos 'n sagte tjalie.

"Beautiful?" sê John toe die laaste note wegsterf.

"Dis hemels," sê Kate.

"Ek het 'n plaat van Swede af bestel, van 'n nuweling, Jussi Björling. Ek hou van sy musiek. Wil jy daarna luister?"

"O ja! Asseblief, Dad!"

Haar pa staan op en haal die plaat versigtig uit die omhulsel. Hy hurk tot op dieselfde hoogte as die grammofoon en laat die naald stadig sak. Dan kom sit hy weer en glimlag sag vir Kate. Uit die verre Swede vul die nuweling se ryk stem die hele ruimte – dit word 'n ander wêreld van koninklike operasale: Covent Garden en die New Yorkse Metropolitan en die Milaanse Konservatorium pas gemaklik tussen die houtmure en die loodglasdeurtjies van die studeerkamer.

Sy luister met oorgawe, gee haar oor aan die klanke. Maar dan, ongevraag, hoor sy sy stem: "Daar is nooit stilte in ons buurt nie, Kate, nooit privaatheid nie ..." Haar kop sak vanself in haar hande. Sy sit met haar toe oë nadat die musiek opgehou het.

"Kate, do you want me to find him? Ek kan 'n privaat speurder ..."

Kate skud haar kop. "Nee, Daddy, dankie. Ek weet ek moet van hom vergeet. Ek is besig om vir myself 'n nuwe lewe te skep, binne my wêreld."

Sy het nie gedink haar pa weet alles nie.

Die dae word tog makliker, besluit Kate toe sy op 'n Dinsdagmiddag in Maart huis toe ry. Die son skyn, die motors toet, die trems klou verbete aan hul kragdrade en ratel voort op hul spoortjies.

Maar toe sy voor hul mooi kliphuis stilhou – die

Doringrosiehuis met sy groen klimop en balkonne en loodglasvensters – stoot die onthou seer boontoe: jy is 'n prinses in 'n kasteel, 'n vertroetelde orgidee in 'n glaskas. Ons lewe in twee wêrelde.

In die donker van daardie nag stoot die wete verraderlik na bo: selfs al word hy mynbestuurder, sal hy in 'n leeftyd nie kan verdien wat haar pa in 'n maand verdien nie. En ja, sy ken nie een enkele vrou in die kringe waarbinne sy beweeg wat werk nadat sy getroud is nie. Sy aanvaar – hulle praat van die volgende tien of twintig jaar, nie van 'n jaar of twee nie. Sy weet sy is gewoond aan die beste. Sy verstaan – selfs die sterkste liefde kan sekere omstandighede nie oorleef nie.

"Bernard," sê sy sag, "vertel my dan net hoe om hierdie liefde te oorleef. Want ek verlang na jou."

Hy antwoord nie.

Sy staan later op en sluk 'n poeiertjie af met 'n glas melk. Arm mense gaan dood omdat hulle nie medisyne het nie, maar die poeiertjie help buitendien ook nie meer nie.

Dit was haar pa se plan dat hulle vir die Paasvakansie Durban toe gaan. Eers sou dit net sy en haar ma gewees het, toe stel sy voor dat hulle ook vir Britney saamneem.

Nou is dit die tweede Groot Trek oor die Drakensberge, dink sy toe hulle vroeg die oggend aanstap na perron drie. Voor loop haar pa en ma – hulle is die padvinders. Dan volg sy en Britney. Die meisietjie is soos 'n rubberballetjie wat enige oomblik onder haar hand kan uitwip. Sy loop nie, sy huppel en spring en dans met Kate op sleeptou. Ná hulle volg Peter en Diana: Diana popmooi in haar modieuse blou uitrusting, haar blonde krulle loer sag uit onder die pikante hoedjie. Nanny stoei met Sarah, wat vanoggend konsuis wil vloer toe vir kruip. Drie kruiers stoot hul bagasie.

Die stasie bring seer herinneringe.

Hulle kry hul kompartemente: sy en haar ma in 'n koepee, Diana en Nanny en die meisietjies langs hulle in 'n groter kompartement.

Sy leun by die venster uit om haar pa te groet. Agter hom is daar nie 'n man wat bo die ander uitstaan nie. Die trein blaas stoom en pomp rukkerig en begin dan egaliger beweeg. In die koepee is daar nie 'n man wat byna laat was nie. Sy draai nie om nie.

Net ná middagete, terwyl hulle 'n rukkie lê en rus, sê Susan: "Weet jy, Kate, ek is bekommerd. Ek het maande laas iets van Ouma gehoor. Voor Kersfees laas."

"Dis eienaardig," frons Kate. "Hoe gereeld skryf julle?"

"Wel, darem minstens elke tweede maand."

"As daar iets fout is, kan tant Bella ook mos laat weet," sê Kate.

"Jy is seker reg. Tant Bella het my adres."

"Mamma, is daar fout met Britney?"

"Fout met Britney?" vra haar ma verbaas. "Hoekom sal jy dit dink?"

"Sy ... spring die hele tyd, sy kan nie loop nie. En sy is ... onhoudbaar energiek."

Haar ma begin lag. "Sy is 'n normale meisietjie wat pas drie jaar oud geword het. Ek dink die trein is bietjie klein vir haar."

"En Sarah is al amper net so erg," sê Kate. "Sy eet werklik morsig."

Nou lag haar ma kliphard. "Wag tot jy jou eie kinders het," sê sy. "Dan sal jy sien wat woelig en morsig werklik is."

"Gelukkig is die vooruitsig daarvoor bitter skraal," sê Kate.

Hulle neem hul intrek in 'n luuksefamiliesuite: drie slaapkamers met 'n eie badkamer en sitkamer. Die balkon voor kyk uit oor die see. Die goue strand is reg voor hulle. Die kinders en Nanny eet in die kindereetkamer, hulle in die deftige eetsaal.

Die nuwe nanny is Duits: deel van Duitsland se Armut-probleem – Bedürftigkeit, behoeftigheid – wat hulle uitgevoer het Afrika toe, dink Kate. Sy vee met Duitse deeglikheid die kinders se mondjies silwerskoon en sny hul dun gesmeerde brood in netjiese blokkies. Maar sy maak nie hond haaraf met hul wilde krulkoppies of hul kriewelende lyfies nie. En sy is heelwat strenger as die vorige nanny.

"Ons het nie 'n nanny gehad toe ons kinders was nie?" vra Kate vir haar ma.

"Nee, ek het julle self versorg," sê Susan. "Toe Peter gekom het, het ons nie geld vir sulke luukses gehad nie. En toe jy eindelik gekom het, was ek so bly oor my dogtertjie, ek sou nie toegelaat het dat iemand anders aan haar raak nie."

"Ek sal ook self my kinders wil grootmaak, eendag," sê Kate.

"Ek is bly daar is darem nou weer kinders in die toekoms," sê haar ma.

"Maar eers sal daar 'n man moet wees," sê Kate.

"Watter soort man het jy in gedagte?" vra haar ma met 'n glimlag.

"'n Man soos Daddy," antwoord Kate dadelik. Ná 'n rukkie sê sy: "Ek wil eintlik maar net vir Bernard hê, Mamma."

"Ai, Kate," sê haar ma en streel oor haar hare.

Die dae is sondeurdrenkte ure op die strand. Sy bou vir Sarah kastele om plat te kruip, sy baljaar in die branders saam met Britney, sy eet roomys saam met haar ma, sy bak in die son saam met Diana. Maar selfs as die son haar lomerig bak, kom die dink vanself, sonder keer. Dit breek oor haar en rol haar hardhandig om en spoel haar uit op die strand: koud en alleen.

Niks neem die verlange weg nie, besef sy. Niks wat geld kan koop nie, niks wat sy doen om haar dae vol en interessant te maak nie, nie al die liefde van haar familie, al die samesyn met haar vriende nie.

Sy verlang elke dag om by Bernard te wees.

"Hoekom gaan julle twee nie vandag winkels toe nie," stel Kate een oggend voor. "Hier is 'n pantomime in die skouburg, ek sal die meisietjies neem. Dan kan Fräulein Rottenmeyer ook 'n ruskans kry."

"You have got no idea what you are tackling," sê Diana met groot oë.

"I can handle a class full of students," stel Kate haar gerus.

Sy besef baie gou: dis nie vergelykbaar nie. Die twee het eenderse ligpienk rokkies aan en groot, pienk strikke in hul blonde krulkoppies. Hulle lyk soos engeltjies. Sarah konsentreer vir kort rukkies op die skouspel voor hulle, tussenin stoei sy paadjie toe. Britney lag uit haar magie en spring op en wys met haar vinger. Maar ewe skielik móét sy badkamer toe. "Hurry, Kate!" sê sy.

Die grootste probleem is dat hulle geleidelik progressief vuiler en vuiler word. Alles is later taai. "Dis geen wonder Fräulein Rottenmeyer vee gedurig julle gesigte af nie," sê Kate ontevrede.

"What?" vra Britney.

"En dis tyd dat jy leer Afrikaans praat," sê Kate

streng. "Jou ouma kom uit 'n Boerehuis, ons is deel van die Afrikaneradel."

"Kate?"

"Never mind. Eet jou swiets."

"Het jy dit oorleef?" vra haar ma toe hulle weer by die hotel kom.

"Stel dit so," sê Kate, "as Diana nie verdere prestasies lewer nie, is Mamma se kanse om nog kleinkinders te kry, nul."

Ná die Paasvakansie slaan die winter sy kloue met mening in. Soggens ry sy universiteit toe met 'n serp om haar nek en leerhandskoene teen die koue. Wanneer sy smiddae tuiskom, lê sy in 'n stomende bad om te probeer warm word.

Arm mense kan nie in 'n warm bad lê en ontspan nie, probeer sy haarself oortuig. Sy kan byna nie meer sy stem onthou nie.

Arm mense word in die winter siek van die koue, herinner sy haarself. Sy is nog elke dag siek van verlange na hom. Dit wil nie beter word nie. Soms dink sy dit word erger.

En toe begin die verlange verander in kwaad word. Nie kwaad vir haarself omdat sy nie kan aanvaar nie, kwaad vir hom. Kwaad omdat hy kan sê: "Dit gaan nie werk nie. Ek is jammer, Kate," en die deur agter hom kan toemaak. Kwaad omdat hy op 'n trem kan klim en wegry, sonder om te waai, tot in die Kaap, op 'n skip tot in anderland.

Sy is kwaad omdat hy weggegaan het en haar alleen agtergelaat het. Alleen om te boet vir haar liefde wat uithou en alles vergoed – word Leipoldt se matriekgediggie skielike realiteit. Kwaad omdat hy haar gebind het met: "Ek sal nooit weer vir iemand so lief kan word soos wat ek jou het nie, Kate." Kwaad omdat "in die regte lewe is daar nie 'n óns nie" steeds kettings aan haar voete is.

"Ek is nou baie kwaad vir hom," sê sy aan tafel vir haar ouers. "As hy regtig lief was vir my, sou hy nie toelaat dat iets soos geld tussen ons kom nie!"

"Dis goed," sê hulle.

Vroeg in Junie neem sy haar besluit. "Is jy séker, Kate?" vra haar ma.

"Doodseker."

Haar ma skud haar kop. "Ek weet nie eens hoekom vra ek nog nie," glimlag sy. "Jy het nog altyd sake baie logies vir jouself uitgeklaar en dan voortgegaan – maak nie veel saak wat die res van ons dink nie."

"Dis darem nie heeltemal waar nie!" protesteer sy.

"Dit is," sê haar ma met 'n fyn glimlaggie. Dan word sy ernstig. "Ek het nou nog niks van Ouma gehoor nie. Ek het al vier briewe geskryf."

"Wel, miskien kan ek daardie probleem ook uitklaar," sê Kate.

Die aand gaan sit sy om die notatjie te skryf. Sy is baie versigtig hoe sy dit bewoord – dalk sien haar oupa ook die brief.

> Liewe tant Hannetjie
> Ek hoop alles gaan nog goed daar en dat dit al gereën het.
> Hier by ons gaan alles die gewone gang. My familie is gesond en gelukkig, dis nou as 'n mens vergeet van die spanning wat die hele depressie op almal van ons geplaas het. Ek het my tesis voltooi en my graad gekry. Nou werk ek as lektrise by die uni-

versiteit. Dis vir my baie interessant en ek is baie lief vir my professor (die verstrooide oom wat verslaaf is aan sy pyp – ek het mos vir Tannie vertel).

Die universiteit sluit einde Junie vir twee weke, dan wil ek graag by Tannie-hulle kom kuier indien dit geleë is. Ek sal met die trein kom. Ek sien daar is twee maal per week 'n trein tot daar: een wat Maandae hier vertrek en Dinsdae daar arriveer, en een wat Woensdae daar vertrek en Donderdag terug is in Johannesburg. Sal dit pas as ek op Dinsdag, vyf Julie kom? En sal oom Hendrik my op die stasie kan kom haal?

Ek sien baie daarna uit om Tannie en oom Hendrik weer te sien.
Liefdegroete,
Katrien.

"Klink dit objektief genoeg?" vra sy vir haar ma toe sy dit voorgelees het.

"Ja, beslis. Kate, ek is bitter bang die hele plan ontplof in jou gesig. Jy het jou oupa leer ken as 'n rasionele, welsprekende mens, 'n liewe mens. Ek het ook 'n ander kant van hom leer ken."

"Dit was dertig jaar gelede, Mamma."

"Maar hy haat nog die Engelse?"

"Ja, Mamma. Hy is baie bitter."

Susan sug. "Dit gaan nie werk nie."

"Maar ek gaan probeer, Mamma. Ek kan nie anders nie."

"En as dit nie werk nie?"

"Dan kom ek terug na my huis waar ek altyd veilig sal wees."

"En ... Ouma?" vra Susan.

Kate kyk haar stil aan. "Ek weet, Mamma. Maar dis 'n kans wat ons moet waag."

Ná 'n week begin Kate die pos dophou. "Jy is te haastig," sê Susan. "Die brief is nog nie eens daar nie. En dan kan dit maklik 'n week of meer in hul posbus lê, jou oupa gaan haal mos nie daagliks pos uit nie."

Ná twee weke kan Kate haar ongeduld nie meer beteuel nie. "Dalk is dit 'n teken," sê haar pa. "Kate, ek weet dis belangrik dat jy probeer, maar ek is werklik bang jy kry seer."

"Daddy se dogtertjie is sterker as wat Dad dink," verseker sy hom.

"I don't want you to get hurt again," sê hy.

"And I love you too, Daddy," sê sy.

Vrydag sluit die universiteit. "Gaan jy nou Bosveld toe vir die vakansie?" vra professor Williams.

"Ek twyfel," sê Kate en sluit haar kantoordeur agter haar.

Maar toe sy by die huis kom, lê die brief langs die vaas vars blomme op die tafeltjie in die portaal. Kate gaan dadelik na haar kamer en sny die koevert versigtig met die briewemes oop.

Haar ma stoot haar kamerdeur oop. "Ek sien Ouma het geskryf?" vra sy.

"Ja, hulle sien baie uit na my kuiertjie. Dis 'n baie kort notatjie, geen nuus nie, want Oupa moes dringend dorp toe en wou die brief saamneem om te pos. Maar Ouma het net so terloops genoem dat haar goeie vriendin, tant Betta, al van Kerstyd af by haar kinders in die Baai kuier – sy weet nie wanneer sy weer terugkom nie."

"Dan is dit hoekom sy nooit geskryf het nie!" sê Susan verlig.

"Moet wees. En sy skryf Oupa sal my Dinsdag by die stasie kry."

"Hoe voel jy daaroor, Kate?"

"Bly. En bang, baie bang."

Die stasie maak nie weer so seer nie. Ek is besig om te wen, dink sy. My hart is besig om te aanvaar.

"Ek wens jy wil nie gaan nie," sê haar ma toe sy vir oulaas by die venster uitleun om te groet.

"Ek wíl gaan, Mamma."

"Ek weet jy moenie gaan nie," sê haar pa. "Ek het twintig jaar gelede vir jou en jou ma op hierdie selfde trein gesit – ek het myself nou nog nie vergewe vir die seerkry van daardie tyd nie."

"Dis my besluit om te gaan, Daddy." Sy glimlag bemoedigend. "As julle my nie vandag gebring het nie, sou ek al die pad alleen met Sophia gery het."

"Ek het nog altyd gesê jy bederf die kind," sê Susan met 'n effense glimlag.

"En ek het nog altyd gesê sy kry haar Boerehardekop van jou kant van die familie af," troef haar pa.

Dis 'n rukkerige, roeterige rit met baie haltes. Die student wat in Pretoria opgeklim het, verorber Nellie se padkos. Die nag is koud en hard. En bitter eensaam.

Sy sien hulle van ver af op die stasie staan: haar oupa uitgevat in 'n baadjie en das, haar ouma van kop tot tone in swart, met 'n netjiese hoedjie op haar kop, haar handsak styf teen haar bors geklem. Sy hang uit en waai, haar ouma waai terug. Deur die venster gee sy haar koffers vir haar oupa aan, dan klim sy uit.

Voor die stasiegebou staan die groen Opel. Die Sondagkar, nie die pick-up nie.

Haar ouma doen die geselswerk op pad terug plaas toe, haar oupa konsentreer op die pad. Hulle gesels normaal, hul oorweldigende blydskap word onderdruk tot 'n gewone blye weersiens.

Haar oupa dra haar koffers na haar kamer. Sy begin haar goed uitpak en ophang. Van die eetkamer af vra haar ouma: "Katrien, wil jy op die stoep kom koffie drink, of sal ek dit daarheen bring?"

"Nee, ek kom stoep toe, dankie, Tannie."

Sy hang die laaste twee rokke aan die skouertjies en stap dan uit in die gang. Deur die eetkamervenster sien sy haar oupa se Ford pick-up langs die huis staan. Sy wonder of hy êrens heen wil ry – dit het nie daar gestaan toe hulle nou-nou gekom het nie.

Sy hoor haar ouma se stem buite: "Jy is vroeër terug as wat ons verwag het?"

Sy stap uit stoep toe.

Hy staan reeds op die tweede boonste trappie toe sy in die stoepdeur verskyn. Die skerp sonlig teken die buitelyne van sy groot liggaam af teen die droë veld agter hom, sy sonwithare blink goud, sy gesig is versluier in die skaduwee van die stoepdak.

Sy mond gaan stadig oop. "Kate?" sê hy.

Elf

Sy maak haar mond oop. Die klanke steek êrens vas. Haar verstand het vasgehaak.

"Kate?" Ongeloof is oor sy hele gesig geskryf. "Wat maak jy hier?"

Haar verstand kom stadig in rat. Dis Bernard wat voor haar staan. Haar hart ruk, begin swaar klop, haar knieë voel skielik lam. "Bernard?"

"Katrien! Dit lyk asof jy 'n spook gesien het!" sê haar ouma. "Het jy nie geweet Bernard is nou hier by ons nie?"

"Nee," sê sy flouerig. "Ek het net kom kuier," antwoord sy hom.

"Tag, ja, soos ek gesê het, dis goed om jou weer terug te hê," neem haar oupa oor. "Bring sommer jou koffie saam, dan stap ons vir 'n wyle oor kraal toe, ek wil vir jou iets wys. Hoe lyk dit daar op Hamilton? Ook so droog soos hier?"

Bernard neem die beker koffie wat haar ouma na hom uithou. "Dankie, tant Hannetjie," sê hy. "Dis droog, oom Hendrik, maar die Limpopo het nog water in. Ons sal moontlik 'n klompie vee kan skuif ..." Hul stemme raak weg in die rigting van die kraal.

Hy het nie weer na haar gekyk nie. Hy het nie gegroet nie. En hy groet altyd. Sy gaan sit op een van die grasstoele en roer haar koffie stadig, om en om. Haar hele lyf is week geskrik. "Waar kom hy vandaan?" vra sy vir haar ouma.

"Hy boer mos nou saam met jou oupa. Hy kom nou net terug van ons plaas op die Betsjoeanalandgrens," verduidelik haar ouma. "Hy was daar vir drie weke."

"Hy het nie geweet ek kom nie?" vra Kate.

"Nee, kindjie. Hy was mos al weg toe ons jou briefie ontvang het." Haar ouma kyk met bekommerde oë na haar. "Katrien, is iets verkeerd?"

"Nee, niks nie. Dis net dat ek nie verwag het om hom hier te sien nie."

"Hy is 'n goeie seun, Katrien, een van die beste jong mans wat ek nog ontmoet het," sê haar ouma amper streng, "en baie byderhand. Die Here het hom self vir ons gestuur – jou oupa kon nie meer by alles uitkom nie."

Sy weet wat haar ouma dink. "Dis nie dit nie, Ouma. Dis net ..." Dis net dat sy begin het om reg te kom sonder hom. Dis net dat sy geleer het om die verlange te hanteer. Dis net dat die roof nou weg is, dat die seer nou weer oopgekrap en weerloos lê. "Ek is bly as hy Oupa help."

Sy sien hom eers weer by middagete. Sy hare is sonwit en heelwat langer as wat dit was, sy gesig bruingebrand van die buitelug, sy skouers selfs breër. Hy en haar oupa en ouma haal weke se gesels in – dit lyk of hy haar met opset vermy. Dit maak seerder as die maande van verlang.

"Is jou tesis toe aanvaar?" vra hy tog aan die einde van die ete.

"Ja, dankie," sê sy. As hy vermakerig wil wees, is dit sy saak.

"Ek is bly," sê hy en draai na haar ouma. "My hare is vreeslik lank. Sal tant Hannetjie dit vanmiddag kan sny?"

"Ek sien jy lyk soos 'n voëlverskrikker," terg haar ouma goedig. "Ons sal maar moet sny, ja. Maar eers moet jy asseblief gaan kyk of jy die weglêhennetjie se eiers kan opspoor – Selina soek tog so half."

"Ek weet waar sy gewoonlik wegkruip," sê Bernard en staan op. "Stap jy saam, Kate? Sal jy sommer die mandjie kry?"

Hulle loop by die agterdeur uit en oor die werf waenhuis toe. Bernard stoot die swaar houtdeur groter oop en staan opsy dat sy kan verbykom. Sy is intens bewus van sy lyf langs haar, van die ingehoue spanning in haar.

In die halfdonker van die waenhuis draai hy na haar: "Hoekom het jy hierheen gekom, Kate?"

Sy kyk op na hom, haar oë begin gewoond raak aan die swakker lig. "Bernard, jy moet my glo, ek het nie geweet jy is hier nie. Ek het dit nooit eens vermoed nie. Ek wou net wegkom uit die stad, net myself weer vind."

Hy kyk haar deurvorsend aan. "H'm. Goed, ek glo jou," sê hy.

"Jy kan nie daaroor vir my kwaad wees nie."

"Ek is nie, Kate. Dis net ... dit kompliseer net sake." Hy stap dieper die waenhuis in, verby die Opel en die ploeg en die eg.

Haar seer gaan oor in teleurstelling. "Is dit al wat jy te sê het? Ek het sake kom kompliseer?"

Hy buk af agter 'n hoop strooi. "Jy weet wat ek bedoel," sê hy.

"Nee, Bernard, ek weet nie."

"Los dit, Kate. Hier is die eiers. Tant Hannetjie sal bly wees."

Die teleurstelling gaan momenteel oor in woede – 'n woede wat vir maande al opgekrop lê en broei. "Moenie vir my sê 'los dit, Kate,' nie. Ek sal dit nie los nie. Maande lank verknies ek my oor jou, verlang ek elke dag na jou, huil ek myself saans aan die slaap oor jou, wonder ek waar jy is. Maande lank. En al wat jy kan sê, is 'dit kompliseer sake'." Die trane loop nou vrylik. "Ek is jammer as ek jou per ongeluk gekry het, ek is jammer as ek jou bestaan kom ..." Sy kan haar stem nie meer beheer nie. Sy swaai om en vlug.

Hy is binne enkele tree by haar. Hy gryp haar aan haar arm en swaai haar terug.

"Los my!" sis sy. "Jy maak my seer!"

Sy hande is staalklampe om haar skouers, sy oë blou vlamme in hare. "Hemel, Kate!" Sy stem is laag, skor. "Dink jy vir een oomblik ek het nie ook aan jou gedink nie, elke dag? Elke nag?" Sy sien die lyne op sy gesig geteken.

"Jou hande maak my seer, Bernard."

Hy laat sy hande stadig sak. Sy tree terug en stoot haar hare uit haar warm gesig. "Die eerste trein terug Johannesburg toe is eers volgende Woensdag," sê sy.

"Ek het nie bedoel jy moet gaan nie," sê hy moeg. "Ek probeer net vir my 'n toekoms skep." Dit klink soos 'n pleitkreet.

"Ek verstaan beter as wat jy dink," sê sy. "En ek is nie hier om in te meng nie. Gee die mandjie, ek sal dit vir tant Hannetjie neem."

Sy pak haar klere uit terwyl haar ouma sy hare sny.

Die dae val in hul eie patroon – hulle eet al vier saam, sy en haar ouma kuier in die kombuis, stap saam groentetuin toe, rus smiddae op die groot bed in haar kamer. Haar oupa en Bernard boer dag deur, selfs aan tafel. Hulle bespreek veesiektes, weidingaanvullings, bemarkingstrategieë, produksiepryse. "Die dam moet geskrop word," sê haar oupa. Dan doen Bernard dit. "Die skuur moet afgewit word," sê Bernard. "Dit moet," sê haar oupa. Dan doen Bernard dit.

Wanneer sy kan, gesels sy ook met haar oupa. Hy stel intens belang in die resultate van haar ondersoek. Sy vertel hom selfs dat sy dit oorweeg om te begin met haar doktorsgraad – iets wat sy nog net met professor Williams bespreek het.

"En wat wil 'n mooie nooi soos jy met soveel gelerentheid maak?" vra hy goedig.

Sy lag. "Nie eintlik iets nie, oom Hendrik, dis net vir my interessant."

"Jy moet maar eerder die tyd gebruik om 'n jongetjie te soek," doen hy aan die hand.

Sy en die jongetjie na wie sy verlang, praat nie veel nie. Maar albei weet – daar is baie onopgeloste sake wat bespreek moet word, woorde wat wag, leemtes wat gevul moet word. Die ongemaklikheid tussen hulle begin oplos in 'n soort onvermydelike aanvaarding van die situasie.

Saterdagoggend dwaal sy verby die kraal padaf spruit se kant toe. Bernard en haar oupa is besig om beeste te spuit. "Kate!" roep hy.

Sy kyk om. Hy kom die paar tree na haar aangestap. "Jy moenie alleen in die veld rondloop nie, Kate. Dit kan ... gevaarlik wees."

"Ja, goed," sê sy moeg en draai om.

"Het jy al perdgery?" vra hy.

"As kind, ja. Ek het vir 'n rukkie les geneem. Maar ek het nie onlangs gery nie."

"H'm. Ons moet maar die kans waag. Ou Kolbooi is

so mak, jy sal dink jy ry in Sophia. Ek wil jou ná middagete iets gaan wys."

Skielik kry die dag 'n nuwe kleur. Teen wil en dank voel sy die opwinding in haar opstoot, maar sy voel ook die vertwyfeling opbou.

Ná ete hou Bernard vir haar die mak ou perd teenaan die dwarspale van die dipgat sodat sy maklik kan opklim. "Dis soos fietsry," sê hy, "jy verleer dit nooit."

Hulle ry langs mekaar in die pad af, oor die spruit en agter om die rantjie. "Ek wil jou boontoe neem," sê hy. "Ons sal stadig oor die los klippe gaan, sien jy kans?"

"Beslis. Ek kom goed reg."

Hy glimlag effens. "H'm. Baie goed."

Hulle ry die koppie versigtig uit. Bo swaai Bernard van sy perd af en lei die twee perde na die naaste boom waar hy die teuels aan 'n mik vashaak. Dan kyk hy op na haar, glimlag effens en hou sy twee arms op om haar af te tel. Sy haal haar regtervoet uit die stiebeuel en swaai haar been oor na die linkerkant. Sy sit haar hande op sy skouers, sy hande sluit ferm om haar middeltjie. Hy lig haar moeiteloos uit die saal en hou haar in die kring van sy arms. Onder haar hande voel sy die spiere in sy skouers bult, sy sien hoe 'n spiertjie in sy kakebeen spring, sien die skielike verdonkering in sy blou oë. Haar hart bons, sy voel hoe sy haar asem intrek. Dan los hy haar skielik, tree agteruit en begin na die rand van die koppie stap. "Kom kyk hier, Kate," sê hy.

Die oomblik is verby, maar dit was onontkenbaar daar. Sy voel 'n brokkie blydskap uit haar verstand breek en deur haar lyf trek.

Die plaas lê oop voor hulle: die smal, droë spruit wat in die kloof ontspring en sy pad oopsny tussen die bome deur, die groot opstal en buitegeboue, die kraal, die dam en windpomp. Verder aan lê kampe, nog windpompe met suipings, ou landerye teen die spruit.

"Dis pragtig, Bernard! 'n Mens sien byna die hele plaas." Sy staan lank en kyk. "Jy is baie gelukkig hier, nè?"

"Ja, Kate, ek is. Ek leer elke dag by oom Hendrik. Hy het 'n leeftyd se boerdery-ervaring agter hom, ek het die krag om die werk te doen." Hy glimlag trots. "Ons is 'n goeie span."

"Julle is 'n perfekte span, lyk dit my. Alles lyk so góéd hier."

"Ons kort net reën, dis verskriklik droog. Maar jy is reg, die plaas het bietjie aandag nodig gehad. Ons ooreenkoms werk goed: dis 'n uitkoms vir hom, want hy kon die fisieke werk nie meer baasraak nie, dis 'n toekoms vir my, want die myntonnels het my baasgeraak."

"Hier is 'n toekoms vir jou, ja," sê sy peinsend.

"Jy sien, Kate, oom Hendrik het net een dogter, sy is getroud met 'n sitrusboer in die Nelspruit-omgewing. Hy het nie eens 'n kleinseun nie. My droom is ..." Hy bly skielik stil.

"Vertel vir my van jou droom," sê sy. "Dis veilig by my."

"Vroeër of later sal oom Hendrik nie meer kan boer nie. Dit sal die twee oumense breek as hulle van die plaas af moet trek. Dis my droom ..." Hy kom nie verder nie.

"Jy sou dan graag die plaas wou oorneem, wou koop, nè, Bernard? En vir oom Hendrik-hulle laat aanbly sodat hulle eindelik in die familiekerkhof begrawe kan word?"

"Ja, Kate. Ek sal hulle versorg, nie omdat ek moet nie, omdat ek wil. En hier bly boer, dis my toekomsdroom."

Dan kyk sy op en vra reguit: "Bernard, is ek deel van daardie toekoms?"

Hy bly lank stil. Dan sug hy diep en sê: "In my drome, ja, Kate."

"Vertel vir my, asseblief?"

Hy lyk effens verleë, maar begin tog vertel: "In my drome bou ek vir jou 'n kliphuis teen die koppie, dáár, net daar. En ek leer my seuns boer, en jy leer ons dogtertjies ..." hy lag saggies, "harp speel en beskuit bak."

"Hoeveel kinders wil jy dan hê?" vra sy skepties.

Sy oë terg. "Wel, ek is een van twaalf kinders ..."

"Bernard Neethling, wanneer laas het jy iets met klein kindertjies te doen gehad?"

"Nog nooit nie," gee hy toe. "Maar dis alles bowendien net drome, vir die dag as ek 'n ryk Neethling word."

Sy glimlag. Sy wens sy kon haar hand na hom uitsteek. "Waar is die man wat gesê het geld is net 'n noodsaaklikheid om te oorleef?"

"Dis steeds. Ek bedoel eintlik vir die dag as ek dit so breed het dat ek die plaas by oom Hendrik kan oorneem. Op die oomblik boer ons om die helfte."

"Jy sal 'n baie goeie bestaan hier op die plaas kan maak, nè, Bernard?" Sy kies haar woorde versigtig, sy wil net 'n saadjie plant.

"'n Mens kan beslis, Kate." Sy sien die opwinding op sy gesig, hoor dit in sy stem. "Kom staan hier, dan wys ek vir jou."

Sy gaan staan skuins voor hom. Hy begin beduie: as hy daar 'n wal gooi – die spruit is nou droog, maar oom Hendrik sê dis gewoonlik standhoudend – as hy nou daar 'n damwal gooi, dan vang hy al die reënwater op wat op die oomblik wegstroom see toe. En daar wil hy landerye aanlê, onder besproeiing. Merendeels vir weidingaanvulling. Miskien selfs sitrus of druiwe, want dis goed gedreineerde grond. Maar dit sal eers later kom.

Sy luister, sy vra. Sy is uit haar hart uit dankbaar dat hy nie meer vasgekeer is in 'n myntonnel nie. Later ry hulle huis toe.

Toe hulle amper by die huis is, sê sy: "Ek deel jou droom, Bernard. Ook die deel van die kliphuis teen die koppie."

Hy glimlag. "Dan hoop ek jou droom word waar." Die kameraderie tussen hulle is terug.

Sy sit Sondag langs hom in die kerk. Sy sing saam met hom uit sy boekie. Hul vingers raak aan mekaar, hy trek nie sy hand weg nie.

Ná kerk staan hy buite tussen die boere. Hulle bestook hom met idees en vrae: hy moet aankomende week die vergadering lei waar hulle 'n unie vir die boere wil stig. Elkeen het sy eie idee hoe hy dit moet doen, hy luister na elkeen en verduidelik geduldig watter moontlike implikasies daar is. Oom Hendrik staan poubors by. Hulle kom net voor eenuur eers weer tuis.

Ná ete gaan lê sy 'n rukkie op haar bed, maar die rusteloosheid jaag haar op. Woensdag gaan sy met die trein terug na haar lewe in die stad. Sy moet met haar oupa praat – dis waarom sy gekom het.

Sy wens sy kan met Bernard praat. Maar sedert gistermiddag het hy nog geen verdere tekens van toenadering getoon nie.

Sy staan later op en vat haar boek – sy sal op die stoep gaan sit en lees totdat die res van die huismense wakker word. Dan sal sy vir almal gaan koffie maak.

Toe sy by die stoepdeur uitstap, kom hy net by die deur van sy stoepkamer uit. Albei steek 'n oomblik vas.

Dan maak hy sy arms oop. Sy loop woordeloos in

sy arms in. Hy vou haar toe. Hulle staan lank so, haar hart klop swaar en warm deur haar. Hy hou haar al stywer teen sy hart vas. "Jy is onweerstaanbaar pragtig," sê hy gedemp. Hy laat sy kop sak, sy mond sluit sag oor hare. Toe hy praat, is sy stem skor van ingehoue emosie: "Heeltemal onweerstaanbaar." Hy streel oor haar wang, draai dan om en sê: "Kom, ons stap af spruit toe."

Hy vleg sy vingers deur hare, hulle stap al met die sandpaadjie langs. Sy voel hom die hele tyd langs haar beweeg. "Gaan jy nog voort met jou matriek, Bernard?" vra sy.

"H'm. Oom Hendrik ken mos die hele kontrei, hy het 'n afgetrede onderwyser gekry om my te help met die matesis."

"Weet jy hoe trots is ek op jou?"

"H'm."

Toe hulle verby die kraal stap, sê hy: "Ek dink nie ek kan meer sonder jou nie, Kate." Dit klink byna soos 'n noodkreet.

"Jy hoef ook nie, Bernard," sê sy.

"Ek kan jou nie hierheen bring nie," sê hy.

"Jy kan. Ons kan saam vir ons 'n toekoms bou." Sy pleit nie, haar stem is sterk, sy stel dit as 'n onweerlegbare feit.

"Hier is nie eens elektrisiteit nie."

"Maar hier is 'n bad met warm water, 'n sterk beskutting teen die koue, stilte sodat 'n mens jouself kan vind, 'n plaaswye speelterrein vir 'n mens se kinders."

Hy gee 'n skewe glimlaggie. "Jy het goed geluister, nè?"

"Ek het, Bernard. My kop het verstaan, maar nie my hart nie. En ek het veral baie goed gedink."

Hulle loop in stilte verder. Onder die geraamte van

die vaarlandswilg gaan hulle sit. "Is die ou boom dood?" vra sy.

"Nee, hy sal in die lente weer uitloop." Hy draai na haar. "Ek is te bang dit werk nie, Kate."

"Is jy bang jou ooreenkoms met oom Hendrik werk nie, of is jy te bang om ons 'n kans te gee?"

"Ek is bang ek verloor jou. Ek is bang ... Kate?" pleit hy.

"Ek weet. Ek is gewoond aan die beste. En jy glo jy kan nie vir my die beste gee nie."

"Ek kan nie vir jou gee waaraan jy gewoond is nie, miskien nooit nie."

"Jy kan nie vir my die materiële luukses gee wat ek leer ken het nie," stem sy saam. "Maar jy kan my baie goed versorg, met ander wonderlike dinge wat ek nooit in die stad kan kry nie."

"Ek moet eers dink," sê hy en vou sy arms om haar.

"Ek kan ook nie meer sonder jou nie, Bernard. Ek het regtig hard probeer, elke dag. Ek het elke dag verlang."

"My ou meisietjie." Sy sit doodstil in die beskutting van sy arms, haar kop teen sy breë bors, sy hartklop in haar ore. Ek moet hom vertel, dink sy, ek moet. Ek moes al.

Maar dit word al moeiliker.

Maandag is dit vroeg al warm. "'n Mens kan nie glo dis hier so lekker warm nie," sê Kate. "Ouma sal nie weet hoe koud is Johannesburg nou nie."

"Ons winters is heerlik, ja," sê haar ouma, "maar ons somers is darem goed warm."

"Ek onthou," lag Kate. "Ek en Bernard het Desembermaand byna uitgebraai, veral op pad hierheen."

Ná middagete, toe haar grootouers gaan rus het, vra Bernard: "Het jy jou swembroek hier?"

"Glad nie," sê Kate. "Dit was so koud toe ek ingepak het, ek het dit nie eens oorweeg nie."

"Ek gaan afkoel in die dam."

"Dit klink so lekker," sug Kate. Sy dink 'n oomblik. "Kan ek 'n hemp en broek by jou leen? Om in te swem?"

"En wat dink jy gaan die tante daarvan sê?" vra hy. Sy oë is vol vlekkies.

"Sy gaan nie weet nie. Sy slaap," fluister Kate.

Bernard vryf met sy vingers deur haar hare. "Jy is vreeslik stout," lag hy.

Op pad dam toe sit hy sy arm om haar skouers en trek haar teen hom vas. "Dis vir my lekker as jy by my is," sê hy eenvoudig.

By die dam stroop hy sy hemp af en duik in die water in, sy trek agter die damwal sy hemp en broek aan. "Die broek val af," sê sy.

"Dis goeie nuus."

"Wie is nou stout?"

Hy loer oor die rand en lag. "Kom in, dis lekker. Moet ek jou op die wal help?"

Sy klim versigtig in, hou die hele tyd die broek met haar een hand vas. Die water is skokkoud. "Ag nee, Bernard, man! Hierdie water is yskoud."

"Swem vinnig rond, dit help."

"Dan swem ek uit jou broek uit."

"Ek sal die broek vashou?" stel hy voor.

"Los jy net hierdie broek uit!" dreig sy.

Maar die water is eintlik te koud, hulle klim gou uit. "Ek moet buitendien nou-nou gaan kyk hoe vorder die melkery," sê hy.

Sy trek weer haar droë klere aan en sak dan langs hom in die son neer. "Jou hare is nog nat, jy gaan siek word. Gee jou handdoek, dan vryf ek dit vir jou droog," sê hy.

Sy sit plat op die grond voor hom, leun agteroor met haar rug teen sy knieë. Hy vryf haar hare droog, kam dan met sy vingers daardeur. "Het jy 'n borsel hier?" vra hy.

"Nee."

"Jy het mooi hare, Kate."

Sy leun terug en skuif dieper in sy arms in. "Jy is lekker warm," sê sy.

Met een beweging sluit sy arms staalhard om haar. Sy hande gly oor haar arms, oor die ronding van haar heupe. Sy voel sy begeerte na haar, dis soos 'n vuur wat hy ook in haar aansteek. Kate voel die warmte in haar lyf opstoot. Sy stoot haar arms om sy lyf, trek hom stywer teen haar aan. Sy voel die spiere onder sy hemp bewe. Haar pols jaag, sy lippe soek oor haar nek, haar asem snak in haar keel, sy skrik vir die intensiteit van haar eie begeerte. "Bernard?" fluister sy.

Sy asem jaag ook. Hy maak sy oë oop. "Hemel, Kate! Ek is lief vir jou. Jy is ... volmaak."

Sy voel die vreugde in haar groei – dit vloei dwarsdeur haar. Die toekoms blom voor haar oop.

"Het jy nie gesê jy moet gaan kyk na die melkery nie?" vra sy later.

"H'm." Hy staan traag op, trek haar ook op. "Onthou dat ek vanaand vir jou gaan wys waar die Suiderkruis lê," sê hy.

"Belowe?"

Hy buig oor en soen haar sag. "Ek belowe, my liefling."

Dinsdag is weer 'n heerlike warm winterdag in die Bosveld. Môreoggend moet sy die trein haal terug na die koue Johannesburg toe. Op hierdie mooi dag moet sy vir haar oupa vertel. En vir Bernard.

Sy staan lank en kyk na die klere in die kas. Vandag is 'n belangrike dag, miskien selfs een van die belangrikste dae in haar lewe. Sy wil spesiaal lyk. Sy kies uiteindelik haar heldergeel rok met die wye romp. Sy borsel haar hare tot dit blink en sag om haar gesig krul.

Toe sy in die eetkamer kom, is net Bernard daar. Sy sien hoe hy stadig glimlag. "Jy straal, Kate," sê hy. "Vandag sal jy selfs die son kan jaloers maak."

"Vandag is my laaste dag hier," sê sy. "Môre gaan ek terug huis toe."

Hy frons. "Môre al?" Tydens ete is hy besonder stil.

Ná ete sê hy: "Ek moet dipstof by die koöperasie gaan haal, oom Hendrik."

"Ek ry saam," sê haar oupa.

"Kate wil graag saamry," sê Bernard. "Sy moet iets op die dorp gaan koop."

Sy kyk verbaas na hom, maar dit lyk of botter nie in sy mond kan smelt nie.

"Dis goed. Vat net die tante se notisie saam."

"Ek wil so teen elfuur ry," sê hy vir haar. En vir haar ouma: "Ons sal sommer op die dorp middagete eet, Tante."

"En wat wil jy hê moet ek op die dorp koop?" terg sy toe hulle op pad is.

"Die tante se notisie, natuurlik." Hy kyk af na haar, sy oë is sag. "Kate, ek wil jou net 'n rukkie vir myself hê. Kom sit hier styf by my."

Sy skuif onder sy arm in, hy bestuur gemaklik op die sandpad met net een hand. By die eerste hek wip sy uit. "Ek kan netsowel oefen," terg sy, "ek gaan net nie die smoelneuker aantree nie."

"Jy mag nie so lelik praat nie!" raas hy.

Toe sy terugklim in die pick-up, vra hy: "Sien jy regtig kans, Kate?"

"Ja, Bernard, regtig. Heeltemal."

Op die dorp laai hy haar by Cohen Crown se winkel af terwyl hy koöperasie toe gaan. Hulle stop by die poskantoor om pos uit te haal en gaan lewer die eiers by die stasie af. Toe hou hulle voor die Boerekoffiehuis stil. "Daar is nie 'n spyskaart nie," waarsku Bernard. "Jy kan kies tussen 'n reuse-mixed grill met koffie of 'n pie and gravy met koffie. Die nagereg is koeksisters, of soms melktert."

"Klink heerlik," sê Kate.

By die laaste hek op pad terug, die hek op die grens van die plaas, sluit hy die pick-up af en klim ook uit. "En nou?" vra sy.

"Stap saam," sê hy.

'n Entjie van die pad af, half teen 'n rantjie op, groei 'n reusewildevy. "Ek het gehoop hulle is hier. Kom kyk," sê hy.

Sy kyk op na waar hy wys. "Bosveldpapegaaie," beduie hy. "Hulle is agter die vrugte aan."

"Ek sien hulle!" sê sy verras. "Kan hulle sing?"

Maar hy antwoord haar nie, hy trek haar teen hom vas. Haar lyf vind haar knus plekkie in die ronding van sy arms. "Kate," sê hy sag in haar hare.

Sy kyk op. Sy oë is die blouste blou. "Kate, ek weet nie hoe mét jou nie, maar ek sien nie kans sónder jou nie."

Sy voel die vreugde in haar groei – dit sprei stadig dwarsdeur haar. Sy wag.

"Ek begin glo, dalk kan dit uitwerk."

Sy wag ademloos.

"Kate ..."

"Ja, Bernard?" In haar begin 'n vrees opbou.

"Ek wil jou by my hê as ek dorp toe ry, ek wil jou in my huis kry as ek van die landerye af kom, ek wil my planne met jou deel, ek wil met jou in my arms gaan slaap."

"Bernard?" Die vrees stoot op.

Hy kelk sy hande om haar gesig en buig haar kop op na hom. "Kate Woodroffe, sal jy met my trou?"

Haar lyf word week van liefde, haar hart swaar van blydskap. Maar haar kop weet – sy is by uitstel verby. Hy wag op haar antwoord. "Ja, Bernard, dis die ding wat ek die graagste in die hele wêreld wil doen. Maar ... daar is eers iets wat ek jou moet vertel, wat ek jou al lankal moes vertel het."

Sy hand klem steeds haar kop vas, maar hy lig sy kop effens. "Kate?"

"Dis nie iets met jou nie, met ons nie ..."

"Sê, Kate." Hy los haar kop.

"My ma is Afrikaans."

"Ek weet." Die papegaaie kwetter bo hul koppe.

"En my pa is Engels."

'n Effense glimlag begin om sy mondhoeke speel. "Ek weet jy is 'n baster-Rooinek, Kate."

"Asseblief, Bernard," pleit sy, "moenie vandag vir my moeilik maak nie."

Hy staan 'n tree terug, beskou haar ernstig. "Wat is dit, Kate?" vra hy, sy oë skielik versluier en onleesbaar.

Haar keel voel stram. "Ek moet ... daar is baie meer as dit."

Hy wag. Hy staan regop, sy skouers na agter getrek, die sluier is nou oor sy hele gesig getrek. Sy oë is staalgrys, sy hele houding waaksaam.

"Moenie so wees nie, Bernard, asseblief? Ek is lief vir jou."

"Sê wat jy moet sê, Kate."

"My ma se ouers was Boeremense, sy het in die Bosveld grootgeword."

Hy wag. Die dowwe reuk van vruggies wat van die wildevy afgeval het, hang om hulle.

"My pa het uit Engeland hierheen gekom, in die Boereoorlog. Hy was 'n Kakiesoldaat."

Sy oë vernou effens. Hy wag steeds.

"Hulle het ná die oorlog getrou. Haar pa het hulle weggejaag omdat hy 'n Kakiesoldaat was."

"Kom tot die punt, Kate." Sy stem is koud.

"Tant Hannetjie en oom Hendrik ... Bernard!" pleit sy.

"Wat sê jy vir my, Kate?" Sy gesig het in 'n klipmasker verander.

"Tant Hannetjie en oom ..." Haar moed begewe haar.

"Hulle is jou ma se ouers? Oom Hendrik is ... is jou oupa?" Sy stem is skor.

"Ja." Sy wurg die antwoord uit.

"Weet hy dit?" Die vraag wat so dodelik ernstig gevra word, laat 'n koue rilling teen haar ruggraat afgly.

"Nog nie."

Sy oë is yshard. "Kate? Jy mislei hom al die maande terwyl jy geweet het?"

"Bernard ..."

Hy draai sy rug na haar, maar sy woorde is sekure vuurpyle: "Jy het gesien hoe hy lief vir jou word, hoe jy hom om jou pinkie kan draai ..." Hy druk albei sy vuiste teen sy slape.

"Dis hoekom ek teruggekom het, Bernard. Om vir hom te vertel," pleit sy om begrip.

"En jy los my dat ek vir jou van my drome vertel. Jy laat my toe om voort te droom oor 'n dam in die kloof en 'n kliphuis teen die koppie. Dat ek wonder of ek jou kan opsaal met die versorging van twee oumense terwyl jy weet dis jou eie bloedfamilie, jou oupa en ouma?"

"Bernard! Niks het verander nie! Ons kan steeds die plaas mettertyd ..."

Hy draai om en kyk reguit na haar. "Alles het verander. Ek glo dat 'n mens 'n verhouding net op wedersydse vertroue kan bou. Daarsonder moet 'n mens nie eens probeer nie."

Hy draai om en stap 'n paar tree weg. Sy kyk na die formidabele gestalte wat met sy rug na haar toe staan en oor die veld uitkyk. "Ek is jammer, Bernard," probeer sy vir oulaas.

Hy maak 'n afwerende gebaar met sy hand. Dan stap hy met lang treë die veld in, sien sy hoe hy agter die rantjie verdwyn.

Haar hart breek klankloos. Sy sak op haar hurke neer, die trane loop en loop oor haar wange. Later is sy leeg.

Sy staan op en klim in die pick-up. Sy ry huis toe.

Sy moes van die begin af eerlik met hom gewees het, oop kaarte gespeel het. Sy weet dit.

"Waar is Bernard?" vra haar oupa toe sy uitklim.

"Hy het by die plaashek afgeklim. Hy stap," sê sy so kalm moontlik, maar sy kan self hoor hoe dik haar stem is. Sy weet hoe lyk haar oë.

Haar oupa kyk haar ondersoekend aan. "Katrina, het jy en Bernard woorde gehad?"

"Ja, oom Hendrik. Ek het vir hom iets vertel wat hom baie ontstel het. Die feit dat ek van die begin af nie eerlik met hom was nie, dit het hom ontstel."

"Tag, ja. Bernard plaas 'n hoë premie op eerlikheid en integriteit," sê haar oupa. "Kom ons gaan soek koffie."

Hulle stap stoep toe. "Ek weet. Ek gaan dit ook nou vir oom Hendrik vertel," gaan Kate moedig voort. "En ek weet dit gaan Oom ook baie ontstel. Maar dis nodig om alles oop te maak."

Hulle gaan sit op die grasstoele. Hy haal sy pyp uit. "Praat maar, Katrina."

Sy haal diep asem. Van êrens, verby die hartseer in

haar, kry sy tog die krag om te praat. "Ek is gedoop Catharine Jo-Ann Woodroffe," sê sy. "Ek is vernoem na my ouma aan moederskant: Katharina Johanna Steyn."

Sy sien hoe hy verbleek, maar sy hou aan om hom reguit in die oë te kyk. "My pa is John Woodroffe, my ma is Susan Steyn."

Sy sien hoe die ongeloof oor sy gesig sprei, hoe dit verander in begrip, in skok, hoe sy oë vernou. "Susan?" Sy stem klink ver, hol. "Susan? Jy is ... Susan se dogter?"

Sy knik. "Ja ... Oupa."

Sy sien hoe sy oë 'n oomblik versplinter. Dan staan hy op en stap met die stoeptreetjies af kraal toe. "Los hom maar eers, Katrien," sê haar ouma van die deur af.

Hy het sy pyp op die tafeltjie vergeet.

Later, baie later, kan sy dit nie meer binnehou nie. "Ek gaan Oupa soek, Ouma," sê sy.

Haar ouma knik. "Dis goed, my kind. Hy sal by die kraal wees – op die plat klip agter die kraalmuur."

Hy sit met sy rug na haar, sy rug gekrom, sy kop gebuig, sy hande in gebed saamgevou. Sy staan lank stil en wag tot hy sy kop oplig. Toe stap sy nader en gaan staan langs hom.

Hy kyk op en sien haar. Sy oë is dik. "Ek het Oupa se pyp gebring." Sy hou dit na hom uit.

Sy dik oë is tog sag. Hy steek sy hand uit. "Dankie, Katrina."

Sy gaan sit plat op die grond langs hom. Hulle sit baie lank stil. "Dit is die Lim-po-po, dit is die Lim-po-po," roep die duifie onophoudelik êrens bo hulle. "Ek het vandag bosveldpapegaaie gesien," sê sy.

"Ek sal hom nie kan hand gee nie. Hy het 'n Kakieuniform gedra." Sy stem kom van ver af, of van diep binne.

"Ek verstaan." Sy sny diep, tot op die been: "Dis die mense wat Oupa se seuns doodgeskiet het."

Die wond lê eers oop tussen hulle voordat hy sê: "Ja, Katrina. Jy verstaan reg."

Sy sit haar hand helend op sy arm. "Maar my ma is Oupa se dogter. En sy verlang na haar familie."

Hy praat nie, maar sy growwe hand met die dik vingers sluit oor hare. Hulle sit baie lank so, doodstil. Toe hy weer praat, is sy stem grof, hy rasper die woorde uit: "Vertel vir my van Susan."

"My ma is pragtig. Sy is 'n slim, sterk mens met 'n sagte hart. En sy is gelukkig, sy en my pa is baie gelukkig getroud. Hulle is baie lief vir mekaar, soos Oupa en Ouma."

Die woorde hang tussen hulle, sink stadig in. "Gaan sy kerk toe?" vra haar oupa.

"Ons is in die Engelse kerk, Oupa. Maar ons gaan elke Sondag kerk toe, my pa is baie streng daarop." Hy knik, maar sê niks. "Ek het 'n broer ook, Oupa. Sy naam is Peter, hy is Oupa se kleinseun."

Die growwe hand los hare, voel-voel in sy sakke rond na sy pyp en vuurhoutjies. "Waar is hy?"

"Hy is ook in Johannesburg, Oupa, hy is 'n myningenieur, hy is in my pa se firma."

Hy knik. Hy stop sy pyp en knars 'n vuurhoutjie. "Jy moet nou teruggaan huis toe," sê hy.

Sy staan op en stap terug.

"Het jy hom gekry?" vra haar ouma angstig.

"Ja, Ouma. Hy het gevra na Mamma, ek het hom ook vertel van my pa en Peter."

"Die Here is besig om my gebede te verhoor," sê haar ouma. "Die Here ken altyd die regte tyd."

Teen aandete is Bernard nog nie terug nie. Hulle eet in stilte, die mot wat in die kersvlam beland, verbrand sy vlerke hard en grillerig. Ná ete lees haar ouma uit die groot Bijbel.

Maar toe hulle kniel, is dit haar oupa wat met 'n sterk stem die Grote God loof vir sy barmhartigheid, Hom prys vir sy groot genade aan sondige mense. Hy vra vir God se hand van beskerming oor die plaas en die boerdery, oor elkeen van hulle, oor Gerda en haar gesin in die verre Nelspruit. En heel aan die einde dank hy God dat Katrina vandag gepraat het. En hy vra dat die Here vir Bernard weer veilig terugbring.

Hy het nie vir sy ander dogter gebid nie.

Hulle staan op en stap stoep toe. "Ek is bang Bernard kom nooit weer terug nie," sê Kate.

"Bernard sal terugkom. Hy sal ons nooit in die steek laat nie," sê haar oupa vas en seker.

"Julle verstaan nie," sê Kate. Hoe verduidelik sy dit? "Ons het 'n ... wel, 'n soort verhouding gehad. Eintlik het ons gepraat van ... voordat ek ..." Sy kan dit nie sê nie.

Dis die eerste keer dat haar oupa weer glimlag, baie effentjies. "Ek is miskien 'n ou man, Katrina, maar met my oge is daar niks verkeerd nie."

"Julle weet?" vra Kate vir haar ouma.

"Ja, Katrien. Lankal reeds." Sy sê niks verder nie.

Toe sy gaan slaap, baie laat, is Bernard nog nie terug nie. Haar koffers staan gereed, hulle moet vroeg ry.

Sy slaap nie, maar haar wag is ook vergeefs.

"Ek gaan nie saam stasie toe nie," sê haar ouma toe hulle vroegoggend in die kombuis koffie drink. "Jou oupa wil jou alleen neem."

"Hoe gaan dit met Oupa?"

"Ek weet nie," sê haar ouma. "Hy sal eers later met my praat."

"Ouma, Bernard is nog nie terug nie."

"Ek weet, Katrien."

Hulle ry in stilte stasie toe. Hulle ry met die Opel, sy maak die hekke oop en weer toe. Haar oupa het sy das en baadjie aan.

Op die stasie dra haar oupa haar koffers na die perron, sy dra die kosmandjie. Die trein stoom in.

"My ma verjaar oor 'n maand," sê sy.

"Ek weet," sê hy. "Jy moet veilig ry."

Sy steek haar hand na hom uit. "Tot siens, Oupa."

Hy vou haar hand in albei syne toe. "Tot siens, Katrina."

Twaalf

Johannesburg lê wit geryp in die flou sonnetjie. Toe hulle uit die stasiegebou stap, gryp 'n snerpende yswind Kate se jas vas. Sy trek haar hoed so ver moontlik oor haar ore. Die Packard bied 'n warm beskutting. "Dis nou heerlik warm in die Bosveld," sê sy.

Haar pa bestuur self, haar ma sit voor langs hom. "Hoe het dit gegaan, Kate?" vra hy.

"Ek dink dit het goed gegaan," antwoord sy. "Oupa het tyd nodig, maar hy is nie ongeneë nie."

"Gaan dit goed met hulle, met Oupa en Ouma?" vra haar ma angstig.

"Ja, Mamma. Hulle het nou hulp op die plaas, die plaas lyk pragtig, net baie droog." Sy draai haar kop na haar pa. "Daddy, dit gaan vir Oupa bitter moeilik wees om Dad te ontmoet."

"Ek verstaan dit," sê John Woodroffe toe hulle by die huis in Parktown Ridge indraai. "Welkom tuis, Kate. Ons is bly jy is terug."

Jackson dra haar koffers na haar kamer, haar pa gaan terug kantoor toe. "Ek wil net bad, dan kan ons gesels, Mamma," sê sy.

Sy probeer ontspan in die bad – sy is suf gedink. Sy het 'n verskriklike fout gemaak, sy weet. Maar sy bly vasklou aan die hoop dat dit reggemaak kan word.

Sy sal nie weer in die diep gat van desperaatheid verval nie, neem sy haar voor toe sy uitklim en na haar kamer gaan.

"Het jy klaar gebad? Sal ek tee bring?" roep haar ma van die onderpunt van die trap af.

"Dit sal heerlik wees, dankie," sê Kate.

Toe Susan met 'n skinkbord binnekom, sit sy dit op die bed neer en begin skink. Kate hou haar onderlangs dop. "Bernard was ook daar, Mamma, by Oupa-hulle," sê sy.

Susan kyk vinnig op. "Ag nee, Kate!" Die seer slaan diep deur. "Are we back to square one?"

"Voor square one – hy kon nie glo dat ek nie eerlik met hom was nie. Hy sê dat 'n mens 'n verhouding net op wedersydse vertroue kan bou. Daarsonder moet 'n mens nie eens probeer nie."

Susan gee die koppie tee vir Kate aan en gaan sit op die stoeltjie voor die spieëltafel. "Dan was daar sprake van 'n verhouding?"

"Ja, Mamma. Maar ek het eers vir hom vertel van Oupa-hulle nadat hy ... eers later."

Haar ma frons. "Maar, ek verstaan nie ... wat maak hy daar?"

"Hy boer saam met Oupa, hulle boer om die helfte. Oupa is nog sterk, maar hy word oud. Mamma moet sien hoe goed lyk die plaas nou, vandat Bernard help, eintlik die werk oorgeneem het. Hy versorg hulle, Mamma. En hy het baie planne vir die toekoms."

"En jy sou graag deel van daardie toekoms wou wees?" vra haar ma sag.

"Ek was eintlik, amper."

"En nou, Kate?"

Kate pak haar laaste goed in die kas en draai dan na haar ma. "Ek het baie gedink, Mamma, die hele tyd op die trein, ook die nag deur. Ek glo Bernard het tyd nodig, hy is baie kwaad. En as hy terugkom – nee, wanneer hy terugkom – het ek baie heelmaakwerk wat voorlê om die vertrouensverhouding te herstel."

"En jy sien regtig 'n toekoms vir julle saam? Jy is gewoond aan … nou ja, aan ons soort lewe."

"Mamma was ook gewoond aan 'n totaal ander lewe voor Mamma met Dad getroud is," herinner Kate haar. "Ek weet ek en Bernard kan nie meer sonder mekaar nie. Of ons kan seker, maar ons wil nie. En daar is vir ons 'n toekoms saam op die plaas – selfs Bernard het dit begin insien."

"Ek hoop jou pa sien dit in," sê Susan skepties.

"Dis nie nodig dat hy dadelik weet nie, nè, Mamma?"

"Dadelik weet werk altyd beter," sê haar ma en staan op. "Slaap 'n rukkie, ons kan later verder kuier."

Die brief kom eers drie weke later. Nie 'n brief van Bernard af nie – 'n brief van haar ouma af. Hulle wil kom kuier, dit sal eers ná haar ma se verjaardag kan wees. Kate moet asseblief 'n padkaart met volledige aanwysings stuur. "Ek kan dit nie glo nie, Kate," sê Susan. Die trane stroom oor haar wange. "Ek kan nie glo ek gaan weer my ouers sien nie. Dis die grootste geskenk wat jy vir my kon gee."

Die brief sê niks van Bernard nie.

"Jy moet vir my sê wat ek kan doen om hulle tuis te laat voel," sê haar pa die aand toe hulle alleen is. "Dis vir my baie belangrik dat jou ma gelukkig moet wees."

"Daddy kan met Oupa Afrikaans praat," stel Kate voor.

Haar pa lag. "I didn't mean the impossible, Kate." Sy sê nie dat sy weet hy verstaan Afrikaans nie.

Sy hou die pos ongemerk daagliks dop – daar kom nie nog 'n brief aan nie.

'n Week voor hulle sal arriveer, begin die voorbereidings reeds. "Ek wil volgende Dinsdag afval hê, maar skoon afval, verstaan jy?" bestel haar ma oor die telefoon. "En Woensdag 'n skaapboud, maar dit moet Karooskaap wees."

"Watter wyn sal hulle van hou?" vra haar pa.

"Hulle drink koffie, Dad," antwoord sy.

Nellie maak die vrykamer gereed. Die groot stinkhoutbed word geolie, die bulsak buite gehang om lug te kry, die matte word uitgeklop, die gordyne gewas. "Waar kry Mamma hierdie pragtig gehekelde deken?" vra Kate verras.

"My ma het dit vir my gehekel voor die oorlog nog uitgebreek het. Dit was een van my enigste stukkies trousseau. Ek het dit al die jare gebêre." Susan streel met haar goed versorgde hand oor die fyn hekelwerk, haar diamantring skitter in die sonstraal wat deur die oop venster skyn. "Ek kan nie glo hulle kom regtig nie."

Maandag kom 'n bode vroeg reeds met emmers blomme. Toe Kate van die universiteit af kom, is die hele huis vol blomme. "Ek hoef nie môre in te gaan nie," sê sy. "Professor Williams het my af gegee. Nou kan die studente bietjie slaap inhaal."

"Hulle is nou reeds op pad," mymer haar ma. "Ouma het gesê hulle beplan om op Warmbad oor te slaap."

"Ja, dis ver vir een dag se ry," sê Kate.

Niemand sê iets van Bernard nie.

Net ná eenuur sien hulle van die boonste verdieping af

die groen Opel by die hek stilhou. Jackson wag reeds om oop te maak. "Ek is bang, Kate," sê Susan skielik.

"Wag in die sitkamer, Mamma. Ek sal hulle ontvang."

"Kate?" Susan se blou oë is vol trane, sy bewe soos 'n riet.

"Sitkamer toe," sê Kate streng, "en basta grens."

Toe Kate in die portaal kom, kom haar ouma oor die ryblad aangestap. Regop, alleen. Kate stap uit – haar oupa sit nog in die motor.

Daar is geen teken van Bernard nie, hy het beslis nie saamgekom nie. Sy het haar daarop probeer voorberei, tog stoot die teleurstelling bitter op tot in haar mond. Sy maak haar arms oop en druk haar ouma styf teen haar vas. "En Oupa?" vra sy.

"Oupa sal nou-nou inkom." Haar ouma kyk om haar rond. "Katrien, maar dis 'n mooie huis waarin julle bly!"

"Kom ons gaan in, Mamma wag," nooi Kate. Vir Jackson sê sy: "Ons sal later die reistasse aflaai."

Sy haak by haar ouma in. Saam stap hulle deur die portaal, verby die oorvloed blomme, oor die dik, Persiese mat gangaf na die sitkamer. Sy stoot die swaar dubbeldeur oop. Haar ma staan in die middel van die vertrek, haar sakdoekie opgewring in haar hand. Kate gee haar ouma se hand 'n drukkie. Toe draai sy om en maak die sitkamerdeur sag agter haar toe.

Sy leun 'n oomblik met haar kop teen die hout van die balustrade, gaan sit op die onderste trappie, haar kop sak in haar hande. Bernard het nie gekom nie. Sy het so gewens hy kom saam, sy het gedroom hy kom, sy het later geglo hy sal saamkom. Hy het nie.

Sy sit lank stil. 'n Soort desperaatheid begin om haar vou. Sy beveg dit met mening – sy is bly haar oupa en ouma is eindelik hier. Maar sy voel leër as voor hulle gekom het.

"Dink jy ek kan nou vir hulle koffie neem?" vra Nellie. "Of dink jy hulle sal middagete wil hê?"

"Neem maar eers net koffie sitkamer toe," sê Kate. "Ons kan later hoor van kos."

Toe staan sy op en stap uit na buite. Haar oupa sit steeds in die Opel, hy het sy hoed op sy kop, sy hande is op die groot houtstuurwiel. Sy maak die deur aan die passasierskant oop en klim in. "Goeiemiddag, Oupa."

Hy draai na haar. 'n Oomblik sien sy sy weerloosheid: hy is 'n ou, ou man wat sy trots in sy sak moet steek en die verlede, wat nou hede geword het, vierkant in die oë moet kyk. Maar toe hy praat, is sy stem sterk: "Goeiemiddag, Katrina."

"Het ek vir Oupa 'n goeie kaart geteken, of het julle gesukkel om die huis te kry?"

Iets van die ou krag kom terug in sy oë. "Die kaart was duidelik. Jou ouma se vertolking daarvan miskien minder juis."

Kate lag saggies. "Arme Oupa! Ek hoop nie julle het te veel verdwaal nie?"

"Og, nie te erg nie. Dis nou nadat ek self besluit het hoe om te ry."

Kate kan haar die prentjie voorstel, sy sukkel om haar gesig ernstig te hou. "Hoe lyk die plaas, Oupa? En die weiding? Julle het seker nog nie reën gehad nie?"

"Katrina, dis droog-droog. Ons het juis aankomende Woensdag 'n biddag om reën."

"Ons bid ook vir uitkoms, Oupa." Hulle sit lank stil, maar dis nie 'n ongemaklike stilte nie. Eerder 'n dinkstilte. Dan sit sy haar hand op haar oupa se arm. "Daar is lekker koffie binne, Oupa."

"Ek sal weldra inkom, Katrina," sê hy en vroetel na sy pyp.

"My pa is nie hier nie," sê sy. "Hy kom eers vanaand, ná werk."

Haar oupa kyk lank na haar. "Jy is 'n baie besonderse mens, Katrina."

Sy steek haar hand uit en raak vir die eerste keer aan sy gesig. "As dit waar is, is ek net maar my oupa se kleindogter." Toe klim sy uit en maak die motordeur sag agter haar toe. Sy stap stadig terug en laat die voordeur groot oop. Sy wag in die portaal.

Hy verskyn in die deur, huiwer op die drumpel, haal sy hoed af. Sy steek haar hand uit en neem die hoed by hom, hang dit aan die kapstok, langs haar pa se hoede. Hy knipper sy oë. "Sê Susan moet maar hierheen kom," sê hy en tree oor die drumpel.

Peter kom, lank voor sluitingstyd. Hy kom alleen, hulle sit in haar ma se mooi sitkamer en drink nog koffie. Toe help hy hul oupa om die tasse kamer toe te dra. Hy dra ook die mandjies in: koekies en beskuit wat Ouma gebak het, vars groente uit haar tuin, turksvye wat Oupa laat pluk het, twee dosyn eiers. Laaste kom 'n geslagte hoender, toegedraai in 'n nat handdoek en baie koerante om koel te bly. "Byna die hele plaas is hier," lag haar ma gelukkig.

"Jou ma is mos altoos bang julle ly honger hier in die stad," sê haar oupa. Almal voel-voel nog in die donker rond, maar hulle begin mekaar vind.

"Ek ruik daar is afval vir vanaand," sê Peter onderlangs vir haar. Sy hele gesig is op 'n plooi getrek.

"Jy sal maar moet eet, boetie," glimlag sy.

"Ek dink ek kan miskien ontsnap. Maar arme Dad gaan suffer."

"Julle weet nie wat julle mis nie," sê sy met oortuiging.

Later gaan stap Peter buite saam met sy oupa. Deur

die venster sien sy hoe hulle albei beduie, albei kop knik. Net my hart bly seer, dink Kate.

Toe hulle skemeraand in die sitkamer sit met 'n glasie sjerrie elk – Peter het selfs hul ouma omgepraat om 'n slukkie nagmaalwyn te probeer – hoor Kate haar pa se Packard buite. Sy sien hoe haar ma merkbaar verstyf, hoe Peter sy hand ongemerk op haar arm sit. Haar oupa en ouma kom niks agter nie.

Oomblikke later staan John Woodroffe lewensgroot in die deur van die sitkamer. Sy donker pak pas onberispelik aan sy lang lyf, sy grys hare is netjies agteroor gekam, daar is 'n sagte uitdrukking in sy donker oë. Kate sien hoe haar ouma se knopperige vingers die fyn sakdoekie opfrommel, hoe haar ma haar droë lippe natlek.

Haar oupa staan stadig op. Sy skouers trek na agter, sy kop is hoog gelig, sy oë kyk reguit. En waaksaam. Toe begin haar pa oor die lengte van die vertrek na hom toe loop. Die ander mense in die vertrek vervaag, net die twee mans bly. John steek eerste sy hand uit en sê in Afrikaans: "Dis vir my 'n voorreg om u te ontmoet, meneer Steyn." Die woorde is skaars herkenbaar, die gesindheid strek oor grense heen.

"John?" sê Susan baie sag.

Haar oupa steek stadig sy hand uit. "Goeienaand, meneer Woodroffe."

Haar pa neem sy hand. "My naam is John," sê haar pa. En dan gaan hy terug na Engels. "Please call me John."

"John," sê haar oupa se sterk stem.

John Woodroffe draai na haar ouma. "Tante Hannetjie," sê hy. Hy vou haar hande in syne toe. "You saved my life."

"Jy het mooi gesond geword, John," span haar ouma 'n brug oor dertig leë jare.

Hy maak sy een arm oop, haar ma kruip onder sy

arm in, hy druk haar beskermend teen hom vas. "Are you happy, my dearest?" vra hy en kyk af na haar.

"Baie gelukkig, net baie emosioneel," sê sy verleë en vee die trane af.

Hulle gaan sit op die sagte leermeubels, Peter gee vir sy pa ook 'n glasie dieprooi sjerrie aan. Elias het vroeg reeds die swaar brokaatgordyne diggetrek en die vuur in die kaggel brand gemaak. Die vlamme speel oor die houtpanele teen die mure, speel oor hul gesigte, spieël in die wyn in hul hande.

Almal praat die hele tyd Afrikaans. Net haar pa praat Engels, maar hy verstaan alles. Hulle praat oor die droogte en die ekonomie en die plaas, maar nie oor die politiek nie. Peter vertel van sy vrou en kinders – Diana sal hul dogtertjies môre bring om hul oupa- en ouma-grootjie te ontmoet. Voor ete reeds ry Peter, môreaand sal die familie saameet. Vanaand het haar ma 'n alleentydjie saam met haar ouers nodig. "En julle is seker moeg?" sê hy vir sy nuwe ouma. "Julle het ver gery, dit was 'n vol dag."

Sy glimlag. "Ons gaan slaap maar altyd vroeg. Jy is reg, Peter, dit was 'n vol, vol dag."

Toe hulle ná ete 'n oomblik alleen is, vra Kate: "Ouma, hoe gaan dit met Bernard?"

"Goed," sê haar ouma. Maar sy sê niks verder nie.

Ten spyte van al die gewerskaf en al die opwinding, wil die slaap nie kom nie. Kate stap later af kombuis toe om vir haar 'n glas melk warm te maak. By die kombuistafel sit haar pa. Hy het vir hom 'n dik sny brood gesmeer met hake kaas en klonte konfyt op. Hy kyk skuldig op toe sy inkom. "Hou Dad 'n middernagfees?" terg sy.

"Nee," glimlag hy, "ek probeer net my honger stil."

Sy lag kliphard. "Ek het gewéét Dad gaan suffer!" Sy

gooi vir haar 'n glas melk in en gaan sit langs hom by die tafel. "Slaap Mamma?"

"Nee, sy en jou oupa gesels in die studeerkamer. Dis goed dat hulle praat."

Sy begin weer lag. "En nou is Dad uitgeskuif kombuis toe?"

"Ja," sê hy, "'n man se lewe is hel."

"Ja? Het jou oupa en ouma toe gearriveer?" vra professor Williams tydens teetyd.

"Hulle het," sê Kate. "Maar die studente het nie behoorlik uitgerus op hul vry dag nie."

"Ja. Jy moet maar die kindergarten oorweeg."

"Dit werk ook nie," sê sy met die gesag van ervaring. "Kleuters word net meer en meer klimmerig. En progressief vuiler."

Hulle het gearriveer, dink Kate toe sy huis toe ry, maar hulle het alleen gearriveer. Waarom sou Bernard nie saamgekom het nie? Is hy so vreeslik kwaad vir haar – by heelmaak verby kwaad vir haar? Sonder wedersydse vertroue moet 'n mens nie eens probeer om 'n verhouding te bou nie, het hy gesê. Sy sien hoe die bekende, donker gat weer voor haar begin oopskeur. Sy sug en klim uit om die swaar gietysterhek oop te stoot.

Sy drink koffie in die tuin saam met haar ma en haar grootouers. Maar toe die Augustuswind te geniepsig raak, gaan hulle in. "Ek gaan gou bad," maak sy verskoning.

Voor haar kas twyfel sy 'n oomblik, dan haal sy haar dieprooi fluweelrok uit. Vanaand is 'n groot aand in hul gesin se lewe. Die gemeste kalf is geslag, Nellie en Elias werk al die hele dag aan die feesmaal. Sy sal nie toelaat dat haar eie hartseer 'n dowwe noot word nie – sy gaan op haar mooiste lyk vir haar ma.

Toe haar pa terugkom van die kantoor af, skink hy vir elkeen ietsie om te drink. "Can I offer you some good old Scottish whiskey as a sundowner?" vra John vir haar oupa, "or would you prefer good old South African brandy?"

"Tag, ja, gooi maar daar bietjie Skotse whiskey," sê haar oupa. "Hulle sê dis baie goed vir die hart."

"Oh, for lots of things," stem John saam en sit 'n paar ysblokkies met die silwer ystang in die glas. "We will try the brandy tomorrow evening." Haar ouma drink weer bietjie nagmaalwyn, haar ma 'n glasie droë martini. Net ná sesuur kom Diana en Peter, Diana popmooi in 'n diepblou wolrok en pêrels om haar nek. Die vuurtjie knetter gesellig.

Toe Nellie die deur oopstoot, vra Susan: "Is die kos gereed? Kan ons kom eet?"

"Ja, amper. Ek het net eers vir Mister Woodroffe kom haal."

Haar pa staan dadelik op. "Verskoon my 'n oomblik," sê hy en stap uit. Peter vul weer hul glasies, selfs hul ouma vat nog bietjie nagmaalwyn. "Maar net 'n eetlepel vol," beduie sy vir Peter.

Later kyk Susan op haar horlosie. "Ek gaan net kyk of ek John kan help," sê sy.

"Nog bietjie wyn vir Ouma?" vra Peter.

"Net so 'n teelepeltjie," gee sy toe.

Susan is gou terug. "Ons gaan nou-nou eet," sê sy.

Kort daarna kom John ook weer die sitkamer binne. "Ons kan nou deurstap eetkamer toe," sê hy. "Jammer dat julle so lank moes wag. Bring sommer julle drankies saam."

Haar ma stoot die eetkamerdeur oop. Die tafel is feestelik gedek. "Kate, wil jy nie net my sigare in my studeerkamer gaan haal nie, asseblief?" vra haar pa agter haar.

"Dad wil tog nie hier rook nie?" vra sy verbaas.

Hy glimlag gerusstellend. "Nee, ek wil vir jou oupa iets wys."

Sy stap gangaf studeerkamer toe. Sy stap deur die portaal, die studeerkamerdeur is toe. Sy staan 'n oomblik stil voor die toe deur. Sê nou ...

Sy skud haar kop en stoot die deur oop.

Hy staan aan die ander kant van die vertrek. Hy vul die hele vertrek. Hy het sy donker kerkpak aan, sy breë skouers is vierkantig na agter getrek. Sy sonbruin gesig steek skerp af teen die spierwit hemp, sy blonde hare is netjies na agter gekam.

Oor die vertrek heen kyk hy na haar, drink hy haar in.

Sy loop stadig tot by hom. Hy wag vir haar, sy blou oë hou haar vas.

Toe sy amper by hom is, maak hy sy arms oop. Hy trek haar in een beweging teen hom vas. Sy arms wat om haar vou, is staalhard, sy mond sluit sag oor hare. Sy koester haar in die hardheid van sy liggaam, sy voel hoe haar lyf teen hom aan vermurwe. Hy kreun sag en druk haar stywer teen hom vas. "Kate ..." fluister hy skor.

"Jy druk my gô uit," fluister sy.

Hy begin saggies lag. "Ek het al vergeet hoe sag jy is," sê hy. "O, Kate, ek het na jou verlang. Ek is jammer ..."

Sy sit haar vingers oor sy lippe. "Ek moes jou van die begin af vertel het, ek het 'n duur les geleer," sê sy. "Jy is nou hier, dis al wat belangrik is."

Hy staan 'n tree terug. "Ek wil eers kyk hoe lyk jy." Sy oë streel onbeskaamd oor haar hare, haar gesig, haar lae halslyn, haar klein middeltjie. Hulle gly sag oor haar heupe, hy skud sy kop. Sy glimlag op na hom, draai in die rondte, hou haar kop skeef en tuit haar mondjie. "Is u hoogheid tevrede?"

"Jy is onbeskryflik mooi."

Sy nestel terug in die warmte van sy arms in. "Hou my net vas, Bernard," sê sy. Hulle staan lank so – die wete van hul samesyn skulp hulle toe, die wêreld daar buite bestaan nie meer nie.

Daar is 'n sagte klop aan die deur. Nellie loer om die hoek. "Mister Woodroffe vra of julle ... o, ekskuus ..."

"Kom in, Nellie," nooi Kate. "Ek wil jou voorstel aan Bernard, hy help Oupa op die plaas."

"Op die plaas?" vra Nellie in die war.

Bernard stap oor na Nellie en steek sy hand uit. "Ek is Bernard Neethling, ek het al baie van jou gehoor," sê hy vriendelik.

Sy neem skamerig sy hand. "Genade, Kate, maar dis 'n grote man."

Bernard lag. "Ek ken jou broer, Faansie. Hy help ons baie."

"Faansie?" Nellie klink amper verbaas. "Faansie is stadig."

"Faansie is betroubaar," sê Bernard. "Dis een van die belangrikste karaktertrekke wat 'n mens kan hê."

Nellie vat aan haar hare. "Genade, hoe vergeet ek! Mister Woodroffe sê julle moet nou kom eet, die kos wil nie nog wag nie," sê sy gejaag en waggel vinnig op haar dik beentjies by die deur uit.

"Het hulle nou nog nie begin eet nie!" lag Kate. "Die arme feesmaal kon 'n uur gelede nie meer wag nie!" Sy hou haar hand na hom uit. "Kom, Bernard."

Hy rem effens terug en skud sy kop. "Ek gaan nie vanaand saameet nie, Kate."

Sy verstaan, want sy weet. Sy slaan haar arms om sy lyf en kyk op na hom. "Asseblief, Bernard, kom eet saam. Ek wil jou vanaand by my hê, die hele tyd, tussen my familie." Toe sy sien dat hy nog twyfel, voeg sy by: "Ek het na jou verlang, Bernard."

Hy glimlag stadig. "H'm. Jy is baie verleidelik, weet jy? En baie begeerlik."

Sy maak haar oë toe en leun 'n oomblik teen sy breë bors.

"En jy kry alles wat jy wil hê, nè?" terg hy sag.

"Nie altyd nie. Dankie, Bernard."

Sy lei hom deur die portaal in hul huis in – die huis waarin sy grootgeword het, wat sy as die norm leer aanvaar het. Sy lei hom in die gang af, oor die lang, Persiese mat, verby die brandglasvensters, die skilderye en groot staanhorlosie, verby die breë trap met sy gedraaide houtreling wat in 'n boog na die boonste verdieping krul. Net voor die groot deure van die eetkamer kyk sy op na hom. "Ek is lief vir jou, Bernard," sê sy sag.

Hy trek sy asem diep in en kyk af na haar. Sy blou oë is baie ernstig. "Dankie, Kate."

Sy stoot die deure oop. Voor hulle is die lang stinkhouttafel met sy veertien gestoffeerde stoele in koningsblou en goud. Die kristalkandelare teen die mure maak diamantdruppels, dit weerkaats op die blaardun glase en silweretgerei, die lang kerse op die tafel baai die vertrek in 'n sagte lig.

Sy voel Bernard snaarhard langs haar staan.

John en Peter staan onmiddellik op. Peter stap hom tegemoet. "Naand, Bernard. Welkom hier by ons."

Bernard steek sy hand uit. "Goeienaand, meneer Woodroffe."

"Peter."

Bernard knik en glimlag effens verleë. "Peter."

"En dis my vrou, Diana."

Haar ma het intussen ook opgestaan. "Ek is bly jy

is vanaand by ons, Bernard," sê sy hartlik. "Kom sit hier langs my op Kate se plek, sy kan een plek opskuif."

Hy skuif in by die tafel met sy spierwit damastafeldoek en gestyfde servette, by die fyn porselein met die swierige JW-monogram in diepblou en goue letters. Hy kyk op en glimlag. "Naand, tant Hannetjie, oom Hendrik," groet hy die bekendes oorkant die tafel.

"Naand, ou seun," sê haar oupa. "Ek is bly jy het die huis gekry."

"Hoe het jy hier gekom?" vra sy toe hulle sitkamer toe stap vir koffie.

"In die Opel. Ek was die amptelike Jackson."

"Nee, man, ek bedoel vanaand. Waar het jy gisteraand gebly?"

"By Nanna. Ek het met 'n trem hierheen gekom."

"Die naaste tremhalte is myle hiervandaan," sê sy.

"Nie myle nie. Ek het gestap, Kate."

Daar is soveel wat sy nog moet leer. Of moet onthou. "Jy kan vanaand hier slaap."

"Nee, dis ..."

"Mamma, kan Bernard hier by ons slaap vanaand?"

Susan draai om. "Natuurlik, Kate. Hy kan hier bly totdat hulle teruggaan, as hy wil."

"Dis regtig nie nodig nie," probeer Bernard keer. "Ek het slaapplek."

"Jy is baie welkom om hier by ons te bly. Daar is klaar 'n kamer gereed vir jou." Sy draai na Kate. "Nellie het Peter se ou kamer reggemaak, as jy vir Bernard wil gaan wys."

"Dankie, mev ... tant Susan," sê Bernard.

Haar ma gee 'n gelukkige laggie. "Dis te moeilik nie, nè?"

Bernard glimlag verleë. "Dit is tog," sê hy. "Dis alles baie vreemd."

Peter en Diana ry kort ná koffie – haar oupa en ouma is gedaan. Susan gaan maak 'n laaste koppie tee, John dra die skinkbord op kamer toe. "Wil jy jou kamer sien?" vra Kate.

"Later, baie later. Ek wil nou net vir jou sien." Sy oë is baie blou, en vol vlekkies.

"Bernard," sê Kate gelukkig. Sy neem sy hand en lei hom studeerkamer toe. Elias het ook hier die kaggel aangesteek, maar nog net 'n paar kooltjies gloei. "Daar is hout in die bak," sê Kate. "Wil jy kyk of jy die vuur kan red? Ek sit solank vir ons musiek op. Waarvan hou jy, Bernard?"

"Sit maar op waarvan jy hou."

Sy kies musiek van Mozart – *Overture to "The Marriage of Figaro"* staan op die omslag – sit dit versigtig op die draaitafel, steek die twee kerse op die kaggelrak aan en skakel die elektriese lig af. Bernard sit op sy hurke voor die kaggel, die vlammetjies begin lek-lek en vlam dan op. Hy staan op en draai na haar. "Versoek uitgevoer," sê hy. "Dis papierhout dié, op die plaas gebruik ons hardekool."

"Skitterend uitgevoer," terg sy. Sy gaan sit op die groot leerbank. "Kom sit hier by my?"

Maar hy bly staan. "Ek het nie gedink 'n mens kan so 'n mooi huis kry nie, Kate," sê hy. "Julle sal die koning van Engeland hier kan ontvang."

"Dis aardse goed, Bernard," sê sy, "mooi goed wat vir 'n gelukkige mens die lewe lekker maak. Dit kan geen mens gelukkig maak nie. As 'n mens verlang, bly geld net 'n noodsaaklike euwel wat niks kan heelmaak nie. ~ sit asseblief op die bank by my?"

Hy gaan sit langs haar. "Kate," sê hy en druk haar styf teen hom vas.

"Hou jy van die musiek?" vra sy later.

"Ja, dis mooi. Kate?" Sy stemtoon het verander.

"Ja, Bernard?"

"Kate ... e ... oom Hendrik het gesê ek kan die stoepkamer groter maak, die voorste muur net uitbou, die dak is mos reeds daar."

"Dis 'n goeie plan."

"Dan wil ek die agterste deel in 'n badkamer verander, met 'n bad en 'n spoellatrine. En ek wil 'n donkie buite opsit, sodat 'n mens warm water in die badkamer kan hê, met krane. Weet jy wat is 'n donkie?"

"So 'n langoordier wat hie-ho sê?"

"Nee, dis 'n vier-en-veertig-gallon-drom, 'n mens maak vuur onder hom en dan het jy warm water."

"O, dis baie slim."

Stilte.

"Kate ..."

"Ja, Bernard?"

"Kate, ek ... e ... het gedink ek gaan vir tant Hannetjie ook so een inbou, dan kan sy ook makliker bad."

"Dis 'n baie goeie plan."

Stilte. Sy vingers speel die hele tyd met haar hare.

"Kate ..."

"Ja, Bernard?"

"Kate, ek ... e ... het begin met die dam. Die een in die kloof."

"Dis 'n baie groot werk, nè?"

"Ja, dit is."

Stilte.

"Kate ..."

"Ja, Bernard?"

"Kate, ek ... e ..."

Sy kyk op na hom. "Bernard, sê gou," pleit sy.

"Jy is pragtig, Kate."

"Ander een," eis sy.

Hy begin glimlag. "Ek is lief vir jou?"

"Nog een."

"Sal jy asseblief met my trou, Kate Woodroffe?"

"Dankie, Bernard Neethling. Ek sal graag met jou trou." Sy glimlag spesiaal vir hom. "Ek sal asseblief met jou trou."

"Jy is pragtig, weet jy?"

"Dankie."

"En ek is lief vir jou."

"Dankie, Bernard."

Dan haal hy 'n klein, donkerblou dosie uit sy sak. Hy knip dit oop. Sy kyk na 'n fyn, antieke ringetjie met drie piepklein diamantjies. Haar mond word droog.

"Hou jy daarvan?" vra hy angstig.

"Dis ... pragtig!" Sy bedoel elke woord.

Hy glimlag. "Ek is bly. Kom ons kyk of dit pas."

Sy gee haar linkerhand vir hom. Hy neem haar hand, streel oor haar lang, slanke vingers. "Alles aan jou is volmaak," sê hy.

"Sit aan my ring," sê sy, "sodat ek vir jou kan dankie sê."

Hy gly die fyn ringetjie versigtig, amper eerbiedig aan haar vinger. "Dit was jou grootjie se ring, tant Hannetjie se ma. Tant Hannetjie het dit vir my gegee. Eendag gaan ek vir jou ..."

Sy laat gly haar arms om sy nek. "Ek wil nooit 'n ander ring hê nie," fluister sy in sy oor. "Dankie, Bernard. Jy het my vanaand die gelukkigste meisie, die gelukkigste vrou in die ganse wêreld gemaak." Sy volg die lyne in sy gesig met haar vinger, trek dan sy kop af na haar toe en soen sy oë, sy wange, sy lippe. "Ek is oneindig lief vir jou."

Later gloei die stompe in die kaggel net, want dis nie hardekool wat nag lank brand nie. Die plaat is lankal stil, die kers brand baie laag. Maar die kersvlam tower steeds die reënbogies op uit die ou, ou ringetjie aan haar vinger.

"Ek weet darem nie van twáálf kinders nie," sê sy lomerig.

"H'm," sê hy tevrede.

Irma Joubert is gebore en getoë in die Bosveld (Nylstroom) en het aan die Universiteit van Pretoria gestudeer. Sy het vir 35 jaar onderwys gegee (Afrikaans en Geskiedenis vir senior sekondêre leerders) voordat sy einde 2004 afgetree en begin skryf het. Sy het sedertdien as vryskut-joernalis verskeie artikels en kortverhale in tydskrifte gepubliseer, is in 2005 aangewys as Media24 se Spesialisjoernalis van die Jaar en was 'n Mondi-finalis.

Tans skryf sy historiese romans, want geskiedenis is haar passie. Haar bekendste boeke is *Verbode drif*, *Ver wink die Suiderkruis*, *Tussen stasies* en die trilogie *Anderkant Pontenilo*, *Pérsomi* en *Kronkelpad* wat by NB Uitgewers verskyn het.

In 2008 was Irma 'n finalis vir die ATKV-Woordveertjieprys vir Prosa met *Tussen stasies*, en in 2010 wen *Anderkant Pontenilo* die ATKV-Woordveertjieprys vir Liefdesromans. Sy was ook finalis vir die ATKV-Woordveertjieprys vir Liefdesromans met *Pérsomi* in 2011 en *Kronkelpad* in 2012.

Sy is al 43 jaar lank getroud met Jan en woon in Bloemfontein. Hulle het drie volwasse seuns, 'n skoondogter, 'n pleegdogter en drie kleinkinders.

Ver wink die Suiderkruis en *Tussen stasies* is reeds in Nederlands vertaal. Volgens die Nederlandse uitgewer was Irma Joubert ononderbroke op die toptien-trefferlys vir meer as twee jaar.